KB172395

겐지이야기

②

GENJI MONOGATARI

by Murasaki-Shikibu, re-written by Jakucho Setouchi

Copyright ©1996 by Jakucho Setouchi

Original Japanese edition published by Kodansha Ltd.

Korean translation rights arranged with Jakucho Setouchi

through Japan Foreign-Rights Centre

Translated by Kim Nan-Joo

Published by Hangilsa Publishing Co., Ltd., Korea, 2007.

「이 도서의 국립중앙도서관 출판시도서목록(CIP)은
e-CIP 홈페이지(http://www.nl.go.kr/cip.php)에서 이용하실 수 있습니다.
(CIP제어번호: CIP2006002695)」

겐지 이야기 ②

◆ 무라사키 시키부 지음
◆ 세토우치 자쿠초 현대일본어로 옮김
◆ 김난주 한국어로 옮김
◆ 김유천 감수

한길사

源氏物語

겐
지
이
야
기

❷

지은이 · 무라사키 시키부
현대일본어로 옮긴이 · 세토우치 자쿠초
한국어로 옮긴이 · 김난주
감수 · 김유천
펴낸이 · 김언호
펴낸곳 · (주)도서출판 한길사

등록 · 1976년 12월 24일 제74호
주소 · 10881 경기도 파주시 광인사길 37
　　　www.hangilsa.co.kr
　　　E-mail: hangilsa@hangilsa.co.kr
전화 · 031-955-2000~3　　　팩스 · 031-955-2005

제1판 제1쇄 2007년 1월 11일
제1판 제6쇄 2020년 3월 15일

값 12,000원
ISBN 978-89-356-5805-3 04830
ISBN 978-89-356-5814-5 (전10권)

◆ 잘못 만들어진 책은 구입하신 서점에서 바꿔드립니다.

중국 사람이 소맷자락을 휘날리며
추었다는 청해파
다른 나라 일은 모르겠사오나
그대의 춤사위에
절절히 흔들리는 내 마음

겐지이야기 2

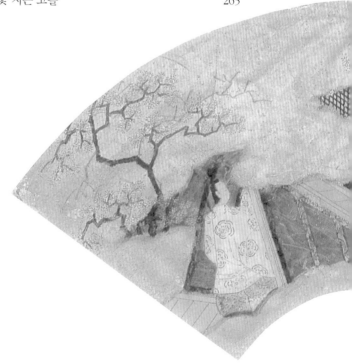

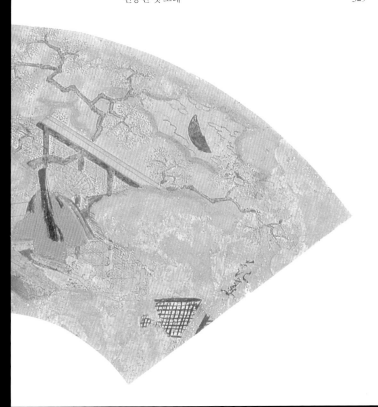

일러두기 ✿

✿ 이 책은 무라사키 시키부(紫式部)의 고전소설 『겐지 이야기』(源氏物語)를
　세토우치 자쿠초(瀨戶內寂聽)가 현대일본어로 풀어쓴 것을 한국어로 옮긴 것이다.

✿ 처소명에 따라 붙여진 등장인물의 이름은 처소를 나타낼 땐 한자음으로 읽고,
　인물을 가리킬 땐 소리 나는 대로 썼다. 따라서 동명이인이 많다.
　예1: 장소 승향전(承香殿); 인물 쇼쿄텐(承香殿) 여어.
　예2: 장소 여경전(麗景殿); 인물 레이케이덴(麗景殿) 여어.
　예3: 장소 홍휘전(弘輝殿); 인물 고키텐(弘輝殿) 여어.

✿ 산, 강, 절 이름은 지명과 한글을 혼합해서 달았다.
　예: 히에이 산(比叡山), 나카 강(那賀川), 기요미즈 절(淸水寺).

✿ 거리, 건물, 직함명 등은 한자음 그대로 읽었다.
　예: 육조대로(六条大路), 이조원(二条院), 자신전(紫宸殿), 여어(女御), 갱의(更衣),
　대납언(大納言).

✿ 각 첩의 제목은 될 수 있는 대로 뜻으로 풀었다.
　첩명 해설은 자료를 바탕으로 옮긴이가 정리해 붙였다.
　예: 저녁 안개(夕霧), 밤나팔꽃(夕顔).

✿ 등장인물의 이름은 직함에 따라 한자음으로 읽은 경우와, 고유음 그대로를 살린
　경우가 있다. 그밖에 인물의 특징을 잘 보여주는 경우에는 뜻을 살려서 달았다.
　예1: 중납언, 대보 명부; 예2: 고레미쓰; 예3: 검은 턱수염 대장, 반딧불 병부경.

✿ 이 책의 말미에 붙은 부록 중 '어구 해설'과 '인용된 옛 노래'는
　다카기 가즈코(高木和子)가 작성한 것을 바탕으로 필요에 따라 첨삭했다.
　본문에 풀어쓴 것은 생략하고, 필요에 따라 그 내용을 옮긴이가
　보완하여 정리한 것이다.

✿ 일본 고유의 개념인 미카도(帝)는 이름 뒤에 올 때는 '제'로, 단독으로 쓰일 때는
　'천황'과 '폐하'를 혼용했다.

잇꽃

그리 마음이 끌리는
사람도 아니었는데
어찌하여 잇꽃처럼
코가 빨간 그 사람을
건드리고 말았는지

◆ 겐지

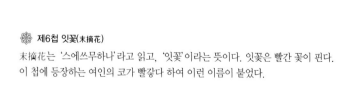

❀ 제6첩 잇꽃(末摘花)

末摘花는 '스에쓰무하나'라고 읽고, '잇꽃'이라는 뜻이다. 잇꽃은 빨간 꽃이 핀다.
이 첩에 등장하는 여인의 코가 빨갛다 하여 이런 이름이 붙었다.

겐지는 많은 세월이 지난 지금도, 사랑하고 또 사랑하여도 모자랄 것 같았던 유가오를 꽃에 내린 이슬처럼 허망하게 앞세웠을 때의 슬픔을 잊을 수가 없습니다.

이쪽이나 저쪽이나 여자들은 모두 마음을 단단히 무장한 채 체면만 차리고 자신이 더 사려 깊다고 서로 겨루는 듯하니, 마음놓고 모든 것을 맡길 수 있었던 그 사람에 대한 사랑과 애틋함이 한결 더하여 겐지는 한없는 그리움에 잠겼습니다.

"그리 대단한 신분은 아니더라도 성품이 사랑스럽고 마음을 터놓을 수 있는 여자가 어디 없을까."

겐지는 질리지도 않는지 내내 그런 생각만 하면서 다소 봐줄 만하고 평판이 좋은 여자가 있다는 소문이 들리면 절대로 놓치지 않았습니다.

혹시나, 하고 마음이 끌리는 몸짓을 보이는 여자에게는 다만 한 줄이라도 편지를 써서 보냈습니다. 그런 편지를 받고 마음이 솔깃하지 않아 쌀쌀맞게 대할 수 있는 여자가 그리 없는 듯하니 그 또한 한심하고 실망스러운 일이지요.

그런가 하면 고집 세고 무뚝뚝한 여자는 더없이 진지하고 순진한 나머지 애정의 기미조차 알아차리지 못합니다. 그렇다고 그런 견실함을 끝까지 관철하지는 못하니, 도중에 그 강경하던 마음가짐이 무너져 평범한 사내의 아내가 되어버리곤 하여 추파를 던지다 만 일도 많았습니다.

한편 예의 우쓰세미를 간혹 떠올리고는 못마땅한 여자라고 생각합니다. 허나 갈댓잎을 닮은 의붓딸 쪽은 꼬드기기 쉬웠던 만큼 무슨 일이 있으면 편지를 보내 놀래주기도 하는 모양이었습니다. 하기야 등잔불 아래 바둑을 두던 지난날의 어린애 같은 모습을 다시 한 번 보고 싶은 마음도 있었겠지요. 겐지는 한번 인연을 맺은 여자는 그 어떤 여자든 완전히 잊어버리지 못하는 성품인지라.

좌위문 유모라 하여 겐지가 대이 유모 다음으로 소중히 여기는 유모가 있었습니다. 그 딸이 궁중에서 대보 명부로 일하고 있는데 아버지가 황족의 피를 이은 사람으로 병부의 대보였기 때문에 그렇게 불리는 것입니다.

대보 명부는 정도 많고 참으로 색을 좋아하는 젊은 여자라 겐지도 입궁을 하면 곧잘 불러 시중을 들게 하였습니다. 친모인 좌위문 유모는 병부의 대보와 헤어져 지금은 지쿠젠 지방 수의 아내가 되어 남편의 임지로 내려가 있는지라, 대보 명부는 아버지가 사는 히타치 친왕 댁에서 궁중 출입을 하였습니다.

그곳에는 돌아가신 히타치 친왕의 만년에 태어나 한없는 사랑을 받으며 금이야 옥이야 자라난 따님이 있었습니다. 대보 명부가 무슨 얘기를 하는 참에 아버지가 일찍이 돌아가서서 홀로 남은 불우한 처지가 되었다는 얘기를 하자 겐지는 참으로 안된 일이라며 마음에 두었다가, 그 후에도 몇 번이나 따님에 대해 묻는 터라 명부는 이렇게 대답하였습니다.

"성품이나 용모가 어떠한지 자세한 것은 모르옵니다. 낮을 몹시 가리는 터라 아무도 만나지 않고 집안 깊숙한 곳에서 조용하게 지내고 있사옵니다. 제가 찾아 뵈었을 때에도 휘장을 사이에 두고 얘기할 정도였사오니, 칠현금이 유일한 벗이라 하옵니다."

겐지는 이어 말하였습니다.

"백거이가 금과 시와 술이 세 벗이라고 했는데, 여자이니 술은 걸맞지 않겠지. 허나 그녀의 칠현금 소리는 내 꼭 듣고 싶구나. 아버지가 음악에 조예가 깊었으니, 아무렴 그 딸도 보통 솜씨는 아니겠지."

"굳이 찾아가 들을 정도는 아닌 듯하옵니다만."

대보 명부는 그렇게 말하면서도 겐지의 마음이 쏠리도록 그럴싸하게 얘기하는 것이었습니다.

"꽤나 호기심을 자극하는구나. 근일 중에 으스름한 달밤을 택하여 슬쩍 가보자꾸나. 그때는 그대도 퇴궁하도록 하고."

명부는 일이 성가시게 되었다고 생각하면서도 궁중에 행사가 별로 없어 따분하고 한가로운 봄날의 하루를 가늠하여 퇴궁하였습니다.

아버지 대보는 요즘 들어 새 아내의 집에 눌러 살고 있는 터라 히타치 친왕 댁에는 이따금 발길을 할 뿐이었습니다. 명부는 계모의 집에 살기가 어색하여 오히려 친왕의 딸이 있는 집을 가까이 여겼습니다.

겐지는 달빛이 아름다운 열여섯 새 밤을 택하여 발길을 서둘렀습니다.

"이렇게 애써 찾아주셨는데 오늘 밤은 날씨가 이 모양이라 칠현금 소리가 맑게 들릴 것 같지 않사오니 참으로 안된 일이옵니다."

명부의 이런 말에 겐지가 답하였습니다.

"그리 말하지 말고 아씨에게 가서 한 곡이라도 들려주십사 청을 넣어보게. 이대로 돌아서기는 못내 아쉬우니."

명부는 어쩔 수 없이 너저분한 자신의 방으로 겐지를 안내하고, 부끄럽고 죄스럽다 생각하면서도 아씨가 있는 침전으로 갔습니다. 아씨는 아직 격자창을 내리지 않은 채 매화꽃 향기 떠다니는 정원을 바라보고 있었습니다. 명부는 마침 잘됐다 싶어 이렇게 말하였습니다.

"오늘 밤 같은 날씨에는 칠현금 소리가 사뭇 아름답고 맑게 울려 퍼지겠다 여겨 이렇게 들렸습니다. 늘 바삐 드나드는지라 느긋하게 칠현금 소리를 들을 수 없는 것이 유감이었습니다."

"칠현금 소리를 알아주는 사람이 아직 있었다니요. 하지만 궁중에 드나드는 그대처럼 안목 있는 사람에게 들려드릴 만한 것이 못 됩니다."

이렇게 말하면서도 당장에 칠현금을 끌어당기니 그 모습이 너무도 순순하여 명부는 오히려 아씨의 칠현금 소리가 겐지의 귀에 어떻게 들릴까 걱정스럽고 초조하였습니다.

아씨는 들릴 듯 말듯 아련하게 칠현금을 퉁겼습니다. 그 소리가 겐지에게는 그윽하게 들리니, 솜씨가 그리 뛰어난 것은 아니나 칠현금은 원래가 음색이 고상한 악기여서 듣기에 곤혹스럽지는 않았습니다.

'과거 히타치의 태수였던 훌륭하신 아버지가 말년에 본 아씨를 고풍스럽고 소중하게 애지중지 키웠을 터인데, 지금은 흔적도 없이 사방이 황량하고 쓸쓸하니 아씨의 마음이 얼마나 슬프고 허망할꼬. 옛이야기 속에서도 이렇게 황량한 곳에는 가슴 설레는 사랑 이야기가 많이 얽혀 있던데.'

이렇게 생각하자 겐지는 아씨에게 말을 붙여보고 싶은 생각이 간절하였습니다. 허나 지금 당장 말을 걸면 너무도 갑작스럽다 여겨질지도 모르는 일이라 잠시 주저하였습니다.

명부는 눈치가 빠른 여자였습니다.

"아무래도 구름이 몰려오는 듯합니다. 제 방에 손님이 오기로 되어 있는데 여기에만 이렇게 있으면 일부러 방을 비웠다 의심받을 수도 있으니 방으로 돌아가겠습니다. 언젠가 또 칠현금 소리를 들려주세요. 격자창은 제가 내려두겠습니다.”

겐지에게 칠현금 소리를 너무 오래 들려주면 좋지 않을 것 같아 명부는 이렇게 말하고 더 이상 권하지 않은 채 돌아오고 말았습니다.

“차라리 듣지 않으니만 못하구나. 솜씨가 어떤지 제대로 분간할 새도 없었으니 유감이로다.”

겐지가 이렇게 말하니, 아무래도 관심이 가는 듯하였습니다.

“이왕이면 좀더 가까운 곳에서 듣도록 해주게나.”

겐지가 떼를 쓰지만 명부는 그윽하다 여기는 선에서 훗날을 기약하는 편이 좋겠다는 생각에 이렇게 말하였습니다.

“황송하오나 아씨는 뜻하지 않은 생활에 불안하고 침통하여 꺼져 들어갈 듯 딱한 모습인지라 가까이 모실 수가 없사옵니다.”

겐지는 과연 옳은 말이다, 남녀가 만나자마자 서로를 드러내놓고 친밀해지는 것은 신분이 낮은 자들에게나 가능한 일이니, 하고 생각하였습니다. 그에 비하여 이 아씨는 측은할 정도로 신분이 어엿한 터라 이렇게 덧붙였습니다.

“그래도 역시, 내 마음을 넌지시 전해주었으면 좋겠구나.”

그러고는 어디 다른 약속이라도 있는 것이겠지요. 서둘러 발길을 돌리려 하였습니다.

"겐지 님이 너무 성실하다 하여 걱정을 하시는 폐하를 생각하면 때로는 어이가 없사옵니다. 오늘 밤처럼 남의 눈을 피해 다니시는 모습을 폐하께서는 상상도 못하옵겠지요."

명부가 말하자 겐지는 웃으면서 말하였습니다.

"너까지 다른 사람들처럼 내 험담을 해서야 되겠느냐. 이 정도 처사를 무분별한 행동이라 한다면 누구누구의 몸가짐은 뭐라 변명하겠느냐."

명부는 겐지가 자신을 바람기 많은 여자라 생각하면서 간혹 가다 이런 말로 놀리는 것이 부끄러워 한마디도 받아치지 못하였습니다.

침전 쪽으로 가보면 아씨의 기척이라도 살필 수 있을까 싶어서 겐지는 살며시 방을 빠져나왔습니다. 썩고 허물어져 형상조차 희미한 널울타리 뒤에 다가가니 앞서 와 서 있는 남자가 있었습니다. 누구지, 아씨에게 은밀히 마음을 두고 있는 호색한이 여기에도 있었군, 하고 생각하면서 울타리 뒤에 몸을 바싹 기대고 살폈습니다. 그 남자는 실은 두중장이었습니다.

오늘 저녁 두중장과 겐지는 함께 퇴궁하였는데, 겐지는 좌대신 댁에도 들르지 않고 그렇다고 이조원으로 돌아가지도 않은 채 곧바로 두중장과 헤어졌습니다. 어느 쪽으로 발길을 할 요량인지 호기심이 인 두중장은 약속한 여자의 집으로 가지 않고 겐지의 뒤를 미행하였습니다. 두중장이 허름한 말에 평상복을 아무렇게나 걸친 차림으로 쫓아왔기에 겐지가 눈치를 채지 못한 게지요.

두중장은 겐지가 뜻하지 않게 명부의 방으로 들어가자 대체 무슨 일인지 의심하였습니다. 그때 칠현금의 소리가 들려와 그 자리에 서서 넋을 잃고 듣다가, 이제 슬슬 겐지가 돌아가려고 나오는가 싶어 기다리고 있었던 것입니다.

겐지는 아직도 그 남자가 누구인지 모르고 있는데, 자신의 정체 또한 알리고 싶지 않아 살금살금 사라지려 하였습니다. 그러던 차에 두중장이 불쑥 다가와 비아냥거렸습니다.

"자네, 나를 따돌린 섭섭함에 이렇게 배웅을 하였네."

나란히 퇴궁하였거늘
열엿새 밤에 뜬 달이
구름에 가리듯
슬며시 모습을 감춘 그대
원망스럽구려

겐지는 부아가 나기는 하였지만, 결국 두중장임을 알자 다소 우습기도 하여 투덜거렸습니다.

"엉뚱한 장난을 하네그려."

뉘 집인들

구별 않고 비치는 달빛을
사람들이야 바라만 보았지
그 달이 기우는 산까지
어느 누가 쫓아가리오

겐지가 노래를 읊자 두중장이 말하였습니다.

"이렇게 자네의 뒤를 밟고 다니겠다면 어쩌려는가?"

그러고는 다시 말을 뒤집어 이렇게 충고하였습니다.

"이렇게 은밀한 걸음은 재주 있는 사람을 데리고 다녀야 일이 잘 풀리는 법일세. 그러니 앞으로는 나를 따돌리지 않는 편이 좋을 게야. 신분을 숨겨가면서까지 돌아다니다 보면 생각지도 않은 실수를 저지를 수도 있지 않겠나."

겐지는 늘 이런 식으로 두중장에게 정사의 꼬리를 밟히는 것이 못마땅하였지만, 죽은 유가오의 딸의 행방만은 아직도 찾아내지 못하였으니 그것만큼은 자신의 큰 수확이라 여기고 있었습니다.

겐지와 두중장은 서로가 갈 곳이 있으면서도 농지거리를 하다보니 헤어지기가 아쉬워, 함께 수레에 올라타고 달이 구름 속으로 들어가 사방이 교교한 거리를 젓대를 불면서 좌대신 댁으로 향하였습니다.

행차를 알리라 시키지도 않고 남몰래 댁 안으로 들어가자, 눈에 띄지 않는 건널복도에서 평상복을 가져오라 하여 옷을 갈아

입었습니다.

그 후에는 시침 뗀 표정으로 지금 막 왔다는 듯이 함께 젓대를 불며 흥에 젖었습니다. 좌대신이 때를 놓치지 않고 고려 피리를 꺼내왔습니다. 좌대신의 피리 솜씨 또한 대단하니, 멋들어진 소리가 흘러나왔습니다.

발 안에서도 음악을 즐길 줄 아는 시녀들이 합세하였습니다.

시녀들 중에서 중무는 특히 비파를 켜는 솜씨가 뛰어났습니다. 그녀는 두중장의 사랑을 받고 있었으나 그 사랑을 마다하고, 이렇듯 가끔씩 찾아오는 겐지의 정이 그리워 관계를 끊지 못하고 있었습니다.

그런 일을 끝까지 숨길 수는 없으니 좌대신의 정부인도 언짢아하였습니다. 중무는 마음도 아프고 한심한 생각에 오늘도 수심에 잠겨 사람 눈에 띄지 않는 곳에 누워 있습니다. 차라리 겐지를 전혀 만날 수 없는 먼 곳으로 떠나자고 생각하니 그 역시 불안하고 허전하여 괴로운 것이었습니다.

겐지와 두중장은 아까 들었던 히타치 아씨의 칠현금 소리를 떠올리니, 그 보잘것없는 집 또한 여느 집 같지 않고 정취가 있는 듯 여겨졌습니다. 그 점에 대해서 두중장은 이런 상상마저 하였습니다.

'만약 그렇게 황량한 곳에 아름답고 가련한 여자가 오랜 세월 살고 있다면, 그 사람을 처음 보고도 견딜 수 없이 사랑스러

워, 나 같은 사람은 세상에 소문이 파다하게 나도록 얼이 빠져 볼썽사나운 꼴을 하겠지.'

겐지가 그토록 열심히 다니는 것을 보면 절대로 그냥 놔두지는 않을 터인데, 하고 생각하니 샘이 나기도 하고 마음에 걸리기도 하였습니다.

그 후 겐지와 두중장이 모두 아씨에게 편지를 보낸 듯한데 어느 쪽에도 답장은 오지 않았습니다. 두중장은 사정을 알 수 없어 답답하기도 하지만 시답잖기도 하였습니다.

'이래 가지고야 아무 멋도 없지 않은가. 그렇게 호젓한 곳에 사는 사람은 사물의 정취를 잘 알고, 하잘것없는 초목과 풍경 하나에도 금방 노래를 지어 보내는 등 고상한 마음씨가 엿보여야 남자들의 마음이 쏠리는 법인데. 아무리 신분이 높다지만 이렇게 소극적이어서야 아무 멋도 없고, 보기에도 좋지 않지.'

두중장은 겐지 이상으로 애를 태우며 숨길 것도 허물도 없는 상대인 겐지에게 이렇게 투덜거렸습니다.

"그런데 그쪽에서 온 편지는 보았는가. 나도 슬쩍 편지를 보냈는데 보란 듯이 무시당하고 말았네."

겐지는 두중장 역시 말을 건넸군, 하고 생각하였습니다.

"글쎄나, 딱히 답장을 보고 싶은 마음이 없는 탓인가, 봤는지 어쩐지 잘 모르겠군."

겐지가 피식피식 웃으면서 애매하게 대답하자 두중장은 그렇다면 나만 무시를 당했군, 하고 몹시 분해하였습니다.

겐지는 애당초 그리 심하게 집착하지 않은데다 매정한 취급을 받아 거의 흥이 식어버렸습니다. 그런데 아직도 두중장이 열심히 공을 들이는 것을 보고, 결국 여자는 유혹에 능란한 말 많은 남자에게 마음을 줄 터인데, 그때 가서 두중장이 득의양양하여 먼저 말을 건넨 나를 여자한테 차인 것처럼 거들먹거리면 화가 날 것 같아 명부와 진지하게 의논하였습니다.

"아씨가 답장 한번 주지 않고 상대도 하지 않겠다는 투이니 정말 애가 타는구나. 나를 바람둥이라 여기고 있는 게지. 이래 뵈도 나는 마음이 죽 끓듯 변하는 성격은 아닌데……. 지금까지 상대한 여자들의 마음이 차분하거나 느긋하지 못하여 뜻하지 않은 결과를 낳았을 뿐인 것을. 그러나 결과야 모두 내 바람기 탓으로 여겨질 터이지. 얌전하고 붙임성 있고, 곁에서 뭐라뭐라 간섭하고 잔소리하는 부모 형제들이 없는 여자 같으면야 얼마나 사랑스럽겠느냐."

명부는 아씨에 대해서 아는 대로 고하였습니다.

"사이바라의 「비를 피해 그대 집으로」마냥 풍류를 원하신다면 아씨는 전혀 걸맞지 않사옵니다. 아씨는 수줍음을 너무 많이 타고, 세상에 드물 정도로 내성적인 분입니다."

"똑똑한 척하지 않고 재기를 뽐내지 않는 것이겠지. 여자는 천진하고 여유가 있는 편이 훨씬 더 귀여운 법이니라."

겐지는 그렇게 말하면서 유가오의 얼굴을 떠올렸습니다.

그러다 학질에 걸리기도 하고 남모르는 은밀한 사랑에 깊이 고뇌하느라 한시도 마음 편안할 새 없이 봄이 가고 여름이 가고 말았습니다.

어느 사이엔가 가을이 와 조용히 생각에 잠겨 있으려니, 유가오의 집에서 들었던 다듬이질 소리와 귀에 거슬리던 디딜방아 소리마저 그리워졌습니다.

히타치의 아씨에게도 여전히 편지를 보내고 있으나 답장이 없어 전혀 속내를 알 수가 없었습니다. 남녀 사이를 너무 모르는 것이 아닌가 싶어 답답하나, 그렇다고 이대로 물러설 수는 없다는 오기에 공연히 명부만 채근하였습니다.

"대체 이 어찌 된 일인가. 지금까지 이토록 무례한 대접을 받은 일이 없건만."

겐지가 이렇듯 불쾌해하며 화를 내자 명부는 안타까운 마음에 이렇게 대답하였습니다.

"걸맞지 않은 인연이라고는 절대 말씀드리지 않았사옵니다. 다만 매사에 턱없이 부끄러움을 타는 분이오라 답장을 쓰지 못하는 줄로 아옵니다."

"그야말로 세상 물정을 모르는 사람이로구나. 아직 철이 없는 나이이거나, 부모의 간섭이 심하여 자기 마음대로 운신할 수 없어 그토록 부끄러움을 탄다면 그나마 납득이 가겠으나, 그 아씨 같으면 분별이 분명하리라 여기기에 편지를 보내는 것 아니겠느냐. 게다가 나 역시 마음이 허전하고 무료하여 아씨 역시 같은 마음으로 편지나 주고받을 수 있다면 하고 바랄 뿐인데. 이런저런 사랑놀이를 하자는 것이 아니라, 그 황량한 툇마루에서 시간을 보내고 싶을 따름이거늘. 이대로는 참으로 이해할 수 없고 한심한 기분이 들 뿐이니, 아씨의 허락이 없으면 없는 대로 자네가 재주를 부려서 다리를 좀 놓아보게. 자네가 마음을 졸이거나 불쾌해할 일은 내 절대로 하지 않을 것이니."

겐지는 그렇게 명부에게 당부하였습니다.

세상에 떠도는 여자들에 관한 소문을 넌지시 귀동냥하여 모아들이고, 그 가운데 괜찮다 싶은 여자를 마음에 담아두는 겐지의 버릇은 여전하였습니다. 그러하기에 사람의 발길이 뜸하여 쓸쓸한 저녁나절, 명부가 무슨 말을 하는 차에 아씨에 대해 슬쩍 꺼낸 말을 이렇게 마음에 담아두고 애를 태우는 것이지요.

명부는 겐지의 채근이 다소 성가시기도 하고, 아씨만 해도 여자다움이나 그윽한 성품이 엿보이는 분이 아니라, 자칫 잘못 연을 맺어주었다가는 오히려 아씨가 슬픈 일을 당할 우려도 있겠다 생각하였습니다. 그렇다고 겐지가 이렇게 애가 타도록 청하는데 그냥 흘려듣는다면 못된 여자라 여겨질 듯하기도 하였습니다.

아버지가 살아 계실 때에도 세태를 따라가지 못하는 집안이라 하여 찾아오는 이가 별로 없었는데, 하물며 지금은 잡풀 무성한 뜰을 헤치고 찾아오는 이가 있을 리 없습니다. 그런 곳에 황송하게도 신분 높고 훌륭하신 분이 때로 마음을 전해주니 젊은 시녀들은 싱글벙글 좋아하며 권하였습니다.

"답장을 쓰세요."

그러나 아씨는 성격이 너무도 소심하여 편지를 꺼내보려고도 하지 않았습니다.

명부는 정녕 그렇다면 적당한 기회를 보아 휘장을 사이에 두고나마 얘기를 나누어보게 해보고 마음에 들지 않으면 그대로 끝내면 될 일, 인연이 있어 겐지가 드나들게 된다 한들 뭐라고 할 사람은 없다고 생각하였습니다. 원래 명부는 바람기가 많은 데다 경솔한 성격이라 그렇게 혼자 정하고는 아버지인 병부의 대보에게도 자세한 말을 하지 않았습니다.

팔월 이십일즈음이었습니다. 달이 좀처럼 떠오르지 않아 언제나 밤이 깊을는지 기다리는 마음은 초조하기만 합니다. 하늘에는 별빛만 초롱초롱하고, 소나무 가지 사이로 부는 바람 소리도 쓸쓸하게만 들립니다.

이런 밤이면 아씨는 명부와 얘기를 나누면서 옛일을 떠올리며 눈물을 흘리는데, 이때다 생각하고 명부가 겐지에게 전갈을 보냈는지, 겐지가 늘 그렇듯 은밀하게 찾아왔습니다.

겐지가 둥실 떠오른 달빛에 음산하게 드러난 황량한 널울타리 주변 풍경을 바라보고 있자니, 명부가 그리하라 권한 것인지 아씨가 칠현금을 퉁기는 소리가 들렸습니다. 꽤 솜씨 있는 음색이었습니다.

명부는 색을 좋아하는 자신의 가벼운 마음으로, 아씨가 좀더 접근하기 쉽고 세련된 멋을 지니고 있다면 좋으련만, 하고 아쉽게 생각하였습니다.

그 집은 사람들 눈에 잘 띄지 않는 곳에 있는 터라 겐지는 아무 거리낌 없이 들어가 명부를 불렀습니다.

명부는 막 겐지의 행차를 알았다는 듯 놀란 표정으로 아씨에게 말했습니다.

"아유 어쩌면 좋습니까. 정말 큰일입니다. 겐지 님께서 몸소 찾아오신 듯싶습니다. 아씨께서 답장을 주지 않는 것을 늘 원망하셨는데 제 마음대로 어찌할 수 없는 일이라 거절하였건만, 그렇다면 직접 아씨를 찾아 말하겠노라 하셨습니다. 뭐라 대답하면 좋을지요. 높으신 분이 어려운 걸음을 하셨는데, 매정하게 돌려보낼 수도 없는 노릇이니 휘장 너머로 말씀만 들으면 어떻겠습니까?"

명부의 말을 듣고 몹시 부끄러워하며 안쪽으로 슬금슬금 피하는 아씨의 모습이 마치 어린애 같았습니다.

"나는 사람과 얘기할 줄을 모르는데."

명부는 웃으면서 가르쳤습니다.

"그렇게 어린애처럼 구시니 참으로 걱정입니다. 더없이 고귀한 신분의 아씨이나 양친께서 살아 계셔 뒷배가 든든한 때라면 어린애처럼 철이 없어도 상관없지만, 이렇듯 애처로운 처지에 있으면서도 여전히 세상을 무서워하시는 것은 그리 좋지 않습니다."

아씨는 남이 하는 말에 모질게 반대하지 못하는 성품이라 이렇게 대답하였습니다.

"대답은 하지 않고 그냥 듣고만 있어도 괜찮다면 격자창을 내리고 이곳에서 듣기로 하마."

"툇마루로 모시는 것은 무례한 일입니다. 겐지 님께서 설마 억지스럽고 경솔한 처신을 하시겠습니까."

명부는 그렇게 듣기 좋게 말을 얼버무리고는 차양의 방과 안방 사이에 있는 장지문의 자물쇠를 걸고 자리를 깔아 자리를 마련했습니다.

아씨는 몹시 거북살스러웠으나, 남자를 만날 때 어떤 마음가짐으로 어떤 준비를 해야 하는지 전혀 모르는 터라 명부가 이리 권하는 것은 그럴 만한 이유가 있어서일 것이라 생각하고는 모든 것을 맡겼습니다. 유모 등 늙은 여자들은 일찌감치 자기 방으로 돌아가 초저녁잠을 자는 때인데, 젊은 시녀 두셋은 아직 자지 않고 명성이 자자한 겐지 님의 모습을 한번이나마 보려고 긴장하고 있습니다.

명부는 아씨의 옷을 보기 흉하지 않을 만한 것으로 갈아입히고, 화장이며 몸단장을 해주었습니다.

그런데 당사자인 아씨는 전혀 마음이 동하지 않는 눈치였습니다.

겐지는 더할 나위 없이 아름답고 훌륭하신 분, 오늘 밤은 은밀한 걸음을 하느라 눈에 띄지 않는 수수한 차림새로 몸을 감췄는데도 더없이 아름다우니 그 유려한 아름다움을 정취를 아는 사람에게 보이고 싶을 정도였습니다. 명부는 이 황량한 집에서는 그 아름다움이 빛나지 않을 것이라 아쉽게 여겼습니다.

다만 아씨의 태도가 차분하여 불필요한 말을 하지는 않을 것이니 그나마 안심이었습니다.

명부는 겐지의 채근에 시달리다 못해 이렇게 무모하게 다리를 놓았는데, 이 일로 아씨의 앞날에 우환이 생기지나 않을까 점차 걱정스러웠습니다.

겐지는, 아씨의 신분으로 보아 요즘 세상에 흔한 세련되고 오만한 여자가 아니라 그윽하고 품위 있는 여자일 것이라고 상상하고 있습니다. 명부가 억지로 권하여 아씨가 살며시 앞으로 나오는 모양인지, 기척이 사뭇 조용하고 옷에서는 은은한 향내가 풍겨 과연 기품이 느껴졌습니다.

역시 기대했던 대로라고 겐지는 아주 만족하였습니다. 오래도록 사모해왔노라며 가슴에 사무친 사연을 현란한 말솜씨로 풀어내지만 겐지의 편지에 답장조차 보내지 않은 아씨가, 하물며 직접 대답할 리가 없습니다.

"이렇듯 아무 말씀이 없으니 어찌 된 일이오."

겐지는 한탄하였습니다.

　수십 번이고 그대의 무언을

참아왔거늘
아무 말 하지 말라
말씀하지 않는 것이
그나마 다행이라 여기오

"차라리 단념하라 분명하게 말해주구려. 이처럼 이것도 저것
도 아닌 상태는 괴로워 견딜 수가 없소이다."
겐지가 그렇게 말하자, 유모의 기민하고 눈치 빠른 젊은 딸이
답답하여 보고만 있을 수 없는지 아씨 곁으로 다가가, 젊디젊은
목소리로 아씨의 목소리를 흉내내어 직접 말하였습니다.

팔강(八講)의 끝을 알리는 종을 울리듯
말문을 닫은 채 무턱대고
연을 끊을 수는 없으나
대답지 못하는 괴로움에 가슴이 메이니
이 또한 이상한 일

겐지는 그리 진중하지 못한 목소리에 아씨의 신분에 걸맞지
않게 곰살스럽다고 생각하였습니다.
"처음 대답이라 놀랍기도 하고 목소리를 들으니 오히려 내가
할 말을 잃었소이다."

말함이 말하지 않으니만 못하고
생각함만 못하다는 것을 알면서도
그대의 오랜 침묵은
역시 괴롭고 견딜 수 없으니

그러고는 뭐라뭐라 두서는 없지만 농담을 하듯 한편으로는
진지하게 얘기를 건네보았으나, 아씨는 여전히 대답이 없으니
아무 보람이 없었습니다.

이렇게 아무 반응이 없는 것은 이상한 일이고, 어쩌면 다른
남자를 사랑하고 있어서인지도 모르겠다고 생각한 겐지는 울컥
화가 난 김에 장지문을 슬쩍 열고 갑자기 안으로 들어갔습니다.

"어머, 너무하시옵니다. 사람을 안심하게 하셔놓고."

명부는 이렇게 겐지를 탓하였으나, 아씨를 가여워하는 마음
에 그대로 모르는 척 자기 방으로 가버리고 말았습니다.

곁에 있는 젊은 시녀들 역시, 겐지 님은 세상에 보기 드문 아
름다운 분이라는 소문을 익히 들은 터라 뭐라 비난도 못하고 요
란스럽게 한탄하지도 못하였습니다. 다만 너무도 뜻하지 않게
갑자기 생긴 일이라 아무런 마음의 준비도 없을 터인데, 하고
아씨를 안쓰러워하였습니다.

아씨 자신은 얼이 빠져 어쩔 줄을 모르고 그저 부끄럽고 어색
한 느낌 외에는 아무 생각도 없었습니다.

지금은 이런 태도가 오히려 사랑스럽지, 아직 아무것도 모르

는 철부지에 고이고이 자란 몸이니 어쩔 수 없지, 하고 겐지는 너그럽게 용서하는 한편, 너무도 반응이 없어 왠지 모르게 석연치 않고 기묘하면서도 안됐다는 느낌이 들었습니다. 결국 겐지는 이 사람의 어디에 그토록 마음이 끌렸던가, 하고 아씨가 마음에 들지 않아 실망하고 깊은 한숨을 내쉬며 아직 날이 채 밝기도 전에 그만 돌아가고 말았습니다.

명부는 일이 어떻게 되었을까 하고 잠도 자지 않고 신경을 곤두세우면서 누워 있다가, 끝내 모르는 척하려고 시녀들에게 겐지 님을 배웅하라는 말도 하지 않았습니다.

겐지도 눈에 띄지 않게 슬쩍 발길을 돌렸습니다.

겐지는 이조원으로 돌아와 잠자리에 들어서도, 역시 세상일이란 그리 마음대로 되지 않는 법이라고 생각하였습니다. 아씨의 높은 신분을 생각하면 마음에 들지 않는다 하여 소홀히 다룰수도 없으니, 마음만 괴로울 뿐이었습니다.

이런저런 생각을 하고 있는데 두중장이 찾아왔습니다.

"늦도록 잠을 자는군. 무슨 사연이 있을 법하네그려."

두중장이 말하자 겐지는 자리에서 일어나 말하였습니다.

"홀로 자는 편안함에 그만 마음이 해이해졌는지 늦잠을 자고 말았네. 궁중에서 오는 길인가?"

"그렇네, 막 퇴궁을 하는 길이네. 폐하께서 주작원으로 행차하시는데, 악사와 무인을 오늘 정한다는 말씀을 들었기에 아버님께도 그 뜻을 전하려고 나온 참이네. 금방 돌아가야 하네."

두중장의 급한 대답에 겐지는 대답하였습니다.

"그럼 같이 가세나."

두중장과 함께 죽과 찰밥으로 아침을 먹고 수레 두 대를 대령하게 하였으나, 한 수레에 같이 타고 갔습니다.

"아직 잠이 덜 깬 모양이로군. 정말 숨기는 일도 많으이."

두중장은 아침에 돌아온 겐지를 두고 빈정거렸습니다.

이날은 여러 가지 일이 정해지는 날이라 겐지는 하루 종일 궁중에 머물렀습니다.

그나마 편지라도 보내지 않으면 히타치 아씨가 가엾겠다는 생각에 저녁나절이 되어서야 간신히 편지를 썼습니다. 비가 내리기 시작하여 길을 나서기가 불편한데다, 그 집에서 비를 피하고 싶지 않았던 탓이겠지요.

히타치 아씨의 집에서 명부는 아침 안부를 묻는 편지가 올 시각이 훌쩍 지났는데도 소식이 없자 아씨의 처지가 너무 안됐다는 생각에 초조하여 어쩔 줄을 몰랐습니다.

아씨는 마음속으로 어젯밤 일을 그저 부끄러워만 할 뿐, 아침에 와야 할 편지가 해가 진 후에야 온 것이 예의에 어긋남은 물론이요, 너무한 처사라는 것조차 모르고 있었습니다. 편지에는 이렇게 씌어 있었습니다.

그대의 마음이 아직은
저녁 안개가 걷히듯
환히 열리지 않은 듯싶어
이 저녁 내리는 비가
더없이 우울하구려

"비가 그치기를 기다려 찾아가고 싶은데, 이 비가 언제 그칠지 답답하기만 하구려."

글투로 본즉 겐지가 와주지 않을 것 같아 시녀들은 마음이 아팠습니다.

"그래도 답장을 쓰세요."

시녀들이 이렇게 권하나, 아씨는 그저 마음이 혼란스러워 상투적인 화답가조차 쓰지 못하고 있습니다.

"어서 쓰지 않으면 밤이 깊어집니다."

예의 유모의 딸이 이렇게 가르치며 채근하였습니다.

허전한 마음으로
그대 찾아주시기를 기다리는
내 마음을 헤아려주세요
그대 마음이 내 마음 같지 않더라도

아씨는 시녀들이 입을 모아 종용하는 터라, 해묵어 빛바랜 보라색 종이에 흘려쓰지 않고 힘이 담긴 고풍스러운 서체로 글자의 위아래를 가지런히 맞추어 써내려갔습니다.

허나 겐지는 아씨의 그런 편지 따위는 펼쳐볼 마음도 없어 그대로 내버리고 말았습니다. 그러나 아씨가 오늘 밤 찾아오지 않는 자기를 어떻게 생각할까, 하고 생각하면 마음이 편치는 않았습니다.

이런 일을 두고 후회스럽다는 것이겠지요. 그렇기는 하나 이제 와서 어쩔 수 없는 일. 겐지는, 그런 여자이기는 하나 일이 이렇게 된 이상 마지막까지 버리지 않고 뒤를 돌봐주리라 다짐하였습니다.

겐지의 그런 속내를 알 리 없는 히타치 친왕 댁에서는 몹시 한탄하고 있었습니다.

밤이 되자 겐지는 퇴궁하여 자택으로 돌아가는 좌대신과 동행하였습니다.

좌대신은 천황의 주작원 행차에 대한 기대로 흥이 났고, 자식들도 모이면 그 얘기를 하며 각자 그날을 위하여 가무를 연습하였습니다.

온갖 악기 소리가 누구에겐들 질쏘냐 평소보다 시끄럽게 기량을 다투니, 여느 때의 관현합주와는 상황이 다릅니다. 피리와 퉁소도 드높은 소리로 연주되고, 귀한 몸임에도 불구하고 당하관이 담당하는 큰북까지 난간에다 내놓고 손수 쿵쿵 두드리며 합주하고 있습니다.

이런저런 일로 쉴 틈 없는 겐지는 애틋하게 그리운 여자에게 는 잠시라도 짬을 내어 은밀하게 발길을 하였지만, 히타치의 아씨 집에는 소식 한번 주지 않은 채 가을도 저물어가고 있었습니다.

그런데도 아씨 쪽에서는 행여나 겐지 님이 찾아주지 않을까 하고 기다리고 또 기다리는 사이, 무정한 세월만 흘렀습니다.

행차의 날이 머지않은 어느 날, 명부가 무악의 시연을 하느라 시끌벅적한 궁중에 들었습니다.

겐지는 이렇게 물으며 아씨의 안위를 걱정하였습니다.

"아씨는 어찌 지내고 있는가?"

명부는 아씨의 근황을 전하고는 울먹이며 호소하였습니다.

"이렇듯 매정하게 발길을 끊으시니, 이 몸마저 보기가 안쓰럽 사옵니다."

겐지는 아씨가 고상한 분이라 여겨지는 선에서 일을 끝내고 싶어하였을 터인데, 자기가 일을 그르쳤으니 몰인정하다 원망 하고 있을 것이라고 명부의 속내를 헤아렸습니다. 아씨 또한 말 은 하지 않아도 몹시 상심해 있을 것이라고 상상하니, 역시 가 없은 마음이 들어 한숨을 쉬며 말합니다.

"지금은 너무도 황망하여 어쩔 수가 없구나."

그러고는 또 미소지으며 이렇게 말을 덧붙입니다.

"아씨가 사람 사이의 애정을 너무도 모르니 좀 혼내주려는 뜻이다."

그 모습이 젊디젊고 애교가 흘러 명부는 자기 얼굴에도 그만 미소가 번지는 듯합니다.

'어쩔 수 없는 일이지. 뭇 여자의 원망을 사는 나이이니, 여자의 마음은 헤아리지 않고 자기 하고 싶은 대로 하는 것도 무리는 아니지.'

명부는 이렇게 생각하였습니다.

겐지는 천황의 행차 준비로 한창 바빴던 때가 지나자 가끔 히타치 아씨를 찾아갔습니다.

후지쓰보와 인연이 있는 어린 무라사키를 찾아내어 집으로 데리고 온 후로는 그녀에게 온통 마음을 빼앗겨 육조에 사는 여인마저 점점 더 멀리하는 듯하였습니다. 하물며 황폐할 대로 황폐한 히타치 아씨의 집으로 발길을 돌릴 마음은 일지 않으니, 가엾은 일이라 생각을 하면서도 어쩔 수 없었습니다.

히타치 아씨의 정도가 지나친 부끄러움의 원인을 알아내고 싶다는 호기심도 별반 없이 세월이 흘렀습니다. 그래도 마음을 바꾸어 꼼꼼히 뜯어보면 좋은 점이 있을지도 모르지, 늘 어둠 속에서 더듬는 답답함 때문에 납득이 가지 않는 부분이 있을지도 모르니 이 두 눈으로 똑똑히 확인하고 싶다는 생각은 하지만, 그렇다고 밝은 불빛 아래서 빤히 들여다보는 것도 남사스러운 일이라 생각되었습니다.

어느 날 저녁, 시녀들이 한가롭게 쉬고 있는 틈을 타 겐지는 살며시 집 안으로 들어가 격자창 너머로 안방을 들여다보았습니다. 그러나 아씨의 모습은 보이지 않았습니다. 비록 낡고 해어진 휘장이지만 한쪽 구석으로 아무렇게나 밀어놓지 않고 옛날 자리에 그대로 있는 듯 위치가 반듯하여 안이 전혀 보이지 않았습니다. 시녀들이 네댓 명 그곳에 있었습니다. 상이 있고, 상 위에는 청자인지 중국에서 건너온 그릇들이 놓여 있는데 보기가 민망할 정도로 낡았고 음식도 아무 정취 없이 궁상스러웠습니다. 시녀들이 아씨의 방에서 물러나와 음식을 먹었습니다.

침전의 구석방에는 거뭇거뭇하게 얼룩진 하얀 옷 위에 지저분하고 단출한 겉치마를 단단히 여미고 시중을 들고 있는 시녀들이 있었습니다. 그 모습이 너무도 시대에 뒤떨어져 보기가 안쓰러웠습니다. 그럼에도 이마 위로 떨어질 듯 말듯 빗을 꽂고 있는데, 궁중의 무희를 교육하는 내교방이나 신기를 모셔둔 내시소 부근에서 이런 머리 모양을 한 늙은 시녀들을 본 적이 있는 듯하여 겐지는 우스운 생각이 들었습니다. 요즘 세상에 이렇듯 촌스러운 시녀들이 귀인을 가까이에서 모시리라고는 꿈에도 생각지 못한 일이었습니다.

"아아, 아아, 올해는 왜 이리도 추운지. 오래 사니 이렇게 비참한 시절을 맞기도 하는구나."

이렇게 탄식하는 자도 있었습니다.

"주인어른께서 살아 계셨을 때 어쩌자고 힘들고 불편하다고 불평하였는지. 이렇게 볼품없는 생활을 하고 있는데도 죽지 않고 살아 있구려."

온몸을 푸르르 떠는 시녀도 있었습니다.

이런저런 귀에 거슬리는 불평을 듣고 있기가 거북하여 겐지는 그 자리를 떠나, 방금 도착한 척하면서 격자문을 두드렸습니다.

"어머 어머."

시녀들이 당황하여 불을 밝히고 격자문을 들어올리고 안으로 모셨습니다.

예의 유모의 딸은 가모의 재원도 모시고 있기에 요즘 이쪽에 있지 않습니다. 그래서인지 한층 볼품없고 촌스런 시녀들뿐이라 분위기가 지난번보다도 못하다는 느낌이 들었습니다. 아까 시녀들이 불평하였던 눈은 점점 더 눈발이 굵어지면서 펑펑 쏟아져 내렸습니다. 날씨가 험악해지고 바람이 몰아쳐 등불이 꺼져버렸는데도 다시 붙이는 시녀가 없었습니다.

겐지는 언젠가 모처에서 악령이 덮쳤던 때의 일이 떠올랐습니다. 사방이 황량한 이곳의 모습은 그곳에 뒤지지 않는데, 집은 좁고 사람의 기척이 많아 다소나마 마음이 든든하였습니다. 그렇지만 소름이 끼칠 정도로 스산하기 그지없으니 잠이 올 것 같지 않았습니다.

하지만 이런 밤은 가슴으로 절절하게 스미는 그윽한 정취가 있으니 색다른 인상을 받아 사랑을 나누어도 좋을 만한 정경입니다. 그런데 당사자인 아씨는 자신의 껍질 안에 꼭 틀어박혀만 있을 뿐 애교도 없거니와 화사한 구석도 없으니, 겐지는 그저 한심하고 답답할 따름이었습니다.

마침내 날이 밝았습니다. 겐지는 제 손으로 격자창을 올리고 앞뜰에 쌓인 눈을 바라보았습니다. 사람의 발자국 하나 없는 눈은 끝없이 하얗고 황량하니 쓸쓸함이 더했습니다. 이런 아침에 아씨를 남겨두고 돌아서기가 가엾어 한탄하였습니다.

"저 아름다운 하늘을 좀 보시오. 어쩌면 이다지도 마음을 열어주지 않는단 말이오."

아직 바깥은 어둑어둑한데, 눈빛에 보는 겐지의 모습이 한결 아름다워 젊은이 늙은 시녀들은 미소를 머금고 올려다보았습니다.

"어서 나가보세요. 이런 식으로 가만히 앉아 계시면 오히려 무뚝뚝하게 보입니다. 여자는 무엇보다 순순해야 좋습니다."

시녀들이 채근을 하자 아씨는 내성적이기는 하여도 사람이 하는 말은 거역하지 못하는 성품이라 매무시를 가다듬고 살며시 밖으로 나갔습니다.

겐지는 아씨 쪽은 보지 않는 척 밖을 내다보고 있으나 열심히 곁눈질을 하고 있습니다. 허나 이렇게 밝을 때에 보아 조금이라도 좋아 보이면 얼마나 기쁠까 하고 생각하는 것도 이기적인 마음이 아닐까 싶습니다.

앉은키가 유난히 커 눈에 띄게 몸이 길쭉해 보이니, 역시 생각했던 대로라 가슴이 무너지는 듯한 기분이었습니다. 그다음으로 볼품없게 보인 것은 바로 코였습니다. 문득 코에 눈길이 머물렀습니다. 마치 보현보살이 타고 다니는 코끼리의 코 같았습니다. 어처구니가 없을 만큼 높고 길게 뻗어 있는데다 끝이 아래로 약간 처지고 빨간 것이 망측하기 짝이 없었습니다.

얼굴색은 눈이 무색하리만큼 새하얘서 푸른 기마저 돌았습니다. 이마가 상당히 넓은데도 얼굴 아래쪽이 길어 보이는 것은 그 끔찍하도록 긴 얼굴 탓이겠지요. 그리고 그 마른 몸이라니 마음이 아플 정도로 뼈가 불거져 나왔고 어깨는 가엾으리만큼 울룩불룩, 옷 위로도 속속 들여다보였습니다.

겐지는 어쩌자고 이렇듯 다 보고 말았느냐고 생각하면서도 아씨의 희귀한 용모에 자꾸 눈길이 쏠렸습니다.

머리 모양과 얼굴로 흘러내린 머리칼만은 흠잡을 데 없이 아름다워 여타의 아씨들에 비해 그다지 뒤지지 않아 보입니다. 검고 긴 머리칼은 겉옷 끝자락까지 흐르고 바닥까지 넘쳐나는 부분이 한 자는 되어 보입니다.

입고 있는 옷까지 흠잡는 것은 입이 건 듯 여겨지나, 옛이야기에서도 우선은 사람이 입고 있는 옷에 대해 얘기합니다. 아씨는 옅은 붉은빛 감이 너무도 낡아 표면이 허옇게 보이는 색바랜 홑옷 위에 색깔조차 알아볼 수 없을 만큼 거무튀튀한 보라색 겉옷을 입고 그 위에는 매끄러운 검은 담비 갖옷을 입고 있습니다. 그 갖옷에는 향이 그윽하게 배어 있는 듯하였습니다. 귀족다운 고풍스러운 차림이기는 하나, 역시 젊디젊은 아씨의 옷으로는 어울리지 않으니, 너무 엄숙하다 싶은 인상이 강했습니다. 하지만 갖옷을 입지 않으면 오죽 추우랴 싶은 느낌도 드니, 무척 안됐다는 동정심이 일었습니다.

겐지는 어이가 없어 아무 말도 하지 않고 자기마저 입이 막힌 듯한 기분이 드는데, 아씨의 침묵을 어떻게든 깨뜨려보려고 뭐라뭐라 말을 걸어보았습니다.

아씨는 여전히 부끄러워만 하고, 옷소매로 입가를 가린 채 촌스러우리만큼 시대에 뒤떨어진 몸짓으로 그저 가만히 앉아만 있습니다.

마치 의식을 치를 때 대소관료가 팔꿈치를 옆으로 내밀고 홀을 들고 엄숙하게 서 있는 모습을 보는 듯하였습니다. 그런데도 아씨는 미소짓고 있으니, 뭐라 말할 수 없이 볼품없어 보여 눈살이 찌푸려졌습니다. 그런 아씨가 불쌍해서 견딜 수 없는 겐지는 여느 때보다 서둘러 집을 떠났습니다.

"달리 의지할 분도 없는데 연을 맺은 나에게 이리도 쌀쌀맞게 대해서야. 부드럽고 친밀하게 대해주어야 내 보살피는 보람도 있을 터인데, 언제까지고 마음을 열어주지 않으니 정말 원망스럽소."

겐지는 이렇게 빨리 돌아가는 것을 아씨 탓으로 돌리고 노래를 읊었습니다.

처마 끝에 달린 고드름은
아침 햇살에 녹아내리는데
연못을 덮은 얇은 얼음은
어찌하여 그대 마음처럼
녹지 않는 것이더냐

　아씨는 그저 미소만 지을 뿐이었습니다. 입이 너무 무거워 화답가 따위는 도저히 읊지 못할 것 같아 안쓰러워진 겐지는 그대로 집을 나섰습니다.

　수레를 댄 중문은 뒤틀려 쓰러져가고 있는데, 어젯밤에 보았을 때도 그런가 싶기는 하여도 어둠에 가린 부분이 많았습니다. 그런데 오늘 아침에 보니 서글프도록 황폐한 가운데 소나무 위에 쌓인 눈만이 따뜻하게 보였습니다. 그 경치가 깊은 산골짜기 같아 애틋함이 더했습니다. 그런 경치를 본 겐지는 생각하였습니다.

　'그러고 보니 그 비 내리는 날 밤의 여인 품평회를 할 때, 좌마두가 미녀는 이렇게 황폐한 집에서 산다고 말하였는데, 과연 처지는 가엾고 불쌍하나 귀염성 있는 여자를 이런 곳에 살게 하여 마음이 쓰여 견딜 수 없는 그런 사랑을 하고 싶구나. 그러면 그분이 그리워 미어지는 이내 마음을 달랠 수도 있으련만.

　이곳은 이야기 속에나 나올 법한 황량하기 짝이 없는 집인데, 살고 있는 아씨는 미녀와는 거리가 먼 용모이니 얘깃거리도 못

되겠구나. 나니까 그나마 참아주지 다른 사람 같으면 견디지 못할 것이다. 내가 이렇게 이 아씨를 찾게 된 것은 죽은 히타치 친왕의 혼이 아씨의 신변을 걱정한 나머지 아씨 곁을 떠나지 못하고 인도한 탓이겠지.'

겐지는 수행원에게 귤나무에 쌓인 눈을 털어내라 명하였습니다. 그것을 시샘하는지 소나무가 스스로 가지를 흔들어 그 바람에 눈이 툭툭 떨어지니 '내 소맷자락은 그 유명한 스에의 소나무 산인가'라는 노래의 정경 같은 풍경을 바라보며, 그리 교양은 없어도 이런 때 노래라도 한 수 주고받을 수 있는 사람이 있었으면 좋겠다고 생각하였습니다.

수레가 나갈 문이 아직 닫혀 있어 문지기를 찾으니 늙수그레한 노인이 나왔습니다. 노인의 딸인지 손녀인지 모를 여자가 몹시 지저분하고 검댕이 군데군데 묻어 있는 차림으로 부들부들 떨면서, 희미한 등불이 담긴 이상한 그릇을 들고 불이 꺼질세라 소맷자락으로 감싸고 서 있습니다.

문이 잘 열리지 않는지 노인이 난감해하자 여자가 옆으로 다가가 힘을 합하고 있는데 그 모습이 또한 보기가 민망하였습니다. 결국은 겐지의 수행원이 문을 열었습니다.

이 아침
문지기 노인의 허연
머리칼에 내린 눈을 보자니

노인의 머리칼이 눈에 젖듯이
내 옷소매 또한 눈물로 젖누나

'어린아이들은 헐벗고 늙은이들 몸 싸늘하다'라는 『백씨문집』의 시구를 흥얼거리다 보니 그 시구에 이어지는 '비탄이 한기와 함께 코에 스미니 시큰하네'라는 시구가 떠오르며 동시에 코끝이 빨갛도록 추워 보였던 아씨의 얼굴이 문득 생각나, 겐지는 자기도 모르게 미소지었습니다. 두중장이 그 코를 보았다면 얼마나 기발한 비유를 하였을까. 늘 내 뒤를 캐고 다니는 사람이니 조만간 틀림없이 알게 되겠지, 하면서도 그 또한 어쩔 수 없는 일이라고 생각하였습니다.

세상 여자들만한 그만그만한 용모였다면 그냥 잊어버릴 터인데, 아씨의 해괴망측한 모습을 알알이 보고 만 겐지는 오히려 가엾은 마음에 성실하게 편지를 보냈습니다. 물론 아씨에게 깊은 애정을 보인 것은 아니었습니다.

담비 갖옷을 대신할 비단옷감과 무명, 늙은 시녀들의 옷가지, 문지기 노인 것까지 위아래를 불문하고 아씨를 시중드는 사람들에게 일일이 신경을 쓰며 물건을 보냈습니다.

이렇게 생활의 편의까지 살피는데 아씨는 그것을 그리 부끄럽게 여기지 않으니 겐지는 오히려 편한 마음으로 뒤를 봐주리라 마음먹었습니다. 이렇듯 남다르게, 해서는 안 될 집안 속사정까지 살피며 뒤를 돌봐주었습니다.

저녁나절, 느긋하게 바둑을 두는 우쓰세미의 옆얼굴은 미모와는 거리가 있어 보였으나 교양 있는 몸짓에 결점이 가려져서 그다지 나쁘지는 않았습니다. 히타치의 아씨는 신분으로 하자면 우쓰세미에 뒤질 것이 없는데 이 모양이니, 좋은 여자와 그렇지 못한 여자는 신분에 의해 나뉘는 것이 아님을 알게 되었습니다.

우쓰세미는 마음씨가 곱고 얄미울 정도로 고상한 여자였는데 끝내 이기지 못하고 끝나버렸다고, 무슨 일이 있을 때마다 생각나곤 하였습니다.

그해도 저물었습니다. 겐지가 궁중의 숙직소에 있는데 대보 명부가 찾아왔습니다. 겐지가 머리를 빗을 때 곧잘 불러들이는 대보 명부는 겐지와 애정관계로 얽히지 않은 편안한 사이입니다. 가까이 불러 일을 시킬 때는 스스럼없이 농담까지 하는 터라, 명부는 부름이 없을 때에도 드릴 말씀이 있으면 찾아오곤 하였습니다. 명부가 의미심장한 뜻이라도 있는 듯 웃으며 좀처럼 말을 꺼내려 하지 않았습니다.

"참으로 묘한 일이오나 말씀드리지 않으려니 그럴 수도 없어 난감한지라."

겐지가 말하였습니다.

"대체 무슨 얘기더냐. 내게 그리 조심스러워할 일도 없을 터인데."

"무엇을 감추오리까. 제 자신의 바람이라면 황송하오나 제일 먼저 말씀드릴 것이옵니다. 그러나 이 얘기는 말씀 꺼내기가 어려워."

명부가 주춤거리니 겐지는 명부를 얄밉게 생각하였습니다.

"또 괜한 수작을 부리는구나."

"히타치의 아씨에게서 편지가 왔사옵니다."

명부는 그렇게 말하고는 편지를 내밀었습니다.

"그렇다면 더욱이 숨기지 말아야지."

편지를 받아드는 겐지의 모습을 보니 명부는 가슴이 무너지는 듯하였습니다.

참빗살나무 껍질로 만든 두툼한 종이에 향내가 짙게 배어 있었습니다. 글씨도 제법 그럴싸한데, 노래는 이렇게 씌어 있었습니다.

당신의 불성실한 마음이
견딜 수 없이 괴로우니
내 당의 자락은
늘 눈물에 젖어 축축하여라

겐지는 어째 석연치 않다는 표정으로 고개를 갸웃하였습니다. 명부는 보자기 위에 묵직하고 고풍스러운 옷함을 올려놓고 겐지 앞으로 밀었습니다.

"이렇게 이상한 것을 부끄러워 어찌 보여드리겠나이까. 허나 아씨가 정초에 겐지 님 입으시라 부러 보낸 것을 제가 함부로 돌려보낼 수도 없는 노릇이고, 그렇다고 제 수중에 두어두는 것도 아씨의 뜻을 저버리는 것이라, 아무튼 보여드리자 싶어."

명부가 말하자 겐지는 빈정거리고는 더 이상 말을 잇지 않았습니다.

"나 몰래 간직하였다면 자네를 원망했을 것이야. 젖은 옷소매를 베개 삼아 같이 잠자리에 들어줄 이도 없는 외로운 내게는 실로 고마운 뜻이 아니겠느냐."

겐지는 생각하였습니다.

'참으로 어처구니없는 노래로군. 이 노래야말로 아씨 자신이 있는 힘을 다해 지은 노래겠지. 평소에는 아마 유모의 딸이 고쳐주었을 것이야. 그자는 지금 재원에 가 있으니 유모의 딸 외에는 첨삭을 해가며 가르쳐줄 만큼 교양 있는 시녀가 없는 게지.'

이래 가지고야 뭐라뭐라 얘기해봐야 아무 보람 없는 일, 아씨가 열심히 노래를 짓는 모습을 상상하니 안됐기도 하고 우습기도 하였습니다.

"실로 망극하다 함은 이런 노래를 두고 하는 말이겠지."

쓸쓸히 웃으며 편지를 보는 겐지의 모습이 우스꽝스러워 명부는 얼굴을 붉히고 있습니다.

도무지 봐줄 수 없을 정도로 광택도 없어지고 촌스러운 분홍

색 홑옷과 안팎이 거의 비슷할 정도로 짙은 붉은색 흔해빠진 평
상복이 옷함 속에서 자락을 내보이고 있었습니다.

겐지는 한숨을 내쉬면서도 편지를 펼쳐 놓은 채 붓을 들어 그
끝에 마음 가는 대로 뭐라 써내려갔습니다. 그 모습을 명부가
곁에서 들여다보았습니다.

　　그리 마음이 끌리는
　　사람도 아니었는데
　　어찌하여 잇꽃처럼
　　코가 빨간 그 사람을
　　건드리고 말았는지

"색이 짙은 꽃인 줄 알았거늘."
이렇게 끄적거리고 있었습니다.

명부는 겐지가 홍화의 다른 이름인 잇꽃을 헐뜯는 데는 무슨
사연이 있을 것이라고 생각하는데, 달빛에 얼핏얼핏 보았던 히
타치의 아씨 얼굴이 떠오르니 가엾기도 하고 우습기도 하였습
니다.

　　붉은색 초벌 염색처럼
　　당신의 사랑이 엷다 하나
　　아씨를 욕보여

나쁜 소문만은

떠돌지 않게 하소서

"두 분 사이가 참으로 답답하옵니다."

만사 다 안다는 척 혼자 흥얼거리는 명부를 보고, 겐지는 그
리 능숙한 솜씨는 아니지만 아씨가 최소한 이 정도 노래나마 읊
을 수 있다면, 하고 거듭 아쉬워하였습니다. 그러나 아씨의 신
분이 신분이니만큼 그 이름을 더럽히는 나쁜 소문이 나돌면 더
없이 가여우리라 생각하였습니다. 다른 시녀들이 그 자리에 들
어오니 겐지는 긴 한숨을 내쉬었습니다.

"이건 거둬두거라. 상식 있는 사람이 이런 선물을 하겠느냐."

명부는 어찌하여 이런 것을 보이고 말았을까, 나야말로 눈
치가 없는 것은 아닐까, 하고 부끄러워하며 살며시 방을 나갔
습니다.

다음날 명부가 청량전에 드니, 겐지가 시녀들이 모여 있는 대
반소를 흘깃거리며 편지를 던졌습니다.

"어제 받은 편지의 답장이니라. 왠지 영 마음에 걸려서."

시녀들이 무슨 일인가 하고 보고들 싶어하였습니다. 겐지가
속요를 흥얼거리며 돌아갔습니다.

그저 매화꽃의 빛깔과 같은

미카사 산의 소녀를 버리고

명부는 내심 우스워서 웃음을 흘렸습니다.

"무슨 일이에요. 혼자 그리 웃으니."

시녀들이 한마디씩 하며 궁금해하였습니다. 명부는 대답하였습니다.

"아무 일도 아니에요. 이 서리 내린 추운 아침에 부드럽고 빨간 비단을 좋아하는 누군가의 빨간 코가 겐지 님에게 보였던 모양이죠. 그건 그렇고 아까 겐지 님께서 부르신 노래가 어찌나 우습던지."

이 말에 다른 시녀들은 영문을 알 수 없는 말을 떠들어댑니다.

"참 나 그렇게 얼버무리긴가요. 우리 중에 코가 빨간 사람은 아무도 없는데. 좌근 명부나 히고의 채녀가 있다면 몰라도."

명부가 겐지의 답장을 들고 히타치 아씨의 집을 찾자, 시녀들이 모여 감탄하며 돌려보았습니다.

> 만나지 못하는 밤이 많은
> 그대와 나이거늘
> 사이를 갈라놓는 옷을 보내니
> 만날 수 없는 밤을
> 더욱 높이 쌓으라는 뜻인가

하얀 종이에 술술 써내려간 것이 오히려 운치가 있었습니다.

명부는 섣달그믐날 저녁, 아씨가 보낸 옷함에 겐지가 입어주기를 바라며 다른 사람이 헌상한 옷 한 벌, 붉은 보라색 물을 들인 평상복, 황매화색 겹옷 등 여러 가지를 넣어 지참한 것을 아씨에게 드렸습니다.

아씨는 지난번 자기가 보낸 옷의 색깔이 겐지 마음에 들지 않았던 모양이라고 헤아렸으나, 늙은 시녀는 혼자 단정 지었습니다.

"아닙니다. 그것도 붉은빛이 고상하였습니다. 분명 잘 어울리실 것입니다."

"노래만 해도, 이쪽에서 보낸 것은 맥락이 반듯하고 격조가 있었습니다. 그쪽에서 온 화답가는 그저 재미만 있을 뿐이에요."

이렇게 말하였습니다. 아씨 역시 그 노래는 여간 고심한 것이 아니었기에 일부러 종이에 써둔 것이었습니다.

정월 초하루에서 며칠이 지나자, 늘 그러하듯 중순에 예정돼 있는 남답가 행사 때문에 여기저기에서 음악연습에 정신이 없고 시끌벅적 분주한 나날이 계속되었습니다. 그런 와중에도 겐지는 히타치 아씨의 쓸쓸한 집을 떠올리며 가엾게 여겼습니다.

정월 칠일 계절 연회인 백마절회가 끝나고 밤이 되자 겐지는 폐하 앞에서 물러나 그 길로 숙직소에서 묵는 척하고는 밤이 깊기를 기다려 히타치의 아씨를 찾아갔습니다.

히타치의 집은 평소와 분위기가 약간 다른 것이 세상 사람들처럼 정월 기분에 들떠 있었습니다. 아씨도 다소는 여자답게 부드러운 몸짓을 익힌 듯 보였습니다. 새해부터는 이런 식으로 아씨가 몰라보도록 달라지면 좋을 터인데, 하고 겐지는 은근히 기대하였습니다.

다음날 아침, 해가 솟아오를 즈음 겐지는 돌아가기가 주저되는 듯 일부러 주춤거리며 집을 나설 채비를 하였습니다. 동쪽 옆문이 열려 있어 건널복도의 깨지고 황폐한 지붕으로 아침 햇살이 침전을 비추고 있었습니다. 잠시 내린 눈에 햇빛이 반사되어 방 안이 구석구석까지 보였습니다. 평상복으로 옷을 갈아입는 겐지를 바라보면서 아씨가 안방에서 나와 옆으로 비스듬히 누웠습니다.

그 머리 모양하며 흘러넘치는 머리칼이 정말로 탐스러웠습니다. 만약 자태마저 어제와 달리 아름다워졌다면 얼마나 좋으랴 싶은 겐지는 격자창을 올렸습니다. 그러나 지난번 아씨의 용모를 알알이 보고 만 기억이 생생하여 격자창을 완전히 올리지는 못하고 사방침을 잡아당겨 그 위에 격자창을 걸쳐두고, 흐트러진 머리 매무시를 매만졌습니다. 뭐라 형용할 길 없이 낡아빠진 거울, 중국풍 빗, 빗함 등을 시녀가 꺼내왔습니다.

돌아가신 히타치 친왕의 것인가 남자용 도구까지 간혹 섞여 있어 세련되기도 하고 풍류스럽게 보였습니다.

아씨의 차림새가 남 못지않게 보이는 것은 지난번에 드린 옷함 속의 정성스런 선물을 그대로 입었기 때문이었습니다. 겐지는 그런 줄도 모르고 세련된 바탕 무늬가 있는 겉옷만을 분명하게 기억하고 있었기 때문에 흠칫 놀랐습니다.

"올해에는 그 목소리를 다소나마 들려주시구려. 꾀꼬리의 첫 울음 소리도 기다려지지만, 그대의 태도가 바뀌기를 무엇보다 간절하게 바라고 있소이다."

겐지가 말하자 아씨는 떨리는 목소리로 간신히 입을 열었습니다.

"새들이 재잘거리는 봄은."

아씨는 '온갖 새들이 지저귀는 봄은 해마다 다시 오는데 이 몸은 늙어만 가누나'라는 『고금집』의 시 한 수를 읊었습니다.

겐지는 웃으며 말하였습니다.

"그것 보시오, 역시 한 살을 더 먹은 증거로구려."

그러고는 자신도 '꿈인가 싶구나'라는 옛 노래를 읊조리며, 아씨의 목소리를 들은 것이 꿈인 듯만 하다는 뜻을 전하고 집을 나섰습니다.

아씨는 겐지를 배웅하고 물건에 기대어 있습니다. 입을 가리고 있는 모습을 옆에서 보니, 저 잇꽃 같은 빨간 코가 보였습니다. 겐지는 그 코를 흉물스럽다고 생각하였습니다.

이조원으로 돌아오니 무라사키 아씨가 아직 어린애 티를 벗지는 못했지만 더없이 귀엽고 아름다운 모습으로 겐지를 맞아주었습니다. 겐지는 같은 붉은색인데도 이렇게 부드러운 색이 있을까 하고 감동하며 바라보았습니다. 민무늬 연분홍 긴 옷을 곱게 차려입은 천진한 모습이 뭐라 말할 수 없이 귀여웠습니다.

고풍스런 할머니의 가르침으로 이를 검게 물들이지 않았는데, 겐지가 처음으로 화장을 하라 하여 눈썹이 선명하게 눈에 띄는 것도 귀엽고 아름다웠습니다.

'내 마음을 나도 모르겠구나, 왜 이렇듯 성가시게 여자와의 인연에 휘말리는 것인지, 이렇게 사랑스러운 사람을 내버려 두고.'

이렇게 생각하면서 여느 때처럼 어린 무라사키 아씨와 인형놀이를 하였습니다.

아씨는 그림을 그리고 색칠을 하였습니다. 무엇이든 재미있어하며 마음 내키는 대로 그렸으나 솜씨가 뛰어났습니다. 겐지도 자기 그림을 곁들였습니다. 머리가 상당히 긴 여자의 그림을 그리고 코에 붉은색을 칠하고 보니, 그림 속 사람인데도 눈살이 찌푸려졌습니다.

겐지는 거울에 비친 자기 얼굴이 자기가 보기에도 아름다워, 손수 코에다 붉은색을 칠하고 거울을 쳐다보았습니다. 이렇게 아름다운 얼굴조차 코가 붉으니 보기가 흉했습니다.

아씨는 그런 겐지의 모습을 보고 까르르 소리내어 웃었습니다. 겐지가 물었습니다.

"내 얼굴이 이렇게 이상하게 변하면 어찌하렵니까?"

"어머, 싫어요."

아씨는 정말 붉은 물이 들어버리면 어쩌나 하고 매우 걱정스러운 표정을 지었습니다. 겐지는 일부러 닦아내는 척하면서 심각하게 말하였습니다.

"아 이거 큰일이로구나, 닦이지가 않아. 공연한 짓을 했구나. 폐하께서 뭐라 하실지."

그러자 아씨는 빨간 코의 겐지를 몹시 가여워하면서 곁에 다가와 닦아주었습니다. 겐지는 장난삼아 농담을 하였습니다.

"「헤이추의 이야기」처럼 이 위에다 검정칠은 하지 마세요. 그나마 빨간 것은 참을 수 있지만 시커메지면 어찌하겠어요."

그런 두 사람의 모습이 금실 좋은 부부처럼 보였습니다.

날씨는 무척이나 화창한데 언제부터인가 안개가 자욱하게 낀 나무 가지가지 끝에 일찌감치 움튼 매화가 미소짓고 있었습니다. 꽃피는 계절이 기다려지는 가운데, 계단을 덮은 지붕 아래 홍매는 해마다 제일 먼저 꽃소식을 전해주니, 벌써 붉은 기가 맴돌고 있습니다.

연분홍빛 꽃피는
매화나무 가지는 정겨운데
붉은 꽃을 보니
그 사람의 붉은 코가 떠올라
고개가 돌려지는구나

"거 참……."

겐지는 이유도 없이 한숨을 내쉬었습니다.

이런 분의 행로가 과연 어찌 될는지요.

단풍놀이

사랑하는 마음의 애틋함에
춤사위마저 허황되니
나도 모르게 소맷자락을 흔들고
비밀스런 일에 요동치는 가슴
그대는 아는지 모르는지

◆ 겐지

❀ 제7첩 단풍놀이(紅葉賀)

단풍이 아름다운 음력 시월에 주작원에서 단풍 연회가 있었다. 본문에 단풍놀이란 말이 등장하지는 않지만, 제8첩 「꽃놀이」 첩에서 천황의 주작원 행차를 가리켜 '단풍놀이', '단풍 연회'라 지칭하는 장면이 있다.

천황의 주작원 행차는 시월 십일이 좀 지나 거행되었습니다. 이번 행사는 이제까지 그 예가 없을 정도로 각별한 구경거리가 될 것이라 예상되었기에 후궁들은 구경할 수 없는 것을 유감스럽게 여겼습니다.

천황도 후지쓰보가 구경할 수 없는 것을 안타까이 여겨 당일 행해지는 무악의 예행 연습을 청량전 앞뜰에서 치르라 명하였습니다.

겐지는 그날 청해파를 추었습니다. 상대는 좌대신 가의 두중장이었습니다. 두중장은 용모나 마음 씀씀이나 다른 사람들보다 월등하지만, 겐지와 나란히 서니 흐드러지게 핀 벚꽃 옆에 서 있는 잡목처럼 초라하기 짝이 없었습니다.

마침 지는 해의 부드러운 햇살이 선명하게 비치는 가운데 음악 소리가 한층 높아지면서 감흥이 고조되니, 같은 춤을 추는데도 겐지의 발 추임새며 표정 등은 세상에 둘도 없을 정도로 아름다웠습니다. 춤을 추면서 시구를 읊을 때의 목소리는 그야말로 부처님이 사신다는 극락의 가릉빈가가 아닐까 싶을 만큼 황홀하였습니다.

너무도 그윽한 그 춤의 정취에 천황은 감격의 눈물을 흘렸으며, 상달부와 황족들도 모두 감동에 벅찬 나머지 눈물을 흘렸습니다.

노래가 끝나고 겐지가 소맷자락을 살며시 휘날려 제자리에 모으자 기다렸다는 듯이 음악 소리가 화려하게 울려 퍼지고, 겐지의 얼굴이 한결 윤기 있게 빛나면서 평소보다 더욱 아름다워 보였습니다.

고키덴 여어는 겐지의 이렇듯 훌륭한 모습을 몹시 질투하여 말하였습니다.

"하늘에서 내려다보시는 신께서 넋을 잃어 홀연 데리고 가실 듯한 아름다움이로군, 아아, 불길해."

측근에서 그 말을 들은 궁녀들은 무슨 불길한 소리를 하는 것이냐고 생각하였습니다.

후지쓰보는 두 사람 사이에 당치 않은 양심의 가책만 없었더라면, 오늘 겐지의 모습이 얼마나 아름답고 훌륭하게 보였을까하고 생각하였습니다. 그날 밤의 비밀이나 오늘 춤을 추는 겐지의 모습이나 모두 꿈인 듯만 하였습니다.

후지쓰보는 그날 밤, 청량전에서 폐하와 같이 침수에 들었습니다.

"오늘 시연의 백미는 청해파에 있는 듯싶소이다. 그대는 어찌

보았소?"

천황이 묻자 후지쓰보는 뒤가 켕기어 답하기 곤란하여 이렇게만 대답하였습니다.

"아주 훌륭하였사옵니다."

"상대인 두중장도 그리 나쁘지는 않았어요. 춤사위하며 손짓, 명문의 자제는 역시 각별하단 말이오. 지금 시절에 평판이 자자한 춤의 명수들도 그야 물론 솜씨가 뛰어나지만, 그처럼 대담하고 우아한 정취는 보여줄 수 없지 않소. 시연의 날에 이렇듯 훌륭한 솜씨를 다 내보여주었으니, 정작 행차 날 단풍나무 그늘에서 보여줄 춤이 시들해지지 않을까 염려스러우나, 그대에게 보여주고 싶은 마음에 오늘 자리를 마련한 것이오."

그 다음날 겐지는 후지쓰보에게 편지를 보냈습니다.

"어제 보신 춤이 어떠하였는지요. 뭐라 말할 수 없이 애틋하고 어지러운 마음이 이는 대로 추었는데."

사랑하는 마음의 애틋함에
춤사위마저 허황되니
나도 모르게 소맷자락을 흔들고
비밀스런 일에 요동치는 가슴
그대는 아는지 모르는지

"황송하옵니다만."

후지쓰보도 어제 눈이 부시도록 아름다운 겐지의 모습과 얼굴을 본 탓에 가슴속 깊은 곳의 본심을 마냥 숨길 수는 없었던 게지요. 답장에는 이렇게 씌어 있었습니다.

중국 사람이 소맷자락을 휘날리며
추었다는 청해파
다른 나라 일은 모르겠사오나
그대의 춤사위에
절절히 흔들리는 내 마음

"도저히 예사 마음으로는 볼 수가 없었습니다."

겐지는 이 답장을 더할 나위 없이 기쁘게 받아 보았습니다. 이렇게 무악이 도래한 역사에도 조예가 깊고 다른 나라의 일까지 생각할 수 있는 격조 높은 노래를 읊는 것을 보니, 이미 황후에 걸맞은 품위를 갖추었다고 생각하며 겐지는 홀로 미소지었습니다. 그 편지를 마치 지경처럼 조심스럽게 펼치고는 하염없이 들여다보았습니다.

주작원 행차에는 친왕들을 비롯해 대소관료들이 빠짐없이 동행하였습니다. 동궁도 물론 임석하였습니다.

행차 때는 늘 그러하듯 악사들이 탄 용두익수의 배가 연못 위를 떠다닙니다. 중국과 고려의 춤 등이 이루 헤아릴 수 없을 만큼 다양하게 피로되었고, 관현음악, 북소리들이 온 천지를 뒤흔들었습니다.

시연을 하였던 저녁에, 저녁 해를 받은 겐지의 모습이 너무도 아름다워 두려움을 느꼈던 천황은 각지의 절에 명하여 재앙을 물리치는 기도를 드리고 독경을 하라 명하였습니다. 그 명을 엿들은 사람들도 지당한 배려라고 동정하였습니다. 그런데 고키덴 여어만은 겐지를 못마땅하게 여겼습니다.

"도가 지나치시네."

악사들은 전상인과 신분이 낮은 당하관들 중에서 특히 명수의 평판이 높은 달인들만 뽑아 구성하였습니다. 재상이 둘, 좌위문의 독과 우위문의 독이 좌우 배에 탄 악사들을 지휘하고 있었습니다. 사람들은 진작부터 유명한 춤 선생들을 집으로 모셔 각자의 집에서 연습에 정진한 바 있습니다.

그날, 키 큰 단풍나무 아래 마흔 명의 악사가 절묘하고도 멋들어지게 연주하는 음악 소리에 공명하듯 불어오는 솔바람 소리는 그야말로 심산유곡에서 불어오는 재넘이처럼 구성졌습니다. 온갖 색이 알록달록 휘날리는 단풍잎 속에서 겐지가 청해파를 추며 눈부신 모습을 드러낸 광경은 소름이 끼칠 정도로 아름다웠습니다. 겐지의 관에 꽂힌 단풍나무 가지에서 잎이 다 떨어져 빛나는 얼굴의 아름다움에 질린 느낌이라 좌대장이 앞에 있는 국화를 따서 바꾸어주었습니다.

해가 어언 기울 무렵, 잠시 소나기가 쏟아져 날씨마저 오늘의 성대한 의식에 감동한 듯 여겨졌습니다. 마침 그때 겐지는 아름다운 모습으로 청초한 국화꽃을 관에 꽂고 숨겨진 기술을 한결 다한 춤을 보여주었습니다. 마지막으로 춤을 추며 사라지는 장면에서는 그 아름다움과 훌륭함에 감동하여 온몸에 소름마저 돋으니, 도무지 이 세상 사람 같지 않았습니다. 바위 뒤 나무 아래 숨어 그 모습을 훔쳐본 미천한 사람들 가운데에서도 다소나마 멋과 정취를 이해하는 자는 감격에 겨운 눈물을 흘렸습니다.

그다음 볼거리는 쇼쿄덴 여어가 낳은 제4황자가 추풍락에 맞추어 춘 춤이었습니다. 이 두 춤에 너무도 감동한 나머지 다른 춤에는 눈길도 주지 않았습니다. 이 때문에 오히려 좌흥이 식는 듯한 느낌이 있었는지도 모르겠습니다.

그날 밤, 겐지는 정3위가 되었습니다. 두중장은 정4위하로 승진하였습니다. 그밖의 상달부들도 모두들 각자의 지위에 걸맞게 승진하여 기뻐하였습니다. 이 또한 겐지의 영예 덕분이니, 춤으로 사람들의 눈을 휘둥그레지게 하고 승진으로 사람들의 마음까지 기쁘게 함은, 대체 겐지는 전생에 어떤 덕을 쌓은 분인지 모두들 그 전생을 알고 싶어하는 눈치였습니다.

후지쓰보는 그즈음 퇴궁을 하여 사가에 있었습니다. 겐지는 아니나 다를까 만날 수 있는 기회가 없을까 싶어 상황을 살피러 다니는 데 열심이어서 좌대신 댁에는 통 발길을 하지 않으니 원성이 이만저만이 아니었습니다.

그런데다 예의 어린 풀 같은 무라사키 아씨를 찾아내어 집으로 데리고 온 것을 두고 사람들이 쑤군거렸습니다.

"이조원에 부인을 맞으셨다고 합니다."

이렇게 고자질을 하니 정실인 아오이 부인은 영 마땅치 않아하였습니다. 이조원의 속사정을 알지 못하는 아오이 부인이 속상한 것은 당연한 일입니다. 하지만 이런 때 좀더 솔직하게 보통 여자들처럼 투덜거리고 불평을 한다면 겐지도 숨김없이 모든 것을 털어놓고 위로해줄 터인데, 아오이 부인이 당치도 않은 괜한 억측을 하는 것이 못마땅해서 겐지는 피워서는 안 될 바람을 피우게 되는 것입니다.

아오이 부인의 자태에는 부족하다 여길 만한 결점이 전혀 없습니다. 하물며 제일 먼저 결혼한 분이니 소중하게 생각하며 사랑하는 자기 마음을 미처 깨닫지 못하는 동안에는 어쩔 수 없는 일이었습니다. 하지만 그녀의 차분하고 신중한 성품에 의지하여 언젠가는 오해가 풀려 마음을 열어주겠지 하고 기대하는 구석이 있었으니, 이는 역시 다른 여자들을 대하는 것하고는 다른 마음이었습니다.

이조원의 무라사키 아씨는 겐지와 점점 친숙해지면서 성품이나 용모가 더할 나위 없이 반듯하고, 천진난만하게 겐지를 따랐습니다.

당분간은 시녀들에게도 아씨의 신분을 밝히지 않으리라 마음먹고 별채에 살도록 하였습니다. 방을 어디 하나 소홀함이 없이 꾸미고, 겐지 자신도 낮이나 밤이나 그곳을 찾아 많은 것을 가르쳐주었습니다. 글씨본을 써서 습자를 가르치면서부터는 마치 다른 곳에 있던 자기 딸을 데리고 온 듯한 기분에 젖기도 하였습니다.

가사를 특별히 따로 두어 아씨가 아무 불편을 느끼지 않도록 시중들라 하였습니다. 이런 처우를 두고 고레미쓰를 제외한 댁내 시종들은 모두 이상하게만 여겼습니다.

그러나 아씨의 아버지 병부경은 이런 사정을 전혀 모르고 있었습니다. 아씨는 지난 일이 떠오를 때마다 돌아가신 할머니를 그리워하였습니다. 겐지가 곁에 있는 동안에는 그나마 마음을 달랠 수 있었지만, 겐지는 밤이면 이쪽저쪽으로 다니느라 분주하여 해가 저물면 출타를 하고 맙니다. 그래서 아씨가 있는 별채에 자러 오는 일은 좀처럼 없었습니다. 그럴 때 아씨가 겐지의 뒤를 쫓아가 붙잡는 일도 있었는데, 겐지는 그런 아씨를 몹시 사랑스러워하였습니다.

겐지가 이삼 일 궁중에 머물거나 좌대신 댁에 머물 때면 아씨가 시무룩해하는 터라 겐지는 그런 아씨가 가엾고 어미 없는 자식을 키우는 듯한 기분이 들어 야행을 나가는 발길이 주춤거려지기도 하였습니다.

북산의 승도는 아씨의 이런 근황을 전해 듣고는 신기하다 여기는 한편 역시 기뻐하였습니다. 겐지는 승도가 돌아가신 할머니의 법회를 열 때에도 정성 어린 공물을 내려 보냈습니다.

겐지는 후지쓰보가 나가 있는 삼조궁의 근황이 어떠한가 싶어 찾아가보았습니다. 왕명부와 중납언, 중무 등 시녀들이 겐지를 대접하였습니다. 남을 대하는 듯한 무정한 처사라고 겐지는 씁쓸히 생각하였습니다. 그런 기분을 억누르고 아무렇지도 않은 태도로 세간 얘기를 하고 있는데 우연히 병부경이 찾아왔습니다. 겐지가 와 있다는 얘기를 듣자 병부경은 겐지를 만났습니다.

병부경은 우아하고 반듯한 차림새에 부드럽고 매혹적인 분위기를 풍기니, 겐지는 자기가 여자라면 한번 사귀어볼 터인데, 하고 마음속으로 생각했습니다. 그러자 후지쓰보의 오빠이며 무라사키 아씨의 아버지인 그에게 더욱 친밀감이 느껴져 세심한 주의를 기울이며 많은 이야기를 나누었습니다.

병부경도 겐지가 평소보다 한층 친밀하게 속을 터놓는 터라 정말 보기 드물게 훌륭한 사람이라고 생각하면서, 겐지가 사위인 줄은 꿈에도 모르고 자기가 여자가 되어 사랑을 나누고 싶다는 은밀한 생각까지 품었습니다.

해가 기울자 병부경은 발 안으로 들어갔습니다. 겐지는 그런 병부경이 부러워서 견딜 수가 없었습니다. 옛날에는 아버지인 폐하께서 겐지도 발 안으로 들어와 후지쓰보와 직접 얘기하는 것을 허락해주었는데, 지금 후지쓰보는 자기를 멀리하며 쌀쌀하게만 대하니 괴로움이 더했습니다. 물론 이런 관계에 있으니 어쩔 수 없는 일이지만요.

"좀더 자주 찾아 뵈어야 하는데 무슨 특별한 일이라도 없으면 소식을 전하기가 뭣하옵니다. 명하실 일이 있으면 사양치 마시고 명하십시오."

진지한 표정으로 이렇게 인사를 하고 겐지는 물러나왔습니다.

왕명부도 후지쓰보와 겐지 사이에 다리를 놓을 방도가 없었습니다. 후지쓰보가 회임을 하기 전보다 훨씬 더 겐지와의 관계를 한스러운 인연이었다 여기는 듯한 태도를 보이기 때문이니, 명부에게도 마음을 주지 않고 냉정하게 대합니다. 명부는 후지쓰보가 가엾고 뵐 낯도 없어, 겐지에게 부탁받은 일에 어떻게 대처할 방법이 없으니, 속절없이 세월만 흘렀습니다.

사태가 이러하니 이 무슨 허망한 인연이냐고 어지러이 고뇌하는 두 사람의 마음고생은 끝이 없었습니다.

무라사키 아씨의 유모인 소납언은 생각하였습니다.

'어쩌면 아씨는 이리도 뜻하지 않은 행운을 잡았는지 모르겠군. 이 또한 돌아가신 할머니께서 아씨의 신세를 어여삐 여기어 부처님께 불공을 드릴 때 늘 가호를 빌었기 때문일까.'

한편으로 좌대신 댁에는 아오이 부인 같은 우아한 정부인이 있는데다 이쪽저쪽에 인연을 맺은 여자가 많으니, 아씨가 어엿한 여자로 성장했을 때 성가신 일이 벌어지지는 않을까 걱정되기도 하였습니다. 그러나 이렇듯 겐지가 각별히 소중히 여기고 총애를 하니, 유모인 소납언은 앞날이 든든할 따름이었습니다.

할머니의 상을 당하여 입고 있던 상복을 외가 쪽은 삼 개월이라 하여 십이월 말에 벗게 하였습니다.

아씨는 어머니 없이 할머니 손에 자란 터라 상복을 벗은 후에도 화려한 옷은 삼가고 옅은 분홍에 보라, 황매화색에 무늬 없이 짠 감으로 옷을 지어 덧옷을 입으니 그 모습이 현대풍이고 귀여웠습니다.

정월 초하루, 겐지는 폐하께 새해 인사를 드리기 위해 입궁하기 전에 아씨의 방에 들렀습니다.

"한 살을 더 먹었으니 오늘부터는 어른스러워져야지요."

겐지는 웃는 얼굴로 말하였는데, 그 얼굴이 매력적이고 애정이 두텁게 보였습니다.

아씨는 어느 틈엔가 인형을 죽 늘어놓고 올망졸망 놀고 있습니다. 석 자 자리 쌍바라지 장 속에다 인형 장난감을 잔뜩 치장해놓고, 그밖에도 겐지가 만들어준 조그만 집을 사방에 늘어놓고 놀고 있습니다.

"섣달그믐 밤에 귀신을 쫓는다면서 이누키가 이걸 망가뜨렸어요. 그래서 지금 고치는 중이에요."

아씨는 아주 큰 사건이라도 되는 듯 말하였습니다.

"참으로 불손하였군요. 당장 고치라 해야겠습니다. 오늘은 경하스러운 설날이니 불길한 말을 해서는 안 돼요. 울어서도 아니 됩니다."

이렇게 말하고 집을 나서는 겐지의 화려하게 차려입은 모습이 사방을 압도하였습니다. 시녀들이 마루로 나와 그런 겐지를 배웅하자 아씨도 방에서 나와 바라보았습니다. 그러다 겐지 역할을 하고 있는 인형의 옷을 갈아입히고 입궁하는 흉내를 내게 하였습니다. 소납언이 말하였습니다.

"올해는 조금이라도 어른스럽게 구셔야 해요. 열 살이 넘은 사람은 이제 인형놀이도 해서는 안 돼요. 벌써 낭군님도 계시는데, 다소는 부인답게 정숙하게 상대를 해야지요. 머리를 빗을 때만 해도 떼를 부리시니."

아씨가 인형놀이에만 열중하는 것을 부끄럽게 여겨야 된다고 주의를 주는 것이건만, 아씨는 마음속으로 이렇게 생각하였습니다.

'그럼 겐지 님이 나의 낭군님이란 말이겠네. 이 시녀들의 서방은 모두들 못생겼는데, 우리 낭군님은 저렇게 아름답고 젊단 말이지.'

이제야 겨우 알아차린 듯하였습니다. 아무리 어린아이 같다 하여도 나이를 한 살 더 먹은 증거이겠지요.

이렇게 아씨의 유치함이 매사에 눈에 띄는 터라 이조원의 시녀들은 다소 이상하게 여기는 점도 있었지만, 설마 부부의 인연을 맺지 않고 그저 잠만 같이 자는 관계일 줄은 상상도 못하고 있습니다.

겐지는 궁중에서 새해 첫날의 배하의식을 끝내고 그 길로 좌대신 댁으로 갔습니다. 아오이 부인은 늘 그러하듯 단정한 자세로 무덤덤하게 겐지를 맞았습니다. 반가워하는 기색도 보이지 않으니 여전히 거북살스러웠습니다.

"해가 바뀌었으니 올해부터라도 마음을 바꾸어 다소나마 다른 부부들처럼 대해주시면 얼마나 좋겠소."

겐지가 말하였습니다. 그러나 아오이 부인은 겐지가 이조원에 부인을 맞아들이고 소중히 여긴다는 소문을 들은 후로 틀림없이 그 사람을 정부인으로 삼을 것이라 지레짐작하고는, 겐지에 대한 응어리만 커져 점점 더 소원해지고 거북하였습니다.

겐지는 일부러 그런 아오이의 마음을 헤아리지 못하는 척하면서 농담도 건네고 익살을 부리니 아오이 부인도 고집을 꺾지 않을 수 없어 응수하였습니다. 그러한 점 역시 과연 어느 여자들과는 달리 대단하였습니다.

아오이 부인은 겐지보다 네 살이나 연상이라 품격도 갖추고 있으며, 겐지가 압도될 만큼 아름다워 나무랄 데가 없는 분입니다. 이분에게 과연 무슨 부족함이 있을까요. 겐지는 자기 마음이 너무도 흔들리는 바람 같아 이렇듯 아오이가 원망을 하니, 그 점을 반성하였습니다.

같은 대신들 가운데에서도 폐하의 신망이 두텁고 세상 사람들도 존경해 마지않는 좌대신이 황족인 정부인에게서 얻은 외동딸로 애지중지 키운 터라 아오이 부인의 자존심이 너무도 세어서 소홀히 다루어지는 것을 용서하지 못하는 것입니다.

겐지는 그리 자존심을 내세우지 않아도 좋을 것을, 하고 생각하고 있습니다. 이렇게 두 사람의 마음가짐이 서로 다르니 부부 사이가 돈독하지 못한 것입니다.

좌대신 역시 겐지의 이런 성의 없는 마음을 내심 너무하다 여기면서도, 막상 겐지 앞에만 서면 단박에 원망을 잊고 그저 융숭하게 대접하였습니다.

다음날 아침 일찍 겐지가 좌대신 댁을 나설 채비를 하는데 좌대신이 겐지를 보러 왔습니다. 마침 겐지가 옷을 입고 있는 중이라서, 좌대신은 명품으로 명성이 자자한 석대를 친히 가지고 와 바치고 겐지의 옷 뒷자락을 단단히 여며주며 신발마저 신겨주려 하니, 그 보살핌이 눈물겨울 정도였습니다. 겐지가 말하였습니다.

"궁중에서 정월 연회가 있다고 하니 이 띠는 그때 차기로 합시다."

좌대신은 억지로 차게 하였습니다.

"그때는 훨씬 더 고급스런 것이 준비되어 있습니다. 이건 그저 새롭고 진귀한 물건일 뿐입니다."

좌대신은 실로 빈틈없이 겐지를 보살폈으며, 그 모습을 보는 것을 생의 보람으로 느끼고 있습니다. 비록 가끔뿐이지만, 이렇듯 아름다운 사위가 자기 집을 드나드니 그 모습을 바라보는 것 이상의 행복은 없을 것이라고 절실하게 생각하였습니다.

새해 인사라고는 하나 겐지가 일일이 찾아다니는 것은 아니고, 궁중와 동궁전, 상황전과 후지쓰보가 있는 삼조궁에만 직접 발길을 하였습니다. 겐지의 화사한 모습을 본 시녀들은 말하였습니다.

"오늘은 각별히 아름다우시네. 해마다 저렇듯 아름다워지시니."

이렇듯 속삭거리는 소리를 휘장 사이로 어렴풋이 들으면서 후지쓰보의 고뇌는 한층 깊어졌습니다.

후지쓰보의 출산이 예정되어 있는 십이월이 아무 일 없이 지나간 것이 마음에 걸려 이 정월에야말로 반드시, 라고 삼조궁의 사람들은 목이 빠지도록 기다렸습니다. 천황 역시 출산에 대한 마음의 준비를 단단히 하고 있었건만 정월에도 소식 없이 달이 바뀌었습니다. 세상 사람들마저 액이 끼어서 그런 것은 아닐까 하고 수군덕거리니, 후지쓰보의 마음은 한없이 괴로웠습니다. 그리고 언젠가는 뱃속의 아이가 겐지의 핏줄이라는 비밀 때문에 신세를 망치게 될 것이라고 한탄하니, 몸과 마음이 무겁고 시름이 가시지 않았습니다.

겐지는 늦어지고 있는 출산과 밀회의 때를 맞추어보고 결국 뱃속의 아기가 자기 자식이라는 결론을 내렸습니다. 그러고는 넌지시 각지의 절에 명하여 순산 기도를 올리도록 하였습니다. 사람 사는 세상의 덧없음에 비추어보건대, 후지쓰보와의 사랑도 이대로 허망하게 끝나는 것이 아닐까 하고 온갖 슬픔을 다 그러모아 겐지는 탄식하였습니다.

마침내 이월 십일즈음에 황자가 태어났습니다. 지금까지의 불안과 걱정은 깨끗이 사라지고 궁중과 삼조궁 사람들은 진심으로 황자의 탄생을 경하하였습니다.

후지쓰보는 어찌하여 죽지 못하였을까 하고 오히려 마음이 괴롭기만 하였습니다. 허나 고키덴 여어와 여타의 후궁들이 갓 태어난 황자를 저주하고 있다는 소문을 듣고는, 이대로 내가 죽는다면 웃음거리가 될 뿐이라며 마음을 다잡으니, 비로소 마음도 조금씩 가벼워지고 회복되는 기미를 보였습니다.

천황은 하루라도 빨리 황자를 보고 싶은 마음에 이제나저제나 하고 기다렸습니다.

남모르는 겐지의 속마음 또한 걱정에 안절부절못하니, 사람이 없는 틈을 타 삼조궁을 찾았습니다.

"폐하께서 황자를 어서 빨리 보고 싶어하시니 우선은 내가 먼저 뵈옵고 보고를 드리겠습니다."

겐지가 말하였습니다.

"갓 태어난 아기이오라 보여드리기 민망하옵니다."

후지쓰보는 거절하니, 그도 마땅한 처사입니다.

후지쓰보로서는 태어난 아이가 기가 막힐 정도로 겐지를 꼭 닮았으니, 겐지가 자기 자식임을 금방 알아볼 것이라 여겼기 때문입니다.

후지쓰보는 마음의 병에 시달리며 몹시 괴로워하였습니다. 사람들이 황자를 보면 저 아련한 꿈 같기만 한 잘못을 단박에 알아차릴 것이니, 별 대수롭지 않은 일이라도 뒤를 캐고 밝혀내야 속이 풀리는 이 세상에서 과연 어떤 소문이 퍼져나갈지를 생각하면 자신의 신세가 한심하여 견딜 수가 없었습니다.

겐지는 간혹 왕명부를 만나, 있는 말을 다하여 후지쓰보를 향한 애틋한 마음을 호소하며 다리를 놓아달라 애원하였으나 아무런 보람도 없었습니다. 황자가 보고 싶다 너무도 조르는지라 왕명부는 말하였습니다.

"어찌하여 이리도 억지를 부리는 것이옵니까. 머지않아 입궁을 하시면 자연히 대면을 하시게 되올 터인데."

그러면서도 마음속으로는 겐지 못지않게 두 사람의 일을 안타까워하고 있었습니다. 겐지는 사람들에게 알려지면 곤란한지라 분명하게 말도 못하였습니다.

"언제나 사람을 통하지 않고 직접 이야기를 나눌 수 있을꼬."

눈물을 흘리며 이렇게 말하니 그 모습이 가련하기 짝이 없었습니다.

전생에서
두 사람이 어떤 약속을 하였기에

이생에서

이리도 만날 수 없는 것일까

"도무지 납득할 수 없는 일이로고."

겐지는 비탄에 젖었습니다. 왕명부도 괴로워하는 후지쓰보의
모습을 측근에서 보고 있는 터라 겐지를 그리 매몰차게 뿌리칠
수는 없었습니다.

황자를 내려다보는

후지쓰보 님의 깊은 고뇌

그 모습조차 보지 못하는 그대의

더욱 깊은 고뇌

이야말로 자식 탓에 헤메이는 부모의 어두운 마음

"참으로 안타깝사옵니다. 이렇듯 두 분께서 괴로워하시니."

왕명부는 남의 눈을 피하여 겐지에게 말하였습니다.

늘 이런 식이라 후지쓰보에게는 마음을 호소할 길조차 없으
니 겐지는 허무하게 발길을 돌릴 뿐입니다. 후지쓰보는 겐지의
이런 은밀한 방문이 사람들 눈에 띄어 소문이라도 나면 어쩌랴
싶어 왕명부에게도 이전만큼은 마음을 허락하지 않고 서먹하게
대했습니다. 애써 자연스러운 태도를 보이기는 하나, 때로는 마
음에 들지 않는 일도 있는 듯하니 왕명부 역시 괴로운 한편 섭

섭한 생각이 들어 슬퍼하였습니다.

사월에 황자가 입궁을 하였습니다. 태어난 지 석 달인데 몰라
보게 성장하여 슬슬 몸을 뒤집기도 합니다. 놀랍도록 겐지를 쏙
빼닮은 얼굴을 보자 진실을 상상할 수 없는 천황은 다른 이에
비유할 자가 없도록 아름다운 사람들이란 이렇게 닮는 모양이
라고 생각하였습니다.

천황은 황자를 한없이 총애하였습니다. 겐지를 한없이 사랑
하였으나 세상 사람들이 승복하지 않은 탓에 동궁으로 삼지 못
한 것을 늘 유감스러워하던 천황이었습니다. 신하로서는 아까
울 정도로 아름답게 성장한 모습을 볼 때마다 겐지가 가여웠습
니다. 그런데 이렇듯 고귀한 분을 어머니로 겐지 못지않게 빛나
는 황자가 태어났으니 이 황자야말로 티 하나 없는 구슬이라 여
기고 금이야 옥이야 길렀습니다. 그런 폐하를 보면서도 후지쓰
보의 마음은 갤 날이 없으니 불안한 상념에 잠길 뿐이었습니다.

후지쓰보의 침전에서 관현놀이 등이 있어 겐지가 자리를 같
이했을 때, 천황이 친히 어린 황자를 안고 나타나 이렇게 말하
는 것이었습니다.

"내 황자들이 한둘이 아니건만, 그대만은 이 아이처럼 어렸
을 때부터 밤이나 낮이나 곁에 두고 보아왔느니라. 그 때문에
어린 시절의 일들이 떠오르는 것일까, 이 아이는 실로 그대를
쏙 빼닮았느니. 어렸을 때는 다들 이런 것인가."

폐하께서는 사랑스러워 어쩔 줄 모르겠다는 표정이었습니다.

겐지는 두렵기도 하고 망극하기도 하고 기쁘기도 하고 민망하기도 하면서 온갖 감정이 들끓으니, 안색이 변할 듯도 하고 눈물이 흐를 듯도 하였습니다.

어린 황자가 소리내어 웃는 얼굴이 넋을 잃을 정도로 귀여워 겐지는 자기가 정말 이 어린 황자를 닮았다면 나 역시 나를 소중히 여겨야겠다고 생각하니, 자애가 지나치다 해야 할까요.

후지쓰보는 괴로워 도저히 견딜 수 없는 마음으로 식은땀을 흘리고 있습니다. 한편 겐지는 어린 황자를 만나 도리어 마음이 갈가리 찢어지는 듯 아프고 어지러워 퇴궁을 하였습니다.

겐지는 이조원의 자기 방에 누워 가누기 어려운 아픔을 가라앉힌 후에야 좌대신 댁으로 가자고 생각하였습니다. 앞뜰 화단에서 푸릇푸릇 돋아난 새싹들 속에 화사하게 피어 있는 패랭이꽃을 꺾어 오라 하여 편지와 함께 왕명부 앞으로 보낸 듯합니다. 그 애틋한 마음을 얼마나 절절하게 호소하였을까요.

패랭이꽃을
사랑스런 내 아들이라 바라보아도
마음은 조금도 편치 않으니
눈물만 하염없이
흐르는구나

"우리 앞뜰에 피기를 바랐던 패랭이꽃인데, 지금은 그 보람도 없어진 우리 두 사람입니다."

이렇게 썼습니다. 마침 사람의 눈길이 없는 절호의 때가 있었는가 봅니다. 왕명부는 그 편지를 후지쓰보에게 보이면서 말하였습니다.

"아무쪼록 티끌만큼이라도, 이 꽃잎에 화답을."

후지쓰보 역시 슬픔에 젖어 있던 때라 멀건 먹물로 쓰다 만 듯한 노래를 지었습니다. 왕명부는 기쁜 마음으로 겐지에게 보냈습니다.

패랭이꽃처럼
사랑스러운 황자는
내 소맷자락을 적시는
눈물의 씨앗이니
한스럽고 두려울 뿐

늘 그러했던 것처럼 어차피 화답가는 받을 수 없으리라 낙담한 마음으로 누운 채 멍하니 밖을 바라보고 있던 겐지는 기대하지 아니한 답장에 너무도 기쁘고 가슴이 설레어 그만 눈물을 쏟았습니다.

상념에 잠겨 누워 있어봐야 기분이 좋아질 것 같지 않은 겐지는 이럴 때 기분 전환을 위해서는 역시 무라사키 아씨를 상대하는 것이 좋겠다 싶어 서쪽 별채로 건너갔습니다. 흐트러진 머리카락을 매만지지도 않은 채 편안한 평상복 차림으로 사람의 애간장을 태우는 젓대를 불면서 들여다보니, 아씨는 아침 이슬에 젖은 패랭이꽃 같은 모습으로 물건에 기대어 있었습니다. 그 모습이 너무도 귀엽고 사랑스러웠습니다. 애교가 넘쳐흐르는데, 겐지가 집에 돌아와 있으면서 얼른 찾아와주지 않은 것이 못마땅하여 토라진 모양입니다. 겐지가 문간에 앉아 말하였습니다.

"자, 이리 오세요."

못 들은 척 '바닷물이 밀려오면 물속에 숨는 해변의 풀일런가'라고 사랑 노래의 한 구절을 흥얼거리고는 소맷자락으로 입가를 가리는 모습이 어른스럽고 세련되고 귀여웠습니다.

"그 무슨 섭섭한 소리입니까. 잘도 그런 말을 배웠군요. 하지만 '질리도록 보고 싶다' 하여 아침이고 저녁이고 보는 것은 좋지 않다 하였습니다."

이렇게 말하고는 사람을 불러 쟁을 가져오라 명하고, 아씨에게 연주토록 하였습니다.

"쟁은 세서의 가운뎃줄이 끊어지기 쉬워서 좀 성가시지요."

평조로 음높이를 낮추었습니다.

조율을 위해 짧은 곡을 퉁겨보고는 쟁을 아씨에게로 내미니, 아씨는 토라져만 있을 수 없어 줄을 퉁기기 시작했습니다. 아직 키가 작아 팔을 쭉 뻗어야 줄을 누를 수 있으니 그 몸짓이 어여쁘고 사랑스러워 젓대를 불면서 가르칩니다.

아씨는 아주 총명하여 어려운 음률도 단 한번에 기억합니다. 무엇을 하든 재기가 넘치고 매력적인 성품의 아씨라 겐지는 이야말로 바라던 바의 사람을 얻었다고 생각하였습니다. 「보증려 구세리」란 이상한 곡명의 아악곡을 겐지가 재미있게 불자 아씨가 쟁으로 합주를 하니, 아직 미숙한 점은 있어도 박자는 틀리지 않아 제법 능숙하게 들렸습니다.

불을 밝히고 함께 그림을 보고 있는데, 아까 출타를 하겠노라 일러두었던 터라 수행원이 기척을 내며 말하였습니다.

"비가 내릴 것 같사옵니다."

아씨는 늘 그렇듯 불안하여 풀이 폭 죽었습니다.

그림을 보다 말고 엎드려 있는 모습이 가련하여 어깨까지 탐스럽게 흘러내린 머리칼을 부드럽게 쓸어올리면서 물었습니다.

"내가 없으면 보고 싶으세요?"

아씨는 고개를 끄덕였습니다.

"나도 그대를 하루라도 보지 않으면 보고 싶어서 마음이 허전합니다. 하지만 그대는 아직 어려서 안심할 수 있는데, 토라져 원망을 늘어놓는 다른 여자들의 기분을 해치면 성가신 일이 벌어지니까 당분간은 이렇게 나다녀야 할 것 같습니다. 그대가 어른이 되면 절대로 다른 여자를 찾지 않을 것이에요. 그대와 함께 오래오래 행복하게 살고 싶기에 다른 여자들의 원망을 사고 싶지 않은 것입니다."

이렇듯 자상하게 설명을 하니 아씨는 부끄러워 뭐라 대답을 하지 못합니다. 아씨가 겐지의 무릎에 기대어 눕자 애처로운 생각이 들었습니다.

"오늘 밤은 출타를 하지 않겠다."

시녀들이 자리에서 일어나 저녁상을 이곳으로 옮겨 왔습니다. 겐지는 아씨를 일으키며 말하였습니다.

"안 가기로 했어요."

아씨는 마음을 돌리고 일어나 앉았습니다.

겐지와 아씨는 같이 저녁을 먹었습니다. 아씨는 젓가락질만 살짝 하고는, 겐지가 나가버리지 않을까 아직도 불안한 표정으로 말하였습니다.

"그만, 잠자리에 드세요."

겐지는 이렇게 사랑스러운 사람을 내버려두고 죽음의 길인들 어찌 떠날 수 있으랴, 하고 생각하였습니다.

이렇게 아씨 때문에 발길이 묶이는 일이 잦아지자, 자연스럽게 흘려들은 사람들이 좌대신 댁에 전하니 좌대신 댁 시녀들은 소곤거리기 시작하였습니다.

"대체 누굴까요, 정말 어처구니없는 일이네요, 무례하잖아요. 이름도 신분도 알 수 없는 여자가 겐지 님에게 매달려 어리광을 부리니 어차피 교양 있는 고상한 여자는 아니겠지요. 궁중에서 어쩌다 눈에 띈 여자를 소중히 여기는 나머지, 세상 사람들이 뭐라뭐라 떠들지 않도록 감추어두는 것 아닐까요. 겐지 님께서 아직 철없고 분별없는 어린애라 말씀하시는 것은 틀림없이 그 때문일 거예요."

천황은 겐지에게 그런 여자가 있다는 소문을 듣고는 이렇게 말씀하셨습니다.

"좌대신이 몹시 안되었구나. 걱정하고 한탄하는 것도 지당한 일일 터. 그대가 철없는 어린 시절부터 그토록 열심히 온 마음을 다하여 뒤를 돌봐준 좌대신의 마음이 어떨지, 그 정도도 모를 나이는 아닐 터인데 어찌하여 그토록 박정한 짓을 한다는 말이오."

겐지는 그저 황송할 뿐 뭐라 대답을 하지 못하였습니다.

한편 천황은 좌대신의 딸인 아오이 부인이 마음에 차지 않는 모양이라고 겐지를 가엾게 생각하는 마음도 있었습니다.

"그렇다고 하여 정사에 혼이 빠져 난행을 일삼고 다니는 것 같지도 않고, 궁녀들이나 다른 여자들과도 깊은 관계를 맺었다는 소문은 듣지 못했는데, 어찌 그리 남의 눈을 피해 은밀히 다니기에 부인의 원망을 사는 일을 하는 것이오?"

천황은 이미 상당히 연로하였으나, 이 방면에는 아직도 관심을 두고 있으니, 후궁의 채녀나 여장인 등도 아름답고 재기 넘치는 여자를 특히 어여뻐하여 요즘도 궁중에는 교양이 풍부한 여자들이 많았습니다.

겐지가 슬쩍이라도 농을 걸면 모른 척하는 여자가 거의 없으니, 이미 눈에 익어 신기할 것도 없겠지요. 정말 여자에게는 관심이 없는 것처럼 보입니다.

때로는 시험 삼아 살며시 유혹을 해보는 궁녀도 있는데 겐지는 그럴 때면, 상대방의 기분을 그르치지 않을 정도로만 상대하고는 깊이 관계하지 않으니, 너무 딱딱하다 하여 그 점을 아쉬워하는 궁녀도 있었습니다.

나이도 먹을 만큼 먹은 전시 가운데 집안도 좋고 재기와 교양을 갖추고 있어 사람들에게 존경은 받고 있으나 몹시 색을 좋아하여 그 방면에 가벼운 여자가 있었습니다. 겐지는 그런 나이가 되어서도 어쩌면 그리도 색을 좋아할 수 있는지 호기심이 일어 슬쩍 농을 걸어보았습니다. 전시는 얼씨구나 좋아할 뿐 어울리지 않는다는 생각은 못하는 듯하였습니다. 그런 여자가 흥미롭기도 하여 정사의 상대로 삼아보기도 하였으나, 사람들에게 알려지면 상대의 나이가 너무 많아 체면이 서지 않으니, 나중에는 소원한 태도를 취하였습니다. 전시는 그런 겐지를 박정하다 하여 슬퍼하였습니다.

전시가 어느 날 폐하의 머리를 손질하기 위해 들었습니다. 머리 손질이 끝나자 천황은 의상 담당을 대령하라 명하고 옷을 갈아입기 위해 그 자리를 떠났습니다. 전시만 혼자 남았습니다. 이날 전시는 평소보다 상큼하고 몸짓이며 머리 모양도 요염하고 옷매무새도 화사하고 세련되게 보였습니다.

겐지가 그런 전시를 보며, 참으로 젊어 보이려 애를 쓰는구나, 하고 씁쓸히 생각하면서도 대체 무슨 생각을 하고 있을까 싶어 그냥 지나치지 못하고 전시의 옷자락을 슬쩍 잡아당겨 주의를 끌어보았습니다. 선명한 그림이 그려진 부채로 얼굴을 흘깃 돌아보는 전시의 눈길에는 은근한 유혹이 배어 있는데, 눈두덩은 검게 패어 있고 부채로 가릴 수 없는 머리칼은 윤기를 잃어 푸석푸석하였습니다. '나이에 어울리지 않게 그 부채 한번 화려하다' 하고 생각하면서 자기 부채와 바꾸어 들고 보니, 빨간색이 얼굴에 비칠 정도로 농염하고, 키 큰 나무 숲 그림은 금분으로 칠해져 있었습니다. 그 끝에 필적은 예스러우나 제법 달필로 '나무 숲 잡풀이 메마르니'라고 씌어 있었습니다. 하필이면 늙은 여자에게 남자가 다가오지 않는다는 뜻의 상스러운 노래를 골랐을까 하고 피식 웃으면서 농을 걸어보았습니다.

"'두견새의 보금자리'라는 노래처럼 그대의 품에는 쉬어가는 사람이 많다는 뜻이겠구나."

하지만 상대가 어울리지 않는 사람이라 남 보기에 상서롭지 못하니 사람들이 혹 보지 않을까 염려되지만 여자는 전혀 개의치 않았습니다.

그대가 와주신다면
그대의 정든 말을 위해
풀을 베어드리겠습니다
한창때가 지난 잡풀이오나
이미 젊지 않은 저와 함께

이렇게 말하는 자태가 더없이 색스럽습니다.

숲 속 조릿대 밭을
헤치고 찾아가면
욕을 듣지는 않을까
늘 무수한 남자들이 찾는
그대의 품이거늘

"일이 성가시게 될 것 같으니 이만."

이렇게 말하며 일어나는 겐지의 소맷자락을 부여잡으며 전시
는 말하였습니다.

"지금껏 이토록 험한 꼴을 당한 적이 없사옵니다. 지금 와서
버림을 받는다면 더없는 수치이옵니다."

허풍스럽게 우는 모습에 겐지는 소매를 뿌리치고 나서려 하
였습니다.

"가까운 시일 내에 편지를 보낼 것이다. 늘 그대를 생각하고
는 있지만."

그래도 전시는 끝까지 매달리며 원망스러운 듯 퍼부어댔습
니다.

"다리 기둥."

다리 기둥이란 '쓰 지방 나가라 강에 걸쳐진 다리의 기둥처럼
늙어버린 이내 몸이 서럽구나'에 나오는 다리 기둥을 뜻하는 말

이겠지요.

옷을 갈아입은 폐하께서 장지문 사이로 모든 것을 보고 말았습니다. 전혀 격에 맞지 않는 두 사람이라 우스꽝스럽고 어이가 없어 웃었습니다.

"여자한테는 눈길도 주지 않는다고 궁녀들이 모두들 걱정이 큰 모양인데, 역시 그대를 그냥 스치고 지나치지는 않았구나."

전시는 난감하다 여기면서도 정인 때문이라면 구설수에 오르더라도 상관없다는 생각일까요, 딱히 변명을 둘러대지도 않았습니다.

궁녀들이 참 별스러운 일도 다 있다고 수군덕거리는 소리를 두중장이 듣고는, 여자에 관해서라면 누구 하나 빼놓지 않고 관심을 갖는 성격인데 아직 저 여자에게는 관심이 미치지 않았다는 생각이 들자, 나이가 들어서도 호색 취미를 떨구어내지 못하는 전시의 마음을 떠보고 싶어 끝내 정인이 되고 말았습니다.

두중장 역시 다른 남자들보다는 용모가 수려하니 전시는 겐지의 무정함을 두중장에게서 풀려 하였으나, 진정 만나고 싶은 사람은 겐지 한 사람뿐이었다고 합니다. 참으로 나이에 걸맞지 않은 호사스런 취미가 아닐 수 없습니다.

두 사람 사이는 덮어두고 있던 터라 겐지는 알지 못하였습니다. 전시가 겐지를 볼 때마다 원망을 토로하자 그 나이가 되어서 참 가여운 일이니 위로나마 해주어야겠다고 생각하면서도 그만 귀찮고 성가셔서 세월만 흘렀습니다.

어느 날, 한 차례 소나기가 쏟아지고 난 후 시원한 저녁 어둠을 틈타 온명전 근처를 산책하고 있자니 예의 전시가 비파를 켜고 있었습니다.

전시는 폐하 앞에서도 스스럼없이 남자들 틈에 섞여 관현놀이를 할 만큼 빼어난 비파의 달인이었는데, 지금은 무정한 사람을 원망하는 때인지라 그 음색이 실로 애조를 띠고 있었습니다. 사이바라 중, 야마시로의 오이 키우는 농부에게 청혼을 받고 망설이는 여자의 마음을 노래한 「이대로 농부의 아내가 되어버릴까」를 목소리만 어여쁘게 노래하는 것이 아무래도 마음에 들지 않았습니다. 백거이의 시 가운데, 옛날 악주의 배 속에서 노래했다는 여자의 목소리도 이렇듯 아름답게 애조를 띠고 있었을까, 싶은 생각이 드니 겐지는 자기도 모르게 귀를 곤두세우고 듣고 있었습니다. 마침내 연주를 끝내자 전시는 몹시 괴로운 듯한 표정을 지었습니다. 겐지 역시 사이바라의 「정자」란 밀회의 노래를 낮은 목소리로 은밀하게 중얼거리며 다가갔습니다.

"내 비에 젖었으니 어서 문을 열어주오."

그러자 뒤이어 유혹의 노래로 화답하는 소리가 들렸습니다.

"그 문은 닫혀 있지 않사오니 어서 밀고 들어옵소서."

역시 보통 여자는 아닌 듯합니다.

처마 끝을 때리는 비에
찾아와 젖을 사람도 없는 정자
속절없는 비만 내리네
사랑받지 못한 여자는
눈물에 젖을 뿐

이렇게 노래하며 슬퍼하는 전시를, 겐지는 자기 혼자만 이 여자의 원망을 사야 할 이유가 없다 생각하며 어찌하여 이렇듯 집요할까, 하고 넌더리를 내었습니다.

유부녀는 성가시니
그대가 있는 정자에는
다가가지 않으리다
정들어
문제가 생기지 않도록

이렇게 노래하고는 그대로 발길을 돌리려 하였으나, 너무 매몰차지 않을까 싶은 생각이 들어 여자의 권유에 따르기로 하였습니다. 가벼운 농담을 주고받으면서 때로는 이런 재미도 즐겨봄직하다고 여겼습니다.

두중장은 겐지가 늘 성실한 척하며 남만 몰아세우는데다 시치미 뚝 뗀 얼굴로 실은 은밀히 다니는 곳이 여럿 있음이 얄미워, 언젠가는 폭로해주리라 벌써부터 벼르고 있었는데 마침 이 현장을 목격하고는 뛸 듯이 기뻤습니다. 이런 기회에 슬쩍 놀래고 겁을 줘서 이제 혼이 좀 났나, 하고 말해줄 심산으로 잠시 그 자리에 서서 상대를 방심케 하였습니다.

바람이 서늘하게 불어오면서 밤이 점점 깊어갈 즈음, 두중장은 두 사람이 모두 잠을 청했는지 조용한 틈을 타 살며시 방 안으로 들어갔습니다.

겐지는 마음놓고 잠을 청할 기분이 아니었던 터라 금방 기척을 알아차렸습니다. 두중장인 줄은 꿈에도 모르고 아직도 전시를 단념하지 못하는 수리직 대부가 틀림없을 것이라고 생각하였습니다. 수리직 대부 같은 늙은이에게 이런 상서롭지 못한 행위를 들켜서야 면목이 서지 않으니, 벗어놓은 옷을 집어들고 병풍 뒤로 들어가면서 말하였습니다.

"이것 참 성가시게 되었군. 자, 이제 나는 그만 돌아가야겠소. '그 사람이 올 줄 뻔히 알면서도' 나를 속이다니, 너무하시는구려."

두중장은 웃음을 참으면서 겐지가 좍 펼쳐둔 병풍 옆으로 가서 탁탁 병풍을 접고는 일부러 호들갑을 떨었습니다.

전시는 비록 나이는 들었어도 눈치가 빠르고 매력이 넘치는 여자로, 지금까지 이런 일을 여러 번 당하여 간담이 서늘해진 경험이 많은 탓인지 속마음은 당황하고 불안하였지만 겉으로는 남자가 겐지를 어떻게 할 작정인지 걱정스러워 두중장을 꽉 잡

98

고 있었습니다.

겐지는 자기인 줄 알아채기 전에 얼른 빠져나가고 싶었지만, 단정치 못한 차림에 관모도 삐딱하게 쓴 뒷모습을 상상하니 뭐라 말할 수 없이 추악하여 망설이고 있었습니다. 두중장 역시 자기임을 알리지 않기 위해 말은 한마디도 않고 몹시 화가 난 척하면서 칼을 뽑았습니다.

"아아, 당신."

전시는 이렇게 말하면서 두중장에게 두 손 모아 싹싹 빌었습니다. 두중장은 하마터면 웃음을 터뜨릴 뻔하였습니다. 젊게 치장하여 색향을 풍기는 겉모양이야 그나마 보아줄 수 있었지만, 쉰일고여덟 살 난 늙은 여자가 염치도 모르고 우왕좌왕 허둥대는 꼴이라니, 더구나 약관 스무 살의 아름다운 젊은이들 사이에 끼어 벌벌 떠는 모양이 한없이 비참하고 볼품없어 보였습니다.

두중장은 이렇게 일부러 마치 전혀 다른 사람으로 보이려 애를 썼으나 눈 밝은 겐지는 두중장임을 이내 알아차리고 말았습니다. 자기인 줄 알면서 두중장이 일부러 이런 짓을 하였나 하고 생각하니 어이가 없었습니다.

틀림없는 두중장이라 확신하자 허탈하고 어이가 없어 칼을 뽑아 든 두중장의 팔을 잡고 힘껏 꼬집어주었습니다. 두중장은 그런 겐지가 괘씸하였으나 더 이상 참지 못하고 그만 웃음을 터뜨렸습니다.

"정말 제정신으로 하는 짓인가. 장난에도 분수가 있는 법이지. 옷이나 입어야겠네."

겐지가 말했으나 두중장은 겐지의 옷을 꽉 잡은 채 놓아주지 않았습니다.

"정 그렇다면 자네도 옷을 벗지."

겐지는 두중장의 허리띠를 풀어내고 옷을 벗기려 하였습니다. 두중장은 옷을 벗지 않으려고 이리저리 몸을 피하는데 겐지가 사방에서 옷을 잡아당기니 겨드랑이 밑에 바느질하지 않은 부분이 죽죽 찢어지고 말았습니다. 그러자 두중장이 노래하였습니다.

애써 감추고 있는 염문이
다 새어버리겠네
서로 잡아당겨
이렇듯 망가진
두 사람 옷 사이사이로

"이 찢어진 옷을 입고 나가면 쉬이 눈에 띌 테니 자네의 그 바람기가 천하에 알려지겠지."

그러자 겐지는 이렇게 노래하는 것이었습니다.

얇은 여름옷을 걸친 자네야말로
감출 수 없다는 것을 알면서

그런 옷을 입고 와 겁을 주다니
참으로 소견머리 없는 사람 아닌가

두 사람은 노래를 주고받고는 서로의 허물을 털고 후줄근한
모습으로 나란히 돌아갔습니다.

겐지는 두중장에게 들킨 것을 몹시 분하다 여기면서 잠자리
에 들었습니다.
다음날 아침, 전시는 얼이 빠져 멍한 기분으로 떨어져 있던
바지와 허리띠 등을 겐지에게 보냈습니다.

두 분이 잇달아 나타났다가
썰물이 빠져나가듯 나란히
돌아가신 아쉬움
원망스럽기 한이 없네
소용없음을 내 알면서도

"눈물도 마르고 눈물샘도 다 말라서 바닥이 나고 말았사옵
니다."
이렇게 씌어 있었습니다. 겐지는 참으로 뻔뻔스럽고 밉살스
러운 여자라 생각하면서 편지를 읽고도 어젯밤 어쩔 줄을 몰라
허둥대던 전시의 모습을 떠올리니 안됐기도 하여 이렇게만 써

서 보냈습니다.

거칠게 밀려온 파도 같은
그 사람의 급습에
마음이 상하지는 않으나
파도가 밀려온 해변
어찌 그대를 원망하지 않으리

허리띠는 두중장의 것이었습니다. 자기 것보다는 색이 좀 짙다 싶어 겉옷과 비교해보는데, 한쪽 소매 끝이 찢겨나가고 없었습니다.

'참으로 이 무슨 꼴이람. 정사에 얼을 빼다 보면 이렇듯 추태를 보이게 되는 법인가 보군.'

이렇게 생각하며 자중해야겠다고 마음을 새로이 먹었습니다.

두중장은 궁중의 숙직소에서 겐지의 옷에서 떨어져 나온 한쪽 소매 끝을 포장하여 겐지에게 보냈습니다.

'우선은 이것을 꿰매라 명하게나.'

겐지는 어떻게 두중장이 이것을 갖고 있었을까, 하고 생각하자 약이 올랐습니다.

두중장의 허리띠가 수중에 없었다면 얼마나 분하였을까, 하고 생각하면서 허리띠와 똑같은 색 종이에 싸서 두중장에게 보냈습니다.

그대들의 사이가
벌어진다면
내가 허리띠를 앗아간 탓이라
원망할 듯싶어
남색 허리띠에는 손도 대지 않았으니

그 답으로 다음과 같은 노래가 왔습니다.

그대가 허리띠를
앗아갔듯
우리 사이
이렇듯 끊기고 말았으니
내 어찌 원망치 않으리

"각오하시게나."

해가 중천에 오른 후에야 두 사람은 청량전을 찾았습니다. 겐지가 어젯밤의 일 따위 싹 잊어버렸다는 듯 시치미를 뚝 떼니 두중장은 그 모습이 우스워서 견딜 수가 없었습니다. 그러나 그날 두중장은 공사가 매우 바쁘고 폐하를 찾아 뵙고 명을 받아야 하는 날이라 정색을 하고 예의와 위엄을 갖추고 있었습니다. 겐지도 그런 두중장의 모습을 보고 눈길이 스치면 싱글싱글 웃었습니다.

이목이 드문 틈을 타 두중장이 다가와서 얄밉다는 듯 곁눈질을 하였습니다.

"이제 그렇게 남몰래 다니는 일에는 넌더리가 났겠지?"

"아니아니, 그럴 리가 있나, 애써 은밀한 걸음을 하였는데 아무 일도 보람도 없이 돌아간 사람이 있으니, 그 사람이야말로 안됐지. 그건 그렇고 사람의 입이란 참으로 요물이네그려."

그러면서 '글쎄 모르오라 답해다오 내 이름을 흘리지는 말게나'라는 노래처럼 서로 함구하기로 다짐하였습니다.

그러나 그 후 무슨 일이 있을 때마다 두중장이 그날의 사건을 야유의 빌미로 삼으니 겐지는 이 또한 그 성가신 전시 때문이라고 원망하였으나 후회막급이었습니다.

전시 역시 그 후에도 요염한 목소리로 원망을 늘어놓으니 겐지는 난감하고 성가셔서 어찌할 바를 몰랐습니다.

두중장은 아오이 부인에게 일러바칠 속셈이 아니라 다만 무슨 일이 있을 때 겐지를 골탕 먹일 속셈이었습니다.

고귀한 분을 어머니로 모신 황족들마저 천황이 총애하여 마지않는 겐지를 어려워하고 각별하게 신경을 쓰는데, 이 두중장만큼은 절대로 겐지에게 지지 않으려고 아무리 사소한 일이라도 걸고 넘어지면서 경쟁의식을 불태웠습니다.

좌대신의 자식들 가운데 두중장과 아오이만 정부인의 몸에서 태어난 오누이였습니다.

'겐지가 폐하의 자식이라는 것 말고는 무슨 차이가 있단 말인가. 나 역시 폐하의 각별한 신임을 받고 있는 좌대신의 자식이고 게다가 어머니는 황족이라 더없이 소중하게 자라왔는데, 겐지에게 뒤질 것이 무에 있단 말인가.'

아마도 이렇게 자부하는 것이겠지요. 인품도 나무랄 데가 없이 훌륭하고 어디 한 군데 결점이 없는 이상적인 두중장이었습니다. 이 두 사람 사이에서 벌어지는 다양한 경쟁은 때로 어처구니없고 우습기도 하나, 이야기를 하자면 길어지니 그만두겠습니다.

칠월에 후지쓰보는 중궁이 되었고, 겐지는 재상이 되었습니다.

천황은 양위를 할 생각으로 준비에 들어간 것입니다. 양위 후 후지쓰보가 낳은 황자를 동궁으로 삼으려 하나 뒷배가 전혀 없습니다. 외가 친척들은 모두 황족이고 황족은 정치에 관여할 수 없으므로 어머니만이라도 중궁이라는 탄탄한 지위에 올려놓아 황자의 뒤를 돌봐주게 하려는 뜻이었습니다.

일이 이렇게 돌아가자 고키덴 여어는 마음이 편치 않았습니다. 고키덴 여어가 자신의 처지를 불안해하는 것은 당연한 일이었습니다.

"이제 곧 동궁의 시대가 될 터이니, 동궁을 낳은 어미인 그대는 황태후가 되지 않겠소. 그러니 아무 걱정 마시구려."

천황은 고키덴 여어를 위로하였습니다. 세상 사람들도 동궁

을 낳은 지 20여 년이 지난 이 여어를 중궁으로 삼지 않고 후지
쓰보를 중궁으로 삼은 것에 대하여 말들이 많았습니다.

후지쓰보가 입궁을 하는 날 밤 겐지도 수행 역을 맡았습니다.
같은 중궁이라 하여도 후지쓰보는 선황의 황녀인데다 구슬 같
은 황자도 낳고, 폐하의 총애 또한 한없이 깊은 분인지라 사람
들은 각별하게 후지쓰보 중궁의 입궁을 환대하였습니다.

하물며 덧없는 사랑에 고뇌하는 겐지는 후지쓰보가 타고 있
는 수레에만 신경을 쓰면서 이제는 더욱더 가까이할 수 없는 먼
사람이 되고 말았다고 한탄하였습니다.

저 높은 구름 위 사람이 되어
더 이상은 만날 수 없는
그대를 보니
한없이 슬프고 어두운 마음에
눈마저 어두워지누나

겐지는 혼잣말처럼 중얼거리고, 애틋한 마음에 몸이 저미는
듯하였습니다.

황자가 세월과 더불어 성장하면서 점점 더 겐지를 닮아 구별
하기 어려워지니 후지쓰보는 불안하고 두렵기 한이 없는데, 아
직은 이렇다 하게 눈치를 채는 사람이 없는 듯합니다.

어디를 어떻게 뜯어고쳐 본들 겐지에 뒤지지 않을 용모를 지

닌 사람이 이 세상에 생겨날 리 없으나, 세상 사람들은 이 두 사람이 너무도 닮아 해와 달이 드넓은 하늘에서 나란히 빛나는 듯하다고 생각하였습니다.

꽃놀이

그 새벽녘
어렴풋이 본 달을
닮은 그대를
다시금 만날 수 있을까 하여
찾아 헤매이는 이내 몸

◆ 겐지

❋ 제8첩 꽃놀이(花宴)

'궁중의 남전에서 벚꽃놀이 행사가 있었습니다'란 서두에서 제목이 붙었다.

이월 스무날이 지나 궁중의 남전에서 벚꽃놀이 행사가 있었습니다. 후지쓰보 중궁과 동궁의 자리가 옥좌 좌우에 마련되었습니다. 고키덴 여어는 후지쓰보 중궁이 이렇듯 윗자리에 자리하는 것을 늘 불쾌하게 여겼으나, 오늘처럼 성대한 구경거리가 있는 날 방에만 가만히 있을 수 없어 행사에 참례하였습니다.

　이날은 날씨가 맑게 개어 하늘은 푸르고 우짖는 새소리마저 영롱하였습니다. 황족들과 상달부 등을 비롯하여 시문에 탁월한 자들은 모두 시를 짓기에 필요한 운자를 받아 한시를 지었습니다.

　"봄이란 글자를 받았나이다."

　겐지가 외치니 늘 그렇듯 그 목소리가 남달리 아름다웠습니다.

　다음 차례는 두중장입니다. 겐지 뒤에서 구경꾼들이 얼마나 겐지와 나를 비교할까 하고 잔뜩 긴장을 하고 있습니다. 그러나 겉보기에는 침착하고 운자를 읊는 목소리도 당당하고 어디 하나 나무랄 데가 없었습니다.

그 뒤를 잇는 사람들은 모두들 주눅이 들어 조심스러운 표정이었습니다. 하물며 당하관들은 천황과 동궁의 학재가 각별히 뛰어난데다 학문이 높은 대소관료들이 즐비한 시절이라 오금을 펴지 못하여 넓디넓은 정원으로 나서기가 두려웠습니다. 운자를 받아 시를 짓는 일은 그리 어렵지 않은데도 모두들 난감한 표정이었습니다.

나이 많은 문장박사들은 비록 차림새는 헙수룩해도 이런 일에는 능숙하게 보이니, 천황은 과연 대단하다 감동하였고 다른 사람들도 흥미롭게 바라보았습니다.

천황은 무악은 물론이요 만사 빈틈없이 준비를 갖추었습니다. 저녁 해가 천천히 기우는 시간이 되어서는 「춘앵전」을 재미있게 본 동궁이 주작원에서 있었던 단풍놀이 때 겐지가 단풍나무 아래에서 추었던 청해파가 생각나 겐지에게 꽃장식을 하사하며 부디 춤을 추어달라고 부탁하였습니다. 동궁의 청을 사양하기 어려웠던 겐지는 일어나 천천히 소맷자락을 뒤집는 부분만 맛보기로 보여주었는데, 그 모습이 형용할 길 없이 아름다웠습니다.

좌대신은 감동한 나머지 평소의 원망스러움을 잊고 눈물을 떨구었습니다.

"두중장은 어찌 된 것이냐, 어서."

폐하께서 말씀하시자, 두중장은 겐지보다 정성스럽게 「유화원」이란 춤을 추었습니다. 이런 일이 있을 것이라 사전에 마음의 준비를 하고 있었는지 춤이 훌륭하여 폐하는 선물로 옷을 하사하였습니다. 사람들은 전례가 별로 없는 일이라 생각하였습니다.

그 후에는 상달부들이 모두들 뒤섞여 순서 없이 춤을 추니 밤이 깊어지면서 누가 더 잘하는지 구별조차 되지 않았습니다.

시를 낭독할 때도 겐지가 지은 시는 너무도 훌륭하여 강사도 단숨에 읽어 내리지 못하고 한 구절 한 구절 읽으면서 칭찬을 덧붙였습니다. 그 분야에 뛰어난 박사들도 모두들 감복해 마지않았습니다.

폐하께서는 성대한 일이 있을 때마다 겐지를 행사의 꽃으로 여겼으니, 오늘이라고 어찌 겐지를 허술히 여기겠는지요.

후지쓰보 중궁은 겐지의 모습을 보고 고키덴 여어가 겐지를 몹시 미워하는 것을 이상히 여기면서 겐지에게 이끌리는 자신의 마음을 서글퍼하였습니다.

그저 다른 이들처럼
아름다운 꽃을 즐기며
바라볼 뿐이라면
이슬만큼의 꺼림칙함도
느끼지는 않았을 터인데

이 노래는 후지쓰보 중궁이 마음속으로만 은밀히 읊었을 터인데 어떻게 세상으로 흘러나왔을까요.

밤이 한참이나 깊어서야 벚꽃놀이가 완전히 끝났습니다.

상달부들은 각기 퇴궁을 하고 중궁과 동궁도 처소로 돌아가 사방이 고요한데 청명하게 솟아 있는 달이 뭐라 말할 수 없이 아름다워, 얼근하게 취한 겐지는 이 달 밝은 밤을 어찌 보내랴 수심에 젖어 있었습니다. 청량전에서 숙직하는 사람들도 모두 잠자리에 드니, 이렇게 뜻하지 않은 때에 혹시 그분을 만날 수 있는 기회를 잡을 수 있지는 않을까 하여 후지쓰보 중궁의 처소 주변을 살피며 걸었습니다. 늘 다리를 놓아주는 왕명부의 방은 문이 굳게 잠겨 있었습니다. 한숨을 쉬면서 도저히 이대로는 단념할 수 없겠다 싶어 홍휘전에 들렀습니다. 그런데 마침 북쪽에서 세 번째 문이 열려 있었습니다.

고키덴 여어는 벚꽃놀이가 끝난 후 그 길로 청량전 뒤에 있는 처소로 발길을 한 터라 이곳에는 사람들이 별로 없는 듯하였습니다. 안방으로 들어가는 여닫이문도 열려 있는데 사람의 기척은 없었습니다. 겐지는 이런 부주의함 때문에 뜻하지 않은 정사가 생기는 것이라 생각하면서 슬쩍 문턱을 넘어 안을 살폈습니다.

궁녀들은 모두 잠이 든 모양이었습니다.

그때 궁녀라 여겨지지 않는 아주 젊고 아름다운 여자의 목소리가 들려왔습니다.

"으스름달밤에 비할 것 없으니."

그리고 흥얼거리는 소리와 함께 여닫이문 쪽에서 이쪽으로 다가오는 것이 아니겠습니까. 겐지는 신이 나서 순간적으로 그 여자의 소매를 잡았습니다.

여자는 놀라고 두렵다는 듯이 말하였습니다.

"어머나, 놀래라. 뉘신지요?"

"그리 놀랄 것 없소."

겐지는 이렇게 말하고 노래를 읊었습니다.

밤 깊은 산자락으로 기우는
으스름한 달의 아름다움에 취해
노래하는 그대를 만난 것도
전생의 인연이 아닐는지

그러면서 노래를 읊고, 살며시 여자를 안아 올려 홍휘전 차양의 방에 내려놓고 방문을 닫았습니다.

너무도 갑작스러운 일에 얼이 빠져 있는 여자의 모습이 참으로 가련하고 다감해 보였습니다. 여자는 두려움에 떨면서 말하였습니다.

"거기 누구."

"나는 무슨 짓을 해도 뭐랄 사람이 없는 사람이니, 사람을 불러보아야 소용이 없소이다. 그냥 얌전히 조용히 있으시오."

그 목소리에 여자는 '아차, 겐지가 아닌가' 하고 조금은 안심하였습니다. 너무하다 생각은 하여도 남녀의 정도 모르는 운치 없는 여자라 여겨지고 싶지는 않은 것이지요.

겐지는 전에 없이 만취한 탓인지, 이대로 여자를 놓아주기가 몹시 아쉬웠습니다. 게다가 여자도 어리고 연약하여 매몰차게 거부할 방법을 모르는 것이겠지요. 겐지는 그런 여자가 귀엽고 사랑스러워 시간 가는 줄 모르고 있다 보니 어언 날이 밝아 마음이 급하였습니다. 하물며 여자는 일이 이렇게 되어 마음이 천 갈래 만 갈래 찢어지는 듯하였습니다. 겐지가 이름을 가르쳐달라 말하였습니다.

"부탁이니 누군지 가르쳐주시오. 이름도 몰라서야 어찌 편지를 보내겠소. 설마 이대로 관계를 끊으리라 생각하고 있는 것은 아니겠지요."

이름을 고하지 않으면
만약 내가 이대로
덧없이 죽는다 한들
초원을 헤쳐가면서까지
무덤을 찾아주지는 않겠지요

이렇게 노래하는 여자의 모습이 우아하고 요염하였습니다.
"아하, 내가 실수를 하였군."
겐지는 이렇게 말하면서 노래하였습니다.

찾으려 해야 이름도

어디 사는 누군인지도 모르는데

우리 사이가 사람들에게 알려져

소문의 씨앗이 된다면

그 얼마나 성가시겠소

"폐라 여기지 않는다면야 내가 왜 사양을 하겠소. 설마 나를
속이려는 생각이오?"

겐지가 말을 채 끝내지 않았는데 궁녀들이 일어나 술렁거렸
습니다.

고키덴 여어를 맞이하기 위해 청량전을 오가는 궁녀들의 기
척이 분주해져 몹시 난처해진 겐지는 오늘은 그만 돌아가야겠
다고 생각하고, 두 사람이 만난 징표로 서로의 부채만 교환하고
그곳을 나왔습니다.

겐지의 방인 숙경사에서는 많은 궁녀들이 시중을 들고 있으
니 벌써 잠이 깬 자도 있었습니다. 겐지가 아침에야 돌아오는
것을 보고 수군덕거리며 자는 척하고 있습니다.

"참 열심히도 다니시네."

겐지는 방으로 돌아가 잠자리에 들기는 하였으나 잠을 이룰
수가 없었습니다.

'정말 아름다운 사람이었는데, 아마도 고키덴 여어의 동생 중
한 명일 터. 아직 정사에 미숙한 것을 보면 다섯째나 여섯째이

겠지. 대재부 태사의 정부인인 셋째와 두중장이 소홀히 하는 넷째가 상당한 미인이라는 말은 들었는데, 만약 그 사람이 바로 그 여자들 가운데 하나라면 훨씬 더 운치가 있었을 터인데. 우대신은 여섯째를 동궁에게 바치려고 생각하고 있는 모양이던데, 만약 그 사람이 여섯째라면 허튼짓을 하고 만 셈이로군. 백방으로 수소문을 해보고 싶지만 그 사람이 어느 아씨인지 구별하기가 쉽지 않을 터인데. 그건 그렇고 그 여인도 나와의 인연을 한번으로 끝내고 싶어하는 눈치는 아니었는데, 어쩌자고 편지를 보낼 방법도 알려주지 않고 헤어지고 말았을꼬.'

이리저리 두서없는 생각을 하는 것은 여자에게 마음이 꽤나 끌리는 탓이겠지요.

'후지쓰보 님 주변은 단속이 엄중하여 발을 들여놓기가 어려운데.'

이런 일이 있으면 겐지는 내심 후지쓰보 중궁의 빈틈없는 조심성을 고키덴 여어의 부주의함과 비교하곤 하였습니다.

그날은 어제의 대연회에 이어지는 마무리 소연회가 있어서 겐지도 연회 분위기에 휩쓸려 하루를 보냈습니다. 겐지는 연회에서 쟁을 연주하였습니다. 오늘의 연회는 어제에 비하여 풍류가 있어 재미있었습니다.

후지쓰보 중궁은 저녁나절에 청량전의 침소로 들었습니다.

겐지는 저 으스름달밤에 만난 여자가 퇴궁을 하지나 않을까 마음이 조마조마하여, 만사에 빈틈이 없는 요시키요와 고레미쓰를 시켜 망을 보게 하였습니다.

겐지가 폐하 앞에서 물러나오자 고레미쓰가 보고를 하였습니다.

"방금 전에 북문으로 수레 세 대가 나갔사옵니다. 여어님들의 친가분들이 여럿 계셨사온데 그 가운데 4위 소장과 우중변이 서둘러 앞으로 나와 배웅한 것을 보면 아마도 홍휘전에서 퇴궁을 하는 수레라 여겨지옵니다. 신분이 꽤나 높으신 분인 듯싶었사옵니다."

이 말을 들은 겐지는 가슴이 메이는 듯한 기분이었습니다.

'어찌하면 그 사람이 몇 째 아씨인지 확인할 수 있으리. 아버지인 우대신이 눈치를 채고 떠들썩하게 사위 취급을 하면 그것도 곤란하고. 아직 상대방의 사정을 잘 모르는데 일이 그리 되면 몹시 성가시겠지. 그렇다 하여 아무것도 모른 채 그냥 이대로 있기도 안타깝고. 아아, 어찌하면 좋을꼬.'

겐지는 깊은 생각에 잠겨 누워 있었습니다.

그사이 이조원의 무라사키 아씨는 얼마나 외로워하였을까요. 벌써 며칠이나 만나지 못하였으니 상심이 깊을 것이라고 가엾게 생각하였습니다.

그때 밀회의 징표로 교환한 부채는 얇은 노송나무 부챗살에 벚꽃 무늬가 엷게 그려져 있고, 색이 짙은 쪽에는 물에 비친 으스름한 달이 그려져 있는데, 그림은 흔히 있는 평범한 것이지만 주인의 취미가 짐작될 만큼 손때가 묻어 있었습니다. 그 아씨가

'초원을 헤쳐가면서까지 무덤을 찾아주지는 않겠지요'라고 노래한 모습이 영 마음에 걸려 부채에 써 곁에 놓아두었습니다.

> 과거 한번도 경험한 적 없으리만큼
> 허전한 이 마음
> 으스름달의 행방을
> 중천에서 잃은 것처럼
> 그 사람의 행방 알 수 없으니

좌대신 댁에 오래도록 발길을 하지 않았다고 생각은 하면서도 겐지는 무라사키 아씨가 걱정이 되어 위로해주려고 이조원으로 발길을 돌렸습니다. 무라사키 아씨는 볼 때마다 귀여움이 넘치는 여자로 성장하고 있었습니다. 특히 애교와 재기로 가득한 성품이 도드라졌습니다. 무엇 하나 부족한 것 없어 뜻한 대로 교육하기에 더할 나위 없는 사람이었습니다. 그러나 남자의 손에서 배우는 예의범절이라 남자에게 익숙한 부분이 있지는 않을까 다소 우려되었습니다.

집을 비운 동안 있었던 일을 얘기하고 칠현금을 가르쳐주면서 하루를 보냈습니다. 저녁때가 되어 겐지가 출타를 하려 하자 무라사키 아씨는 늘 그러하듯 아쉬워하면서도, 요즘 들어서는 예의범절을 몸에 익혀 전처럼 분별없이 쫓아 나오지는 않았습니다.

좌대신 댁으로 갔으나, 아오이 부인은 역시 곧바로 얼굴을 내밀지 않았습니다. 겐지는 답답함에 이런저런 생각을 하면서 심심풀이 삼아 쟁을 뜯으면서 사이바라의 한 구절을 노래하였습니다.

그대와 둘이 푸근히 잠드는 밤이 없네
어머니가 그대와 나 사이 갈라놨으니

그 자리에 좌대신이 나타나 지난날 남전에서 있었던 벚꽃놀이 때의 감동을 이야기하였습니다.

"이런 나이가 되도록 사 대에 걸쳐 폐하를 모셔왔으나, 지난번처럼 시문의 완성도가 출중하고 춤이며 음악이며 관현의 조화가 빼어나, 수명마저 길어지는 듯한 느낌을 받았던 행사는 없었습니다. 요즘은 각각의 분야에 재주가 뛰어난 명인들이 수두룩한 시절이기는 하나, 그대가 각 분야에 조예가 깊어 빈틈없이 지도를 한 덕분이겠지요. 이 늙은이까지 그만 덩실덩실 춤을 추고 싶은 마음이었습니다."

좌대신의 말에 겐지는 이렇게 대답하였습니다.

"제가 딱히 지도한 것은 없습니다. 다만 제 역할이 그러하여 각지에서 명인들을 찾아왔을 뿐입니다. 지난번 연회에서는 무엇보다도 두중장의 「유화원」 춤이 뛰어났으니, 후대에 표본으로 남을 것이라 생각합니다. 하물며 좌대신께서 몸소 성대의 봄을 축하하여 그 자리에서 춤을 추었다면 얼마나 영광스런 일이었겠습니까."

좌대신의 아들 좌중변과 두중장도 그 자리에 함께하여 난간에 몸을 기대고 각자의 악기를 조율하여 합주하니 참으로 멋들어진 연주였습니다.

오보로즈키요는 꿈처럼 허망하였던 그 밀회의 밤을 생각하면서 깊은 수심에 잠겨 있습니다. 우대신이 사월이 되면 아씨를 동궁전에 들이려 작심을 하고 있는 터라, 아씨는 그저 어쩔 바를 모르고 마음만 어지러운 것입니다.

겐지는 오보로즈키요의 행방을 찾는데 전혀 실마리가 없는 것은 아니나, 자매들 가운데 몇 째 아씨인지조차 모르는데다 평소 자기를 미워하는 우대신 일가와 관계하는 것은 남 보기에도 좋지 않은 일이라, 이리저리 궁리만 하다가 삼월 이십일이 지나고 말았습니다.

우대신 댁에서 활쏘기 대회가 있어 상달부와 황족이 모두 모였습니다. 활쏘기 대회가 끝나자 등꽃놀이가 시작되었습니다. 벚꽃은 한창때가 다 지났는데 '보는 이 하나 없는 산골짜기 벚꽃이여 다른 벚꽃들이 다 지고 난 후에 흐드러지게 피거라'라는 옛 노래의 가르침을 받은 것일까요. 계절이 지났는데도 꽃이 핀 두 그루 벚나무가 그윽한 정취를 자아내고 있었습니다.

만사 화려한 것을 좋아하는 우대신은 새로 지은 가옥을 아씨들의 성인식 날에 맞추어 갈고닦고 치장을 한 터라 모든 것이 반짝반짝 화려하고 현대풍으로 갖춰져 있었습니다.

지난날 궁중 연회에서 만났을 때 겐지도 초대를 하였는데 출석을 하지 않자 우대신은 크게 실망하였습니다. 겐지가 없으면 행사에 빛이 나지 않을까 염려스러워 아들인 4위 소장을 아래의 노래와 함께 겐지에게 보냈습니다.

우리 집에 피어 있는
등꽃이
흔해빠진 색이라면
굳이 그대를
청하지는 않았으리

겐지는 그때 궁중에 있었으므로 폐하께 알렸습니다.

"꽤 자신만만하게 읊은 노래로군."

천황은 웃음을 지으며 말하였습니다.

"일부러 사람까지 보냈으니 어서 가보도록 하시오. 그대의 자매인 내친왕들도 있는 집이니, 그대를 남 취급하지는 않을 것이오."

겐지는 정성껏 옷을 차려입고 해가 완전히 기울어서야 우대신이 기다리고 기다리는 댁에 도착하였습니다.

겐지는 연분홍 중국 비단으로 지은 정장에 빨강과 보라가 뒤

섞인 속옷 자락을 길게 늘어뜨리고 황자다운 우아한 모습으로 모든 사람들의 경의를 받으며 연석에 자리하였습니다. 다른 사람들은 모두 속대 차림의 정장인 데 비해, 겐지는 세련된 차림새를 하여 실로 두드러졌습니다.

그 아름다움에 꽃향기마저 기가 죽고 좌흥이 식는 듯 보일 정도였습니다.

관현놀이 등으로 재미있는 한때를 보내고 밤이 점차 깊어지자 겐지는 술이 몹시 취한 척 고통스러운 표정으로 지으며 넌지시 자리에서 일어났습니다.

침전에는 첫째와 셋째 황녀가 있었습니다. 겐지는 동쪽 문으로 가서 문에 기대어 앉았습니다.

등나무 꽃은 이 건물의 동쪽 모퉁이 주변에 피어 있어 격자문이 모두 올려져 있고 시녀들도 발 언저리에 나와 있었습니다. 발 밑으로 시녀들의 화려한 옷자락이 나와 있기도 하니, 답가 돌이를 할 때처럼 일부러 옷자락을 내밀고 있는 듯하여 오늘 밤처럼 개인적인 연회에는 걸맞지 않는 일이라 여겨졌습니다. 이런 때도 후지쓰보 중궁의 고상함을 떠올리지 않을 수 없었습니다.

"몸도 별로 좋지 않은데 억지로 술을 권하여 몹시 고통스럽습니다. 미안하지만 나를 잠시 숨겨줄 수 있겠소이까."

이렇게 말하고 겐지는 옆문의 발을 뒤집어쓰듯 밀고 상반신을 방 안으로 들이밀었습니다.

"그렇게는 아니 되옵니다. 신분이 낮은 자들이나 고귀한 연고에 의지한다고 들었사옵니다만."

비록 말투가 위엄이 있지는 않아도 그저 평범한 여자는 아니었습니다. 고귀한 기품이 알알이 느껴졌습니다. 어디에서 피우는지 모를 향내가 매캐할 정도로 온 방 가득하고 옷자락이 스치는 소리도 화사하게 들리도록 몸을 움직이는 듯싶었습니다. 고상하고 그윽한 분위기는 없어도 현대풍의 화려함을 좋아하는 댁이니 고귀한 아씨들이 구경을 하기 위해 이 문 너머에 자리하고 있는 것이겠지요.

장소가 장소인지라 더 이상 무례한 행동은 삼가야 했지만 겐지는 호기심을 억누르지 못하고, 오보로즈키요는 과연 어느 분일까 하고 두근거리는 가슴으로 이렇게 말하였습니다.

"부채를 빼앗기고 괴로워하네."

일부러 늘어진 목소리로 사이바라의 노래를 바꿔 부르고는 문턱에 몸을 기대었습니다.

"참으로 이상한 고려 사람이로군요, 허리띠가 아니라 부채를 빼앗다니."

이렇게 대답한 사람은 사연을 모르는 것이겠지요. 아무 대꾸도 없이 그저 간혹 한숨을 쉬는 기척이 느껴지는 쪽으로 몸을 가까이하고 휘장 너머로 불쑥 손을 잡고는 어림짐작으로 말하였습니다.

그 새벽녘
어렴풋이 본 달을
닮은 그대를
다시금 만날 수 있을까 하여
찾아 헤매이는 이내 몸

"어째서일까요."
안쪽에서 몹시 견디기 힘들다는 듯 화답하였습니다.

진정 사랑한다면
달 없어 어두운 밤인들
어찌 헤매이리오
곧바로 나를 찾아
발길을 하련만

그 목소리는 틀림없이 오보로즈키요였습니다. 겐지야 물론
기뻐 날뛰고 싶은 기분이었지요.

접시꽃 축제

◆ 겐전시

이미 남의 것인

그대인 줄 모르고

오늘 이 접시꽃 축제야말로

신이 허락하셔 만날 날이라고

손꼽아 기다린 허망함이여

◆ 겐지

접시꽃으로 치장하고

밀회의 날을 기다린

그대의 마음이야말로 허망한 것임을

오늘은 누구를 만나도 좋은

접시꽃 축제날

❀ 제9첩 접시꽃 축제(葵)

葵는 '아오이'라고 읽고 '접시꽃'을 뜻한다. 가모의 접시꽃 축제 당일 겐지와 겐전시가 주고받은 노래에서 이런 제목이 붙었다. '아오이'는 또 겐지가 처음 결혼한 부인의 이름이기도 하다.

기리쓰보 제가 양위를 하여 치세가 바뀐 후부터 겐지는 모든 일이 수심스럽고 성가신데다 대장으로 승진하여 신분까지 높아진 탓인지 가벼운 마음으로 야행을 하던 버릇도 삼가게 되었습니다. 여기저기에서 오로지 겐지를 기다리던 여인들은 좀처럼 만날 수 없는 슬픔에 몸부림치고 있었습니다.

그런 탓인지 겐지는 지금도 여전히 자기에게는 냉담한 후지쓰보 중궁의 마음을 속절없어하였습니다.

기리쓰보 상황은 양위를 하고 나자 세상의 여느 부부들처럼 늘 후지쓰보 중궁의 곁을 떠나지 않고 더더욱 금실 좋게 지냈습니다.

새 천황의 어머니로 황태후가 된 고키덴 황태후는 그런 두 사람이 눈엣가시 같아 궁중에만 틀어박혀 지냈습니다.

그 때문에 상황의 거처에 후지쓰보 중궁을 넘겨다볼 자가 없어졌으니, 중궁의 마음은 여느 때 없이 평온하였습니다.

기리쓰보 상황은 무슨 빌미라도 있으면 관현놀이 자리를 마련하였습니다. 그럴 때면 화려하고 아리따운 소리가 온 세상에 퍼져나가니, 천황의 몸이었을 때보다 지금이 오히려 흥겹게 살고 있는 듯이 보였습니다.

다만 기리쓰보 상황은 헤어져 궁중에서 생활하는 동궁이 그리울 따름이었습니다. 동궁에게 후견인이 없다는 것도 안쓰러우니, 겐지 대장에게 동궁의 모든 것을 부탁하곤 하였습니다. 겐지는 내심은 껄끄러워도 역시 기쁘지 않을 수 없었습니다.

그건 그렇고 이번 양위에 따라 육조 미야스도코로와 이전의 동궁 사이에서 태어난 딸이 이세의 재궁으로 결정되었습니다. 미야스도코로는 겐지의 마음을 도무지 믿을 수가 없어서, 어린 딸을 홀로 보내기가 불안하다는 이유를 내세워 자신도 함께 이세에 내려가 버릴까 하고 생각하고 있었습니다.

기리쓰보 상황 역시 미야스도코로에게 이런 사연이 있다는 얘기를 듣고 언짢아하며 겐지를 몹시 꾸짖었습니다.

"미야스도코로는 먼저 간 동궁이 무척 소중히 여기고 총애한 분이거늘, 그대는 여염집 아낙처럼 가벼이 대하고 있으니 참으로 측은한 일이로다. 나는 재궁 역시 황녀와 다름없이 여기고 있으니, 미야스도코로를 소홀히 다루어서는 안 될 것이다. 이리도 멋대로 바람을 피워대면 언젠가는 세상의 입방아에 오르지 않겠느냐."

상황의 말이 구구절절 옳은지라 겐지는 그저 몸 둘 바를 모를 뿐이었습니다.

"여자는 상처를 입지 않도록, 자신을 수치스럽게 여기지 않도록 공평하고 부드럽게 다뤄야 하느니, 여자의 한을 사서는 아니 된다."

이렇게 상황이 설교하자 겐지는 불손하기 짝이 없는 사랑의 비밀이 만약 상황의 귀에 들어가는 날에는, 하고 생각하니 송구스러워 그만 그 자리를 물러나고 말았습니다.

이렇게 상황에게도 사실이 알려져 꾸짖음을 들으니, 육조 미야스도코로의 명예를 위해서나 자신을 위해서나 지금 이대로는 호색한이라 말들이 많을 것이고 그녀에게도 안된 일이라, 조금은 소중하게 살펴주어야겠다고 미안하게 생각하였습니다. 허나 아직은 이렇다 하게 눈에 띄게 달라진 것은 없었습니다.

미야스도코로 역시 나이 차가 어색하고 감당하기 어려워 마음을 온전히 열지는 못하고 있는 것 같으니, 겐지는 그 점을 빌미 삼아 사뭇 조심하는 것처럼 행세하였습니다. 두 사람 사이가 이렇듯 상황을 비롯하여 온 세상에 공공연히 알려졌는데도 겐지가 여전히 마음을 주지 않자, 미야스도코로는 그 속절없음을 한스러워하였습니다.

이런 소문을 들은 식부경의 딸은 겐지에게서 나팔꽃 노래를 받았음에도 육조 미야스도코로의 전철은 밟지 않겠노라고 굳은 결심을 하였습니다. 그러고는 지금까지 형식적이나마 보내던 답장도 일절 쓰지 않았습니다. 그렇다고 부러 무뚝뚝하게 굴거나 사람의 마음을 옹색하게 만들지도 않으니 겐지는 역시 그분은 어딘가 모르게 남다른 데가 있다고 늘 생각하였습니다.

좌대신 댁 아오이 부인은 이렇게 변덕스러운 겐지의 마음을 탐탁지 않게 여기면서도 너무도 염치없이 공개적으로 처신하는 터라 도무지 상대할 바가 못 된다고 체념한 것일까요, 그리 원망하지도 않았습니다. 아오이 부인은 이즈음 회임을 하여 입덧에 시달리고 있는 터라 마음이 이래저래 울적하였습니다.

겐지는 그런 아오이 부인이 기특하기도 하고 사랑스럽기도 하였습니다.

좌대신 댁에서는 아오이 부인의 회임을 기뻐하며 집안의 경사라 여기고 순산을 위해 온갖 예를 갖춰 기도를 올리고 부정을 삼갔습니다. 이러는 동안 겐지도 마음의 여유가 없어 그냥 내버려둘 생각은 아니었지만 부득이 미야스도코로에게도 발길이 멀어졌습니다.

그 무렵 가모의 재원이 직책에서 물러나, 고키덴 황태후가 낳은 셋째 황녀가 새 재원이 되었습니다. 아버지인 상황이나 황태후가 모두 각별히 총애하였던 황녀인지라 신에게 종사하는 특별한 신분이 되는 것을 실로 안타까워하였으나, 달리 마땅한 황녀가 없어 어쩔 수 없는 일이었습니다.

재원이 되는 의식은 규정대로 늘 치르는 제사이나, 이번에는 전에 없이 성대하게 치러졌습니다.

가모의 축제 때도 관례적으로 늘 치르는 행사 외에도 다양한 행사를 덧붙여 더없이 구경거리가 많은 흥겨운 축제였습니다. 이 또한 새로운 재원의 인덕이 후한 덕분이라 여겨졌습니다. 계의 예를 치르는 날에는 재원을 받들어 모시는 상달부 등 사람 수는 정해져 있었지만, 수행자들 역시 모두 명망이 높고 용모가 탁월한 자들만 선별하여, 받쳐 입는 속옷의 색이며 겉옷의 무늬, 말의 안장까지 모두 보란 듯이 갖추었습니다.

겐지 대장도 특별 칙명으로 이 자리에 임했습니다. 이 행차를 보려고 사람들은 이전부터 수레와 가마를 열심히 치장하였습니다.

일조 대로는 발 디딜 틈도 없고 혼잡하기 그지없었습니다. 양쪽 길가에 마련된 관람석에는 온갖 취향을 살려 치장한 여인네들의 알록달록한 소맷자락이 발 사이로 내비치니 그 또한 볼거리였습니다.

좌대신 댁 아오이 부인은 평소 이런 구경거리를 보러 바깥에 나가는 것을 즐기지 않았습니다. 그런데다 입덧 때문에 몸도 개운치 않아 나설 마음이 전혀 없었는데 젊은 시녀들이 말이 많았습니다.

"소인들만 몰래 구경을 하자니 신명이 나지 않습니다. 아무 인연도 없는 세상 사람들조차 겐지 대장님을 뵈오려고 저 먼 시골에서 식솔을 거느리고 이곳까지 올라왔다고 하는데 겐지 님의 정부인께서 보지 않으시다니, 너무한 일입니다."

어머니께서 이 말을 들으시고는 행차를 권하였습니다.

"속도 좀 가라앉으신 것 같고, 시녀들도 구경을 하지 못해 답답해하니……."

이렇게 행차를 권유하는지라 급히 이를 알리고 구경하러 나가게 되었습니다.

아오이 부인은 해가 높이 오른 후에야 그리 눈에 띄지 않도록 수행원을 거느리고 집을 나섰습니다. 일조 대로를 구경꾼들과 수레가 빼곡하게 메우고 있어, 아오이 부인 일행은 몇 대나 줄지은 가마를 세울 자리가 마땅치 않아 우왕좌왕하였습니다. 멋들어지게 꾸민 귀족 부인들의 수레가 밀집한 가운데, 수행원들이 많지 않은 곳을 찾아 다른 수레를 물리치려 하였습니다. 그 가운데 앞에 드리워진 발이 유서 깊고 고풍스러워 다소 해묵은 수레가 두 대 있었습니다. 사람은 수레 안 깊숙이 몸을 숨기고 있는지, 발 사이로 언뜻언뜻 비치는 소맷자락과 옷자락, 한삼 등의 색조는 한없이 기품 있고 청초한데, 애써 사람 눈을 피하려 하는 기색이 역력하였습니다.

그 수레의 수행원이 강경하게 말하면서 수레에 손도 못 대게 하였습니다.

"그렇게 마구잡이로 밀쳐내선 안 될 수레요."

어느 쪽이나 젊은 수행원들은 축하주에 취해 단박에 시비를 걸고 소란을 피우자 행렬을 선도하는 늙수그레한 수행원이 나섰습니다.

"이리 쌈박질을 해서야 되겠나."

이렇게 말은 하지만 도저히 제지할 수가 없었습니다.

그런데 이 수레야말로 수심에 찬 나날의 울적함을 조금이나마 달래보려고 은밀히 구경에 나선 재궁의 어머니 육조 미야스도코로의 수레였습니다. 미야스도코로는 애써 아무렇지도 않은 척 가장하고 있지만, 수행원들은 모두 속내를 눈치 채고 있었습니다.

"그런 하찮은 수레에 무얼 시시콜콜 신경을 쓰는가. 겐지 대장님의 위광을 업고 있다 으스대는 게지."

이렇게 말하는 수행원 가운데는 겐지를 수행하는 자도 섞여 있으니, 수행원들은 미야스도코로가 가엾기는 하지만 중재에 나서기도 성가셔, 모르는 척 시치미를 떼고 있었습니다.

끝내 좌대신 댁의 수레가 그 자리를 밀치고 들어가자 미야스도코로의 수레는 좌대신 댁 시녀들의 수레 뒤로 밀려나 아무것도 보이지 않았습니다. 안 그래도 평소 가슴에 사무치는 원한이 있는데, 이렇게 은밀히 행차한 모습이 밝혀지고 말았으니 뭐라 말할 수 없이 한스러운 미야스도코로는 속이 뒤집히는 것 같았습니다.

수레의 받침대가 부러져 끌채를 그 언저리에 있는 다른 수레의 바퀴통에 걸쳐놓으니, 그 모습 또한 처량하고 비참하기 그지없었습니다. 분하고 억울하여 참을 수 없는 미야스도코로는, 무엇하러 나왔을까 하고 후회하였으나 이미 뒤늦은 일이었습니다.

미야스도코로는 구경을 포기하고 돌아가려 하지만, 인파에 몰려 수레가 빠져나갈 틈이 없었습니다.

그때 사람들이 외치는 소리가 들렸습니다.

"저기, 행렬이 온다."

이 소리를 들으니, 그 박정하고 매몰찬 사람의 행차를 기다리는 여인의 여리고 슬픈 마음은 어찌할 수가 없나 봅니다.

그러나 미야스도코로가 있는 곳은 '조릿대 그늘 히노쿠마 강가에 망아지 세우니'라는 옛 노래만도 못하게 수레에 가려진 그늘이니, 겐지는 말을 세우기는커녕 그쪽은 보지도 않고 그냥 지나쳐버렸습니다.

그런 꼴을 당하고 미야스도코로의 마음은 더욱더 수심에 찼습니다.

말을 탄 겐지는 예년보다 한층 곱게 단장한 수많은 가마에 발 사이로 소맷자락 옷자락을 내보이고 앉아 있는 여인네들을 못 본 척 무심한 표정을 하고 있지만, 가끔은 힐금 어떤 가마를 곁눈질하기도 하였습니다.

좌대신 댁의 수레는 한눈에 알아볼 수 있는지라, 그 앞을 지날 때에는 짐짓 점잖은 표정을 지었습니다. 겐지의 수행원들마저 그 앞에서 공손하게 온 얼굴에 경의를 표하고 지나니, 자존심을 짓밟힌 미야스도코로는 굴욕감에 참담하기 그지없는 심정이었습니다.

곱게 차리신 그 모습 보고 싶어 왔더니

그대 얼굴만 비추고

흘러가는 손숫물처럼

속절없는 그대가 원망스러워

이 한 몸의 불행이 뼈에 사무치누나

한없는 슬픔에 넘쳐흐르는 눈물을 시녀들이 볼까 두렵기는
하나, 평소보다 한층 눈부신 겐지의 모습을 이 자리에 오지 않
아 못 보았더라면 얼마나 아쉬웠을까 하는 생각도 들었습니다.

수행원들 역시 신분에 맞게 호사스럽게 꾸미고 치장하였으니
그 가운데에서도 상달부가 특히 눈에 띄었습니다. 그러나 겐지
의 빛나는 아름다움에는 당할 수가 없었습니다.

6위 장인이며 장감을 겸하고 있는 자들이 수신을 맡아 근위
대장을 임시로 경호하는 일은 특별한 행차 때가 아니면 없는 일
입니다. 그런데 오늘은 장인인 우근위 장감이 겐지 대장을 모시
고 있습니다. 다른 수행원들도 출중한 용모에 번쩍번쩍 치장하
고 있어, 온 세상이 깍듯하게 받들어 모시는 겐지의 모습에 초
목마저 고개를 숙이는 듯 보였습니다.

외출복 차림을 한 신분이 그만그만한 여인네들이며 세상을
버린 여승들까지 인파에 이리저리 떠밀리며 구경하는 것을 여
느 때 같으면 이렇게 한탄하였을 것입니다.

"제 처지도 모르고 나돌아다니다니 한심하기 짝이 없는 노릇

이로군."

그러나 오늘은 어쩔 수 없는 일이라 여겨집니다.

이가 빠져 입은 염낭처럼 쪼글쪼글하고 머리 위로 겉옷을 덮어쓴 볼품없는 노파들이 공손히 모은 두 손을 이마에 대고 겐지에게 절하는 모습 또한 우스꽝스럽기 짝이 없습니다. 얼빠진 상것들까지 일그러진 자기 얼굴을 깨닫지 못하고 겐지에게 절하며 함박 웃음을 짓습니다.

눈에도 차지 않는 형편없는 수령의 딸조차 한껏 멋을 부리고 수레에 탄 채 자태를 뽐내니, 겐지에게는 오히려 그쪽이 흥미로운 볼거리였습니다.

하물며 겐지가 남몰래 발길을 하는 여인네들은 이렇듯 겐지가 인기가 많음을 제 눈으로 똑똑히 보고는 자기들 따위 열 손가락에도 들지 못할 것이라고 속이 타 한숨만 깊어갈 따름이었습니다.

관람석에 앉아 있던 식부경은 불길하게 생각하였습니다.

"날로 저리 눈이 부시도록 아름다워지시니, 겐지 님의 용모를 행여 귀신들이 흠모하지 않을까 걱정이로다."

아사가오 아씨는 오랜 세월을 끈질기게 편지를 보내는 겐지의 마음 씀씀이가 세상의 여느 남자들과 달라 마음이 솔깃해졌습니다.

"이토록 열심히 편지를 보내니, 상대가 그저 평범한 남자라도 자칫 마음이 흔들릴 터인데, 하물며 겐지 님은 어쩌면 저리도 아름다우실꼬."

허나, 그 이상 마음을 터놓고 만나리란 생각까지는 하지 않았습니다. 젊은 시녀들은 옆에서 듣기가 괴로울 정도로 겐지의 용모를 칭찬하였습니다.

축제 당일, 좌대신 댁에서는 아무도 구경을 하지 않았습니다. 예의 수레 자리를 놓고 다투느라 옥신각신한 사건을 겐지에게 속속들이 귀띔한 자가 있어, 겐지는 미야스도코로를 어여삐 여기고 아오이 부인에 대해서는 매정하다고 생각하였습니다.

'부인은 진중하고 침착하기는 하지만 아쉽게도 정이 없고 매몰찬 데가 있으니, 스스로 그리 심한 짓을 하였다고는 여기지 않겠지. 무릇 그런 관계에 있는 여자들끼리 서로 따뜻하게 배려해주어야 마땅하거늘, 부인이 그런 데까지 마음을 쓰지는 않으니. 그 성품을 본받아 아랫것들까지 무례하게 그런 몹쓸 짓을 한 것이겠지. 육조의 미야스도코로는 마음씨가 고와 내가 오히려 부끄러울 정도로 몸가짐이 반듯한 사람인데, 그렇게 심한 모욕을 당했으니 얼마나 상심에 잠겨 있을꼬.'

겐지는 미야스도코로가 못내 가여워 그 집을 찾아갔습니다.

미야스도코로의 집에는 아직 재궁이 머물고 있어 사방에 가는 닥나무 술을 매단 신대가 세워져 있었습니다. 미야스도코로는 그 신대가 불경스럽다는 이유로 쉬이 만나주지 않았습니다. 겐지는 어쩔 수 없는 일이라 생각하면서도 서운한 마음을 토로

하였습니다.

"어찌 이리 서먹하게 대하는 게요. 서로 그리 모나게 굴지 않아도 좋을 것을."

그날 겐지는 혼자 이조의 자택으로 돌아갔다가 축제를 구경하러 나갔습니다.

겐지는 서쪽 별채로 들어 고레미쓰에게 수레를 준비하라 명하였습니다. 그러고는 무라사키 아씨를 모시는 어린 몸종들을 부러 어른 취급하며 농담을 건네는 것이었습니다.

"그대들도 나가시려는가."

미소 띤 표정으로 앙증맞게 차려입은 아씨를 바라보며 말하였습니다.

"자, 나서세요. 어디 구경하러 나가봅시다."

그러고는 여느 때보다 청초하게 보이는 아씨의 머리칼을 쓰다듬었습니다.

"머리를 자른 지가 아주 오래된 모양입니다. 오늘이 머리를 잘라도 좋은 길일인지 모르겠군요."

겐지는 역박사를 불러 머리를 자르는 데 좋은 시간을 살펴보라 일렀습니다.

"너희들 먼저 가거라."

이렇게 말하며 그 또한 깜찍하게 차려입은 몸종들을 바라보았습니다. 모두들 한결같이 귀엽고, 깔끔하게 자른 머리칼이 돋을무늬 겉바지 위로 늘어져 더욱 선명하게 보였습니다.

"그대의 머리는 내 손수 잘라드리지요."

겐지는 무라사키 아씨의 머리를 자르기 시작하면서 힘들어하였습니다.

"이거야, 성가실 정도로 머리칼이 많군요. 이제 또 얼마나 길어질지. 아무리 머리가 긴 사람이라도 이마에서 흐르는 머리카락은 길지 않은 법인데, 그대처럼 귀밑머리가 전혀 없는 것도 어째 정취가 좀 없어 보이는군요."

이렇게 말하면서도 말끔하게 자르고 고르고는 "천심"이라고 축하의 말을 내리니, 유모 소납언은 고맙고 기꺼운 마음으로 그들을 바라보았습니다.

바닥 모를 천 길 바다 속
청각처럼
탐스럽게 자라날 그대의 머리
그대의 미래는
나 홀로 길이길이 보살피리

겐지가 축하의 노래를 읊자, 무라사키 아씨는 다음과 같이 글을 써내려갔습니다.

말이야 천 길 바다처럼
애정이 깊다 하나

어찌 알리

들고나는 파도처럼

이리저리 돌아다니시는 것을

　이런 아씨의 모습에 타고난 재주가 엿보이기는 하나, 정작 본
인은 아직 어리고 귀엽기만 하니 겐지는 참으로 앞날이 기대된
다고 생각하였습니다.

　오늘도 구경꾼들의 수레와 가마가 빈틈없이 거리를 메웠습니
다. 마장 근처에서 수레를 세울 자리를 찾지 못해 우왕좌왕하고
있을 때였습니다.

　"여기는 상달부들의 수레가 많아 번잡스럽구나."

　겐지가 주저하자, 여자들이 꽤나 많이 타고 있는지 화사한 소
맷자락이 내비치는 고급스런 수레에서 한 여자가 부채를 내밀
고 겐지의 수행원을 부르며 말했습니다.

　"이쪽에 수레를 세우시지요. 자리를 물리겠습니다."

　겐지는 어떤 취향의 여자인지 호기심도 나고, 장소도 썩 괜찮
은 곳이라 수레를 그쪽에 대라 일렀습니다.

　"어떻게 이런 자리를 차지하셨소이까, 참으로 부럽소이다."

　겐지가 이렇게 말을 건네자, 예쁘장한 노송나무 부채 끝을 접
어 이렇게 썼습니다.

이미 남의 것인
그대인 줄 모르고
오늘 이 접시꽃 축제야말로
신이 허락하셔 만날 날이라고
손꼽아 기다린 허망함이여

"금줄을 친 그대의 수레 안에는 들어갈 수 없지요."
그 글씨를 보니, 예의 호색녀 전시라 정말 어처구니가 없었습니다. 나잇값도 못하고 이렇듯 젊은 여자 흉내를 내는가 싶어 밉살맞기도 하고 정나미도 떨어져 화답하였습니다.

접시꽃으로 치장하고
밀회의 날을 기다린
그대의 마음이야말로 허망한 것임을
오늘은 누구를 만나도 좋은
접시꽃 축제날

여자는 정말 매정한 말이라 원망하면서도 이렇게 답하였습니다.

오직 보고 싶은 마음에
접시꽃으로 단장하였으나

만날 날이란 꽃이름이

　　허울뿐인 풀잎에 지나지 않아

　　그저 분하올 따름이니

　한편 곁에서는 겐지가 어떤 여자와 수레를 함께 타고는 발조차 올리지 않는 것을 애타게 여기는 여자들이 많았습니다.

　"계의 예를 치르는 날에는 위엄을 갖춘 훌륭한 모습이었는데, 오늘은 어쩌면 저리도 편한 차림으로 나오셨담. 대체 누굴까, 수레 안에 탄 여자는. 함께 탈 수 있을 만큼 상당한 분이시겠지."

　여자들은 저마다 공연한 짐작을 하고 있습니다.

　"쓸데없이 노래만 주고받았구나."

　겐지는 재미도 없고 어리석은 짓이라 생각하고 있는데, 겐지가 어떤 여자와 함께 있는 것도 개의치 않고 노래를 주고받다니, 전시처럼 뻔뻔한 사람이 아니었다면 참으로 낯부끄러운 일이라 여겼을 터이지요.

　이즈음, 육조의 미야스도코로는 날로 상심이 깊어지고, 지난 몇 년보다 마음이 어지러운 날이 점점 많아졌습니다. 겐지의 마음은 완전히 떠나버렸다고 깨끗이 체념하고 있습니다. 이제 다 끝났다 여기고 이세로 내려가는 것은 물론 괴롭고 불안하기도 하지만, 세상 사람들의 입방아에 오르고 웃음거리가 될 것이라 생각하니 마음이 불편하지 않을 수 없었습니다. 허나 이대로 도읍에 머무르고 싶지도 않았습니다. 그날 수레 자리를 다툰 이래, 더 이상의 치욕은 없을 만큼 세상 사람들의 멸시와 조롱을 받았다 생각하면 분하고 분해서 참을 수가 없었습니다. 어부들이 바다에 띄워놓은 부표처럼 이리저리 흔들리는 마음을 다잡지 못하고 주저하고 망설이느라 앉으나 서나 괴로움이 가시지 않았습니다. 그 탓인가 정신이 나간 것처럼 기분도 울적하고 건강 상태도 좋지 않았습니다.

겐지는 미야스도코로가 이세로 낙향하는 문제에 대해서, 가라 말라 간섭도 하지 않고 애써 피하면서 에둘러 시비를 걸듯 말하였습니다.

"나같이 쓸모없는 인간이 싫어져 버리고 간다 하면 지당한 일이나, 지금은 아직 영글지 않은 열매이니 끝까지 지켜보는 것이 진정한 애정이 아니겠소."

미야스도코로는 가야 할지 말아야 할지 마음을 다잡지 못하고 있습니다. 그런 마음을 다소나마 달랠까 계의 날 집을 나섰는데, 수레 자리를 다투는 상서롭지 못한 사건에 미야스도코로의 마음은 심히 괴롭고 울적할 뿐이었습니다.

좌대신 댁에서는 아오이 부인이 귀신에 홀렸는지 몹시 고통스러워하여, 모두들 걱정이 이만저만이 아니었습니다. 때가 그러한지라 겐지는 은밀히 나다닐 수도 없었습니다. 이조원에도 어쩌다 한번씩 걸음을 할 뿐이었습니다. 뭐라뭐라 해도 정식 부인인 이상, 누구보다 아끼는 아오이 부인이 회임을 한 차에 병까지 얻었으니 겐지의 걱정도 이루 말할 수 없어, 자기 방에서도 이런저런 귀신 쫓는 기도를 올리도록 시켰습니다.

기도를 올리는 도중 온갖 귀신과 산 사람의 원령이 나타나 자기 이름을 말했습니다. 그 가운데 귀신이 옮겨 가라 곁에 앉혀놓은 아이에게 옮겨 가지 않고 몹시 괴롭히는 것도 아니면서 아오이 부인의 몸에 딱 들러붙어 한시도 떠나지 않는 끈질긴 귀신이 하나 있었습니다.

영험한 도승의 기도에도 물러가지 않는 끈질김으로 봐서 어지간한 귀신이 아닌 듯싶었습니다.

좌대신 댁에서는 겐지가 발길을 하는 어떤 여자의 원혼이 아닐까 짐작하였습니다. 시녀들이 이렇게 쑥덕거리기 시작하였습니다.

"육조의 미야스도코로나 이조원 아씨는 겐지 님께서 지극히 총애하신 분이니, 정부인에게 원한이 깊지 않을까요."

좌대신 댁에서는 점쟁이를 불러 갖가지 점을 보았으나, 누구의 귀신인지 정확하게 짚어내지 못하였습니다.

귀신이라고 해서 원한 깊은 원수라 자처하는 자도 없었습니다. 죽은 유모, 또는 아오이 부인의 조상에게 대대로 나타나곤 했던 귀신이 몸이 허약해진 틈을 타서 들락날락거리는 것이었습니다. 딱히 이렇다 할 귀신은 없고 그저 잡귀신들이 두서없이 나타났습니다.

아오이 부인은 그저 눈물을 하염없이 흘리며 소리내어 울기만 하고, 때로는 숨이 컥컥 막히는지 고통에 몸부림치는지라, 대체 무슨 일이 벌어질까 싶어 좌대신 댁 사람들은 슬프고 두려워 어찌할 바를 몰랐습니다.

상황 역시 걱정이 태산 같아 황송하게도 번번이 사자를 보내 병문안을 시키니 아오이 부인의 처지가 그저 안타깝기 그지없습니다.

세상 사람들 모두가 입을 모아 아오이 부인의 병환을 안타까워한다는 소문을 듣고 육조 미야스도코로는 마음이 편치 않았습니다. 지금까지 긴 세월을 보내면서 그리 경쟁심이 심하지는 않았거늘, 그날의 사소한 사건 때문에 상처 입은 미야스도코로의 마음에 원한이 싹튼 것입니다. 사태가 그러한데 좌대신 댁에서는 예의 사건이 그토록 중대한 일인 줄은 꿈에도 생각지 못하고 있습니다.

미야스도코로는 이런 울화증 때문에 늘 마음이 울적하고 여간해서는 기분이 풀릴 것 같지 않아, 거처를 다른 곳으로 옮기고 기도를 올렸습니다.

겐지는 그 소문을 듣고 상태가 얼마나 심각한지 걱정되어 마음을 다잡고 병문안을 갔습니다.

미야스도코로가 육조의 저택이 아닌 임시 거처에 몸을 의지하고 있는 터라 겐지는 사람의 눈을 피하여 발길을 옮겼습니다. 마음은 그렇지 않은데 본의 아니게 소홀히 하고 있음을 용서받으려 구구절절 세세하게 얘기했습니다. 아오이 부인의 용태에 대해서도 불안한 마음을 솔직하게 털어놓았습니다.

"나는 그리 걱정하지 않는데, 그쪽 부모님들이 몹시 걱정을 하여 무슨 큰일이라도 난 것처럼 요란을 떨고 있구려. 그래 안 됐기도 해서 외출이라도 잠시 자중하고 아픈 사람 곁에 있어주고 싶어서 그대에게 소홀해졌소이다. 매사 너그러이 용서해주시구려."

여느 때보다 한결 힘들어 보이는 미야스도코로의 모습을 그럴 만도 하다 여기면서 겐지는 몹시 안쓰러워하였습니다.

그러나 미야스도코로는 속내를 내보이지 않으니, 서로가 떨떠름하게 하룻밤을 지냈습니다.

동틀 녘, 돌아가는 겐지의 아름다운 뒷모습을 보면서 역시 미련을 떨치지 못하는 미야스도코로는 이분을 떨치고 내 어찌 멀리 떠날 수 있으랴 싶은 마음에, 또 낙향을 주저하고 있습니다.

'애당초 소홀히 할 수 없는 정부인인데, 아이까지 잉태하여 애정이 깊어지지 않을 수 없는 상황이니 겐지 님의 마음은 결국 아오이 부인에게로 쏠리게 되겠지. 형편이 그러한데 이렇듯 가끔씩이나마 들러주기를 기다리며 지내야 한다면, 내 마음만 아프지 않겠는가.'

이런 생각을 하자, 겐지의 방문으로 울적한 마음이 오히려 되새겨지는 듯하였습니다. 그러던 차에 저녁나절이 되어 사람은 오지 않고 겐지의 편지만 날아들었습니다.

"이즈음 다소는 차도가 있었던 부인의 용태가 갑자기 악화되어 몹시 고통스러워하는 터라, 한시도 눈을 뗄 수가 없구려."

이렇게 씌어 있는 편지를 읽어내려가면서, 어차피 구실에 불과하리라 여기면서 미야스도코로는 답신을 썼습니다.

　　사랑의 길이
　　눈물로 소맷부리 적시는
　　괴로운 것임을 알면서도
　　흙탕을 밟는 농부처럼
　　스스로 사랑의 어두운 길로 찾아든
　　이내 몸의 어리석음이여
　　속절없음이여

"'얕은 산속 샘물에 소맷부리 적시고'라는 노래에서처럼 무심한 당신 탓에 눈물로 소맷부리만 적시는 것 또한 어쩔 수 없는 일이라 생각합니다."

이 편지를 받고 겐지는 그 필적이 뛰어난 여자들 가운데에서도 단연 돋보인다고 생각하였습니다.

'참으로 이 얼마나 묘한 세상인가. 마음이든 얼굴이든 사람마다 취할 데가 있으니, 미련 없이 버릴 수가 없구나. 그렇다고 이 사람이야말로 내 부인이라고 결정할 만한 사람은 아무도 없으니 괴로운 일이로다.'

겐지의 답신은 캄캄한 밤이 되어서야 도착했습니다.

"눈물로 소맷부리만 적시다니 그 무슨 말이오. 그것이야말로 그대의 애정이 깊지 못한 탓이 아니겠소."

그대는 어설픈 사랑의 길에
서 있다는 말이오
이 몸은 몸 저린 사랑의 길에
발 딛고 있는데

"어지간한 일 없이 찾아가지도 않고 직접 말로 대답하지도 않겠소이까. 실은 부인의 용태가 위태롭소이다."

이렇게 씌어 있었습니다.

좌대신 댁에서는 아오이 부인에게 툭하면 귀신이 나타나는지라, 그럴 때마다 병자는 몹시 괴로워하였습니다.

미야스도코로는 그 귀신이 자신의 산 귀신이라느니 돌아가신 아버지의 혼이라고 수군덕거리는 자가 있다는 소문을 듣고, 이런저런 생각에 잠겼습니다. 그러나 늘 자기 자신의 불행을 한탄했을 뿐, 남이 잘못되라고 저주한 일은 없었습니다. 허나 사람이란 너무 오래 괴로워하다 보면 자기도 모르는 사이에 혼이 몸에서 빠져나가 천지를 헤매 돌아다니게 된다고 하니, 어쩌면 내게 그런 일이 있어 내 혼이 그분에게 씐 것은 아닐까, 하고 짚이는 점이 있었습니다.

'긴긴 세월, 온갖 마음 고생을 겪어왔지만, 가슴이 무너져내릴 것처럼 이리도 고통스러웠던 적은 없으니. 그런데 그날의 소소한 사건 당시, 그 사람에게 그런 모욕을 당하고 무시당했다 생각한 이래 한시도 그 생각에서 벗어나지 못하고 분하고 분한 나머지 이성을 잃고 떠도는 마음을 다스리지 못했지. 잠깐이라도 눈을 붙이면 선잠 속에서 곱게 차려입은 부인이 있는 곳을 찾아가서 그 사람의 머리채를 잡고 이러저리 끌고 다니기까지 하고. 제정신일 때는 몸서리가 쳐질 터인데, 얄밉고 속상한 마음을 어쩌지 못해 격정에 몸을 내맡기고 그 사람을 함부로 내치는 꿈을 몇 번이나 꾸었구나. 아아, 경망스럽게. 정말 내 혼이 이 몸을 버리고 빠져나간 것일까.'

미야스도코로는 마치 정신이 나간 사람처럼, 이런 생각에 잠기는 때도 있었습니다.

'그만한 일이 없어도 남의 일을 좋게는 말하지 않는 세상인데, 하물며 일이 이렇게 되었으니 입방아에 오르기 딱 좋은 거리로구나.'

이렇게 생각하니 나쁜 소문이 날까봐 두려웠습니다.

"한에 사무쳐 죽은 후에 사람의 혼이 귀신이 되는 것은 세상에 흔히 있는 일. 허나 그것조차 남의 일이라 들으면 죄 많고 불길한 일이라고만 생각할 터인데, 살아 있는 이내 몸이 그런 흉측한 소문에 휩싸이다니, 이 무슨 부질없는 인연이란 말인가. 이제 다시는 그 박정한 겐지 님 따위, 내 마음에 두지 않으리."

이렇게 미야스도코로는 제 마음을 다스리려 하나, 잊으리라 생각하는 것 자체가 잊지 못함을 말해주고 있는 것이지요.

　재궁은 지난해 궁중의 초재원으로 들어갈 예정이었으나 여러 사정이 있어 올가을에 들어갔습니다. 구월에는 다시 궁중에서 별궁으로 옮겨야 하므로 두 번째 계의 예를 치를 준비를 해야 했습니다. 그런데 어머니인 미야스도코로가 요즘은 정신도 기력도 잃고 그저 멍하니 누워만 있는 터라 재궁을 시중드는 사람들은 큰일이라 걱정하며 갖가지 기도를 올리고 있습니다.

　미야스도코로는 몹시 힘겨운 것도 아니고, 그렇다고 어디가 아픈 것도 아니면서 왠지 모르게 몸이 개운치 않은 나날을 보내고 있었습니다.

　겐지는 종종 사람을 보내 병문안을 하기는 하나, 더욱 애틋한 아오이 부인의 병세가 중하여 도무지 마음의 여유가 없었습니다.

　아직 몸을 풀 날이 멀었다 하여 좌대신 댁에서 다들 방심하고 있던 차에 갑자기 산기가 찾아와 아오이 부인이 괴로워하자, 영험하다는 도승을 불러 정성껏 기도를 올렸습니다. 그런데 예의 끈질긴 귀신 하나가 꿈쩍도 하지 않으니, 경험이 풍부한 도승들도 이는 예삿일이 아니라면서 당황해하였습니다. 그러다 마침내 굴복한 귀신이 몸을 뒤틀며 이렇게 울부짖었습니다.

"겐지 대장님께 드릴 말씀이 있으니 기도를 잠시 풀어주십시오."

"역시, 무슨 사연이 있는가봐."

시녀들은 이렇게 말하면서 아오이 부인을 가리고 있는 휘장 뒤로 겐지를 모셨습니다. 아오이 부인이 거의 숨이 넘어갈 듯 힘겨워하자, 좌대신과 부인은 겐지에게 유언이라도 하고 싶은 모양이라 여기고 자리를 비켰습니다. 도승들도 기도를 멈추고 소리 낮춰 『법화경』을 읊조리니, 그 소리가 고귀하기 이를 데 없었습니다.

겐지가 휘장을 들어올리자, 아오이 부인은 비록 배가 불룩 불러 있지만 아름다운 모습 그대로 누워 있었습니다. 다른 사람이라도 이런 모습을 보면 안쓰러워 마음이 뒤숭숭해지겠지요. 하물며 남편인 겐지는 아오이 부인이 혹여 목숨줄을 놓지나 않을까 한없는 비탄에 잠기니, 그럴 만도 합니다.

아오이 부인은 하얀 옷을 입고 있는데, 하나로 묶어 길게 늘어뜨린 길고 숱 많은 머리가 하얀 옷을 바탕으로 더욱 도드라져 보입니다. 겐지는 이렇게 꾸미지 않은 있는 그대로의 모습이 오히려 아리땁고 고혹적이라고 생각하였습니다.

겐지는 아오이 부인의 손을 부여잡고 말을 걸었습니다.

"너무하시는구려. 어찌하여 나를 이리도 힘들게 하시는 것이오."

겐지는 더 이상 말을 잇지 못하고 흐느껴 울었습니다. 평소에는 눈길마저 쌀쌀맞아 거북하고 어색하여 가까이하기 어려웠던 아오이 부인이 맥없이 풀린 눈으로 겐지를 가만히 올려다보았습니다. 그 눈에서 눈물이 방울방울 맺혀 떨어집니다. 그런 모습을 본 겐지가 어찌 아오이 부인을 어여삐 여기지 않을 수 있을까요.

부인이 하염없이 눈물을 흘리자, 이는 비탄에 빠져 있을 가엾은 부모님을 염려하여서일까, 아니면 이렇게 나와 얼굴을 마주하고 있자니 세상에 미련이 남아 슬퍼하는 것일까, 하고 그 속마음을 헤아리면서 이렇게 위로하였습니다.

"매사 그리 깊이 생각하지 마시구려. 그리 큰 병이 아니니 곧 회복될 것이오. 그리고 무슨 변이 있어도 부부는 반드시 다시 만날 때가 있다고 하니, 우리는 기필코 다시 만날 것이오. 그대의 아버님과 어머님처럼 전생에서부터 깊은 인연이 있는 사이는 아무리 윤회를 거듭해도 그 인연이 끊기는 법이 없으니, 다시 만날 날이 있을 것이라 믿으시구려."

그러자 아오이 부인이 다정하게 대답하였습니다.

"그렇지가 않사옵니다. 제 몸이 너무 괴로워 잠시 기도를 풀어주십사 부탁드리고 싶어 부른 것입니다. 이런 곳에 이렇게 헤매들 줄은 꿈에도 생각지 못했는데, 상심이 큰 사람의 혼은 정말이지 이렇듯 자기 몸에서 벗어나 세상을 헤매는가 봅니다."

님이여

원한에 사무쳐

제 몸을 떠나 허공을 떠도는

이 혼을

속옷자락 묶어

단단히 붙들어주옵소서

이렇게 노래하니, 그 목소리와 모습이 아오이 부인과는 전혀 다른 사람이었습니다. 겐지는 이것이 대체 어찌 된 일인가 싶어 이리저리 생각하다 다시 살펴보니, 그것은 틀림없는 미야스도코로의 모습이었습니다. 너무도 어처구니없는 사태에 놀란 겐지는 지금까지 사람들이 이러니저러니 말들이 많은 것을, 뭇 사람들의 하릴없이 떠벌리는 소문이라 상대도 않고 부정해왔는데, 지금 이처럼 두 눈으로 똑똑히 보고 있자니 세상에 정말 이런 일이 있구나 싶어, 불길하고 꺼림칙하여 미야스도코로가 역겨워졌습니다. 아아, 참으로 가당치 않은 일이다 생각하면서 채근하였습니다.

"말은 그리 하나, 그대가 누구인지 알 수 없으니 이름을 똑바로 대시오."

한층 미야스도코로의 모습이 확실해지면서 그 혐오스러운 꼴이 말이 아니었습니다. 가까이 다가오는 시녀들에게도 체면이 서지 않고 수치스러운 일이었습니다.

병세가 다소 누그러들어 조금은 진정되었는가 생각한 어머니가 탕약을 들고 들어왔습니다. 시녀들이 아오이 부인을 껴안고 일으키자, 잠시 후에 몸을 풀었습니다. 모두들 한없는 기쁨에 겨워하는데, 빙좌에게 옮겨 간 귀신이 출산을 시샘하여 서슬 퍼렇게 욕지거리를 퍼부어대자 후산을 염려하지 않을 수 없었습니다. 그러나 간곡한 기도를 올리고 염원한 덕분일까요, 후산도 무사히 끝나 히에이 산 천태종의 주지를 비롯한 덕망 높은 고승들이 기도의 영험함에 득의만만해하며 땀을 닦고 방을 나갔습니다.

수많은 사람들이 며칠이나 가슴 졸이며 간병한 긴장감이 다소 풀리고, 이제는 괜찮으리라 모두들 안도하였습니다. 도승들이 다시 새 기도를 올리기 시작하였으나, 당장은 모두들 마음 편히 새 아기의 탄생을 기뻐하고 신기해하였습니다.

기리쓰보 상황을 비롯하여 친왕들, 상달부 등이 출산 축하연이 벌어지는 밤마다 희귀하고 고급스런 선물을 보내니, 사람들은 그것을 보고 탄성을 질렀습니다. 더구나 사내 아이였기에 이 축하연은 한층 경사롭고 시끌벅적하게 치러졌습니다.

육조의 미야스도코로는 좌대신 댁의 근황을 들으면서 마음이 편치 않았습니다. 목숨이 위태롭도록 위중하다는 소문이 파다했는데, 용케 순산을 했다 생각하니 마음이 복잡하기 이를 데 없었습니다. 그런데 이상한 일이 있으니, 정신이 나간 것처럼 몽롱한 기분을 곰곰 더듬어보고 주변을 돌아보니 호마의식을

치를 때 태우는 양귀비 냄새가 온 옷에 밴 것입니다. 하도 이상
하고 불길하여 머리도 감고 옷도 싹 갈아입고 냄새가 없어졌는
지 살펴보았지만, 몸에 밴 양귀비 냄새는 여전히 지워지지 않았
습니다. 꿈을 꾼 것이라 생각했는데 그것이 사실이었나 생각하
니 제 몸이 소름 끼치도록 싫었습니다. 하물며 이 일이 세상에
알려지면 사람들이 뭐라 여기고 뭐라 떠들어댈까 두려워, 아무
에게도 말 못하고 가슴에 묻고 혼자 슬퍼하고 괴로워하다 보니
점점 더 정신이 오락가락하는 듯하였습니다.

겐지는 아오이 부인이 순산을 한 터라 마음의 짐을 어느 정도
덜었으나, 그때 뭐라 형용할 길 없이 흉측스러웠던 귀신의 말이
꺼림칙하지 않을 수 없었습니다. 미야스도코로를 찾지 않은 지
오래라 뒤가 켕기기는 하였지만, 그래도 일부러 찾아가 만날 마
음은 일지 않았습니다.

'꺼림칙한 마음만 더 불거질 터이니 만나봐야 득이 될 것이
없지. 미야스도코로에게도 안된 일이 될 수 있으니.'

이리저리 생각하다가 편지만 보내기로 하였습니다.

좌대신 댁에서는 중환을 앓고 난 후라 아오이 부인의 용태가
걱정되어 다들 마음을 놓지 못하고 긴장하고 있는 듯하여 겐지
또한 은밀히 나다닐 수 없었습니다.

아오이 부인 역시 아직도 고통스러워하는 터라 여느 때처럼
처신할 수는 없는 것이지요.

겐지가 태어난 어린 아들의 출중한 미모를 진작부터 총애하

여 애지중지 다루었습니다.

좌대신은 만사가 바란 대로 이루어져 기쁘고 만족스럽고 더없이 고마운 일이라 생각하면서도 아직 아오이 부인의 용태가 완전히 회복되지 않아 불안하였습니다. 허나 그리 중한 병을 앓고 난 후이니 회복이 더딘 것도 무리는 아니다 싶어 크게 걱정하지는 않았습니다.

겐지는 어린 아들의 고운 눈매가 동궁을 꼭 닮은 것을 보고는, 동궁이 그리운 마음에 입궁을 하고자 아오이 부인의 방을 찾았습니다.

"오래도록 입궁하지 않은 것이 마음에 걸려 오늘 오랜만에 외출을 할까 합니다. 그건 그렇고 당신 곁에 가까이 가서 마음 편히 얘기를 나누고 싶은데, 이래서야 답답하기 이를 데 없구려."

겐지가 투덜거렸습니다. 시녀들이 말하였습니다.

"지당하신 말씀이옵니다. 모름지기 부부 사이란 깍듯하게 예의만 차려서 좋은 것이 아니지요. 병환으로 몹시 초췌하기는 하오나, 이렇게 가리고 만나시다니 당치 않습니다."

이렇게 말하며 휘장 안 아오이 부인의 병상 가까이에 자리를 마련하였습니다. 겐지는 그리로 들어가 이런저런 얘기를 하였습니다.

아오이 부인은 간혹 대답을 하기는 하여도 아직은 맥이 없고 힘겨운 모습입니다. 허나, 이제는 더 살지 못하리라 단념하였던 그 무렵의 모습을 떠올리면 꿈인가 싶을 정도입니다. 마치 당장이라도 숨이 끊어질 것처럼 위독했던 사람이 갑자기 모습이 변하면서 화해의 말을 줄줄이 늘어놓았던 당시 일은 생각만 하여도 소름이 끼쳤습니다.

"하고 싶은 말은 많으나 아직은 몹시 힘겨운 듯 보이니. 자, 탕약이라도 어서 드시구려."

겐지가 이렇듯 자상하게 수발을 하니, 시녀들은 어느 틈에 또 저런 재주를 익혔을까 하고 감탄하여 마지않았습니다.

아리땁기 그지없는 사람이 초췌하게 야윈 모습으로, 있는지 없는지 꺼져버릴 듯 안쓰럽게 누워 있는 모습이 참으로 애처로웠습니다. 한 오라기 흐트러짐 없는 머리카락이 베개맡에 펼쳐진 정경도 이 세상에 둘도 없는 아름다움으로 비치니, 오랜 세월 이 사람의 어디가 그리 부족하다고 여겼는지 겐지는 저 스스로도 이상하다 싶어 아오이 부인의 얼굴을 가만히 쳐다보고 있습니다.

"상황을 잠시 찾아뵙고, 서둘러 퇴궁하여 돌아오리다. 이렇게 늘 격의 없이 볼 수 있으면 참으로 좋을 터인데, 장모님께서 한시도 자리를 뜨지 않으시니 내가 찾아들면 실례가 아닐까 하여 괴로운 걸 참았소이다. 어서 기운을 차려 우리 방으로 돌아와주시구려. 장모님께서 너무 어린애 취급하여 회복이 더딘 것은 아닌지 모르겠소이다."

이렇게 말한 뒤 아름답게 치장하고 외출하는 모습을, 아오이 부인은 자리에 누운 채로, 그러나 평소와는 다른 애정 어린 눈길로 배웅하였습니다.

　이날은 제 관직에 새 사람을 임명하는 가을 행사가 있는 날이
라 좌대신도 입궁하였습니다. 자식들도 저마다 승진을 바라 마
지않는 터라 아버지를 따라 하나같이 입궁하였습니다.

　이렇게 온 집안이 호젓하게 비어 있을 때, 갑자기 아오이 부
인이 가슴을 쥐어뜯으며 몹시 괴로워하더니, 궁중에 알릴 새도
없이 그대로 절명하고 말았습니다.

　소식을 들은 집안사람들은 모두 서둘러 퇴궁하여 집으로 돌
아왔습니다. 밤이면 임관 행사를 치러야 하는데, 이처럼 예기치
못한 지장이 생겨 제 관리들은 임명을 받지 못했습니다.

　모두들 우왕좌왕 큰 소리로 소란을 피우는데, 때가 밤인지라
히에이 산 주지며 도승들도 부를 수가 없었습니다. 이제 안심이
라고 마음을 놓았던 차에 생각지도 않은 불상사가 터져 좌대신
댁 사람들은 어이없고 당황하여 이리저리 부딪치기도 합니다.

　사방에서 조문객이 쇄도하였으나 일일이 상대하고 있을 처지
도 못 되니, 온 집안에 식구들의 비통한 울음소리만 가득하였습
니다.

　아오이 부인은 지금까지도 귀신에 씌어 정신을 잃은 일이 한
두 번이 아니니 행여나 싶어 이삼 일 사태를 지켜보았으나, 얼
굴에 검은 반점이 돋기 시작하여 이제는 정말 돌아올 수 없는
사람이라 체념하니, 사람들의 비탄은 이루 말할 수 없었습니다.

겐지는 아오이 부인의 죽음이 슬프기도 하려니와, 육조 미야스도코로의 산 귀신 탓이라 생각하니 어처구니없고 망측하여, 남녀 사이란 참으로 협오스러운 것이라고 실감하지 않을 수 없었습니다. 그 때문인가 각별하게 지내는 여인들의 조문마저 불쾌하게만 여겨졌습니다.

기리쓰보 상황도 슬퍼하며 사자를 보내어 조문하니, 좌대신은 딸의 죽음 덕에 광영을 입은 셈이라, 이런 불행 중에 기쁜 일도 없지는 않다며 흐르는 눈물을 어쩌지 못했습니다.

사람들이 권하는 대로 온갖 소생 기도를 올리며 행여 되살아나지 않을까 기대하는 한편, 시신이 점차 변해가는 것을 두 눈으로 보면서도 차마 단념할 수가 없었습니다.

소생 기도의 보람도 없이 속절없는 날은 하루하루 지나가고, 더 이상 두고 볼 수만 없어 아오이 부인의 시신을 도리베노 화장터로 옮겼습니다. 시신을 옮기면서도 견딜 수 없이 슬프기는 마찬가지였습니다.

도처에서 몰려든 문상객과 염불하는 승려들로 그 넓은 도리베노가 입추의 여지도 없었습니다.

상황은 물론 중궁, 동궁 등의 사자를 비롯하여 그밖의 사자들이 줄지어 들고나며 죽은 사람을 애도하는 조문을 읊었습니다.

좌대신은 서 있을 기력도 없어 울며 수치스러워하였습니다.

"이런 나이에 한창 젊은 딸을 앞세우고 슬픔에 겨운 나머지 제대로 서 있지도 못하다니."

문상 온 많은 사람들은 또 그 모습에 애통해하였습니다.

밤을 새가며 북적북적 성대하게 장례를 치르고 나자, 사람들은 허망한 유골만 남겨두고 날이 밝기도 전에 하나둘 돌아갔습니다.

죽음이란 무상한 세상을 사는 인간에게는 당연지사이거늘, 유가오 말고는 사별한 경험이 없어 죽음을 직접 본 경험이 많지 않은 탓인가 겐지는 죽은 사람을 애타게 그리워하였습니다.

팔월 이십일 새벽달이 훤한 하늘마저 슬픔에 젖어 있는 듯 보였습니다. 여식의 죽음에 어둠을 헤매이는 좌대신의 모습에 겐지는 저리 슬퍼하는 것도 당연한 일이라 생각하면서 안된 마음에 하염없이 하늘만 올려다보고 노래를 읊었습니다.

하늘로 피어오른 죽음의 연기

어느 구름 되었는지 알지는 못해도

구름 덮인 온 하늘이

마냥 그리웁구나

좌대신 댁으로 돌아와서도 겐지는 도무지 잠을 이룰 수 없었습니다. 아오이 부인이 살아 있을 당시의 모습을 눈앞에 떠올리면서 이제는 돌이킬 수 없음을 후회하였습니다.

"언젠가는 자연히 날 이해하게 되어 다시 봐줄 것이라고 느긋하게 생각하고, 쓸데없는 바람을 피워 내 어찌 원한을 사고 말았던가. 평생 그 사람은 나를 박정하고 냉정한 사람이라고만 여기고, 끝내 가버리고 말았구나."

허나 이제 와서는 아무 소용없는 일이지요.

자신이 쥐색 상복을 입고 있는 것도 꿈만 같았습니다. 만약에 내가 먼저 죽었더라면 그 사람은 훨씬 더 짙게 물들인 상복을 입을 것이라 생각하고는 노래하였습니다.

아내의 죽음에 정해진 옷이라고
옅은 쥐색 상복을 입고 있으나
슬피 흐르는 눈물에 소맷자락 물들어
깊은 절망의 색으로
변하고 말았구나

구슬프게 염불을 외우며 "법계삼매보현대사"라고 중얼거리는 모습이 아리땁고 근행에 익숙한 법사보다 한층 근엄하였습니다.

어린 아들을 보면서도, '남기고 간 아이가 없었더라면'이라는 옛 노래처럼, 이 아이마저 없었더라면 무엇으로 죽은 사람을 그리워하랴 싶으니 눈물이 더더욱 앞을 가리고, 이 아이나마 남아 있는 것을 위로로 삼았습니다.

아오이 부인의 어머니는 그만 자리보전을 하여 목숨마저 위태로운 지경이라 수심이 가득한 좌대신 댁에서는 또 온갖 기도를 올렸습니다.

시간은 덧없이 흐르고, 이레마다 올리는 제를 준비를 하면서
도 그때마다 너무도 뜻하지 않은 죽음이라 슬픔이 새록새록 도
졌습니다. 내세울 것 없이 못난 자식이라도 잃은 부모의 마음은
비통하기 짝이 없는 법인데, 하물며 그 자식이 아오이 부인이니
애통하여 몸져눕는 것도 당연한 일입니다. 그런데다 여식이 하
나밖에 없어 늘 허전하고 서운하였는데, 지금은 귀중히 여기던
옥구슬이 깨진 것보다 더 탄식하고 있습니다.

겐지는 이조원에도 한동안은 돌아가지 않고 아오이 부인의
죽음을 애틋한 마음으로 슬퍼하고, 불전 앞에서도 성실하게 근
행하며 날을 보냈습니다.

은밀히 드나드는 여인들에게는 편지만 보냈습니다.

육조의 미야스도코로는 재궁이 궁중의 좌위문으로 들어간 터
라, 삼가 몸조심을 해야 한다는 이유로 답신도 쓰지 않았습니다.

성가시게 여겼던 남녀 사이가 지금은 염증이 날 정도로 싫어
지니, 어린 아들마저 없어 세상 인연에 미련을 둘 것이 없다면,
이전에 바랐던 것처럼 출가라도 했을 것이라고 생각하였습니
다. 그러자 이조원 서쪽 별채에서 외로이 지내고 있을 아씨의
모습이 불현듯 떠올랐습니다.

밤에는 침소에서 홀로 잠드는지라 숙직을 하는 시녀들은 침

소 가까이에 대기하고 있는데 마음이 허전하고 사방이 쓸쓸하여, 안 그래도 쓸쓸한 가을에 돌아가시다니 하면서 죽은 사람을 그리워하는 마음에 잠을 이루지 못하였습니다. 목소리가 아름다운 승려를 고르고 골라 염불을 외게 하는 새벽녘에는 한결 슬픔을 가누기가 어려우니, 애간장이 끊어지는 듯하였습니다.

늦가을의 외로움이 깊어가는 바람 소리에 몸이 시리고, 뒤숭숭한 잠자리에 몸만 뒤척이다가 선잠으로 긴 밤을 지새운 어느 새벽이었습니다. 사방에는 안개가 자욱한데, 갓 벌어지기 시작한 국화 가지에 편지를 묶어두고 가는 자가 있었습니다. 이런 때에 걸맞게 눈치가 있는 사람도 있다 싶어 짙푸른 종이를 펼쳐보니, 육조 미야스도코로의 필적이었습니다.

"상중이라 삼가 조심하여 서신을 보내지 않은 저의 마음을 헤아려주셨는지요."

사람의 죽음이라
인간 세상의 무상함에
눈물이 절로 흐르는데
홀로 남은 님의
눈물 젖은 소맷자락이 안쓰러워

"하늘을 올려다보고 있노라니, 북받치는 마음을 누를 길 없어."

이렇게 씌어 있었습니다. 여느 때보다 참으로 우아하게 썼다고 생각하니 그 편지를 그대로 내려놓기가 어려워 절절한 마음으로 읽어 내려갔습니다. 그러나 한편으로는 용케도 이런 뻔뻔스런 글을 보냈군, 싶은 생각도 드니 마음이 어두워졌습니다. 허나 편지를 뚝 끊어버리기도 어색하고, 행여 미야스도코로의 명예를 더럽히지나 않을까 염려스러웠습니다.

죽은 사람은 어차피 그런 운명을 타고 태어난 것일 터인데 어쩌자고 내가 그런 산 귀신의 꼴을 그리도 생생하게 보았는지 분해서 견딜 수가 없으니 그것은 자기 마음 탓이라고는 하나 미야스도코로를 이전처럼은 대할 수 없어졌기 때문이겠지요.

재궁의 결재 기간이라 오래도록 편지 쓰기를 주저하고 있었는데, 일부러 보낸 편지에 답신을 보내지 않는 것은 매정한 일이 아닐까 싶었습니다. 그래서 먹빛 감도는 보라색 종이에 이렇게 덧붙여 썼습니다.

"오래도록 소식을 전하지 못하였으나, 늘 그대를 잊지 않고 생각하고 있소이다. 때가 상중이니만큼 삼가고 있는 이내 마음을 충분히 헤아려주실 것이라 생각하오이다."

죽은 사람에게나
살아남은 사람에게나
이슬처럼 덧없는 세상이거늘

집착이야말로
허망하기 이를 데 없는 것을

"서운한 마음이 있더라도 아무쪼록 떨쳐버리길 바라오. 상중에 보내는 편지라 직접 읽지 않을 것이란 생각도 드니, 편지는 이제 이만 줄이기로 하겠소."

미야스도코로는 마침 육조의 자택에 있던 터라 남의 눈을 피하여 편지를 읽었습니다. 스스로도 자책감에 쫓기고 있었는데, 넌지시 내비친 겐지의 마음을 확실하게 읽고, 역시 그랬나 싶으니 그 또한 견딜 수 없이 괴로웠습니다.

'아아, 한심하고 죄 많은 이 몸. 이런 소문이 퍼져 상황의 귀에 들어가면 뭐라 여기실꼬. 앞서 죽은 동궁하고는 한배에서 태어난 형제일 뿐만 아니라 사이도 각별했기에 재궁의 장래까지 당부하고 떠나 '동궁을 대신하여 친자식처럼 소중하게 보살펴주마'고 늘 말씀하시며, 내게도 역시 동궁이 살아 있을 때처럼 궁중에서 지내라고 권하시는 것을 가당치 않은 일이라 사양하였거늘. 그런데 이렇게 뜻하지 않게 나잇값도 못하고 염문에 시달리는 신세가 되다니.'

이렇게 탄식하고 괴로워하니, 여전히 마음이 어지럽고 건강도 나빠질 뿐이었습니다.

이런 일이 있기는 하나, 미야스도코로는 우아하고 취미도 고상하기로 벌써부터 정평이 난 분이었습니다. 궁중에서 별궁으로 옮길 때에도 정취 있고 새롭게 꾸며 관리들 가운데에서도 풍류를 즐기는 이들은 아침저녁으로 사가노의 이슬을 밟으며 별궁을 드나드는 것이 낙이라는 소문이 파다하였습니다. 이런 소문을 듣고도 겐지는 애석하게 생각하였습니다.

"그럴 만도 하지. 어디까지나 우아한 취미가 몸에 밴 사람이니 만약 그 사람이 세상살이에 염증을 내어 이세로 내려갔다면 얼마나 서운했을까."

이레마다 치르는 제는 다 끝났지만, 사십구재 탈상을 할 때까지 좌대신 댁에서 두문불출하였습니다. 3위가 된 두중장은, 홀로 지내는 겐지를 안쓰러이 여겨 하루가 멀다 하고 찾아와 세상 돌아가는 이야기, 여인네들에 얽힌 이야기, 심각한 이야기를 늘어놓으며 겐지를 위로하였습니다. 그 가운데에서도 특히 예의 전시 이야기는 지금도 우스갯소리로 회자되는 듯하였습니다.

"할머니를 그리 놀려먹어서야 가엾지 않은가."

겐지는 말이야 엄하게 하지만, 실제로는 재미있어하였습니다. 히타치 친왕의 집에서 열엿새 으스름달빛에 어렴풋하게 보였던 그 가을밤의 일이며, 그밖에도 갖가지 정사에 얽힌 이야기를 다 들춰냈습니다. 그러다 끝내는 무상한 세상살이 덧없고 서글프다면서 눈물을 흘리기도 하였습니다.

늦가을 비가 추적추적 내리는 쓸쓸한 저녁나절에 두중장은 약간 밝은 쥐색 상복을 차려입어 남자답고 말쑥한 모습으로 겐지의 방을 찾았습니다.

겐지는 서쪽 별채 출입문 앞 난간에 기대어 서리 내려 초목이 시든 앞뜰을 바라보고 있었습니다. 바람이 흉흉하게 불고 찬비가 쏴 하고 내리니, 눈물이 비와 다투어 떨어지지는 않을까 싶습니다.

비가 되었는지 구름이 되었는지
지금은 알 수 없는 그 사람

아오이 부인의 죽음을 한시에 담아 홀로 중얼거리며 턱을 고이고 있습니다.

그 모습에 두중장은 생각에 잠겼습니다.

'내가 만약 여자이고 이분을 두고 앞서 죽었다면, 그 혼은 내내 이분 곁을 떠나지 못하리.'

이렇듯 애틋한 기분이 들어 그만 물끄러미 쳐다보면서 가까이에 앉았습니다. 겐지는 편하게 옷깃을 풀어헤친 모습으로 겉옷의 고름만 고쳐 맸습니다. 두중장보다 다소 짙은 쥐색 여름 겉옷에 매끄러운 붉은색 속옷을 받쳐입은 소박한 상복 차림이 오히려 돋보였습니다.

두중장도 사뭇 처연한 눈길로 하늘을 올려다보았습니다.

뿌리는 구름이 되었다 한들

찬비 내리는 하늘에
떠도는 어느 구름이
죽은 사람 태운 연기인 줄
알 수 있으리

"간 데를 알 수 없으니."
두중장이 홀로 중얼거리자 겐지가 노래하였습니다.

죽은 아내가 구름이 되고
비가 된 하늘마저
찬비가 내려 어둡게 가리니
내 마음 또한
슬픔으로 어둡구나

이렇게 읊는 겐지의 모습에서 죽은 사람을 못내 그리워하는 애절한 마음을 넉넉히 알 수 있으니 두중장은 생각하였습니다.

'참으로 묘한 일도 다 있군. 겐지는 아오이 부인을 그리 흠모하지 않는 듯 보였는데. 상황 역시 보다 못해 충고를 하실 정도였으니 말이야. 아버님이 예우를 갖춰 깍듯하게 대하는 것도 안됐고, 어머님 역시 혈통으로 봐도 끊으려야 끊을 수 없는 관계인지라 이래저래 빠져나올 수 없는 관계로 얽혀 있어 아오이 부인을 뿌리칠 수가 없어서 답답해도 함께하는 줄 알았지. 그래서

딴에는 안타깝게 여긴 적도 있었는데 실은 아오이 부인을 정부인으로 각별히 여겼다는 말인가.'

이제야 고개를 끄덕입니다. 그러다 보니 두중장은 아오이 부인의 죽음이 한층 더 안타깝고, 빛이 사라진 듯한 울적한 기분이 들었습니다.

두중장이 돌아간 후, 겐지는 앞뜰 시든 잡풀 속에 피어 있는 인동꽃과 패랭이꽃을 꺾어 어린 아들의 유모인 재상을 시켜 아오이 부인의 어머니에게 보냈습니다.

　　담장 아래 시든 풀 틈에
　　피어 있는 패랭이꽃을 보니
　　죽은 사람이 남기고 간
　　어린 아들이 그립습니다

"그 어미보다 기량이 못하다 여기실까요?"

어린 손자가 천진하게 웃는 얼굴은 정말 귀엽고 사랑스럽습니다. 겐지의 편지를 보고 어머니는 부는 바람에 흔들리는 나뭇잎보다 여린 눈물이 뚝뚝 흘러 떨어지는 것을 어쩌지 못합니다. 그러고는 이렇게 서신을 보냈습니다.

　　지금도 어린것을 보면
　　흐르는 눈물에

소맷부리 썩어드니

담장 또한 황폐하여

가엾은 패랭이꽃

　겐지는 홀로 지내기가 몹시 따분하고 외로웠습니다. 아사가
오 아씨야말로 이 저무는 날의 쓸쓸함을 누구보다 잘 이해해줄
것이라 믿어 마지않으니, 날이 어두워졌는데도 편지를 써 보냈
습니다. 이따금 생각났다는 듯이 편지를 보내는 겐지에게 익숙
한 터라, 시녀들이 별 생각 없이 아사가오 아씨에게 편지를 보
여주었습니다.

　오늘 이 저녁은

　유난히 호젓하여

　떨어지는 눈물에

　소맷자락 젖으니

　애수에 찬 가을을

　많이도 보냈거늘

　"가을비는 해마다 내리는 것을."
　이렇게 파란색 당지에 씌어 있습니다.
　"쓸쓸한 마음이 오롯이 담긴 필적이 그 어느 때보다 훌륭하
여 답가를 보내지 않고는 안 되겠지요."

시녀들도 이렇게 말하고 아씨 역시 그리 생각하여 편지를 썼습니다.

"상중이라 근신하고 계시는 모습 헤아리고도 남음이 있으나, 어찌 편지를 보낼 수 있겠습니까, 애써 사양하고 있었습니다."

가을 안개 자욱한 때
부인의 죽음 소식을 듣고
비 내리는 하늘 올려다볼 때마다
홀로 남은 그대의 슬픔이
오죽할까 싶어 마음 졸이니

여린 먹으로 쓴 글씨가 아사가오 아씨가 손수 쓴 것이라 생각하니 더욱 그윽하고 마음이 끌렸습니다.

세상에는 뜻밖에도 나중에야 상대에게 마음이 더 끌리게 되는 일이 많지 않은 법인데, 자신에게 냉담한 사람일수록 집착하는 겐지의 버릇은 여전하였습니다.

"아사가오 아씨는 늘 쌀쌀맞은 태도를 취하지만, 그래야 마땅할 때에는 정을 아끼지 않는 사람이야. 이런 사람이야말로 오래오래 애정을 유지할 수 있지 않을까. 하기야 교양이나 풍류가 과도하여 남의 눈에 띌 정도가 되면 결점까지 눈에 띄게 되는 법. 무라사키 아씨는 절대 그렇게 키우지 않으리."

겐지는 이렇게 생각하면서 한시도 잊지 않고 있는 무라사키 아씨가 심심하고 따분하여 나를 몹시 기다리고 있을 것이라고, 마치 엄마 없는 아이를 혼자 집에 남겨두고 온 듯 마음이 불안하였습니다.

그럼에도 아직은 무라사키 아씨가 자신을 원망하거나 질투하는 것은 아닐까 하여 근심하지 않아도 되니 마음은 편하였습니다.

날이 완전히 저물자 겐지는 곁에다 등불을 밝히고, 이런 밤에 어울리는 격의 없는 시녀를 불러 이런저런 얘기를 듣고 있습니다.

중납언은 겐지가 오래도록 남몰래 정을 준 시녀였습니다. 상중이라 아오이 부인에게 꺼릴 것도 없는데 오히려 그런 기색을 조금도 보이지 않으니, 중납언은 돌아가신 분에 대한 겐지의 자상한 배려라 여겼습니다. 중납언을 그저 말상대로 여기고 겐지는 부드러운 목소리로 말을 걸었습니다.

"이렇게 며칠이고 부인이 살아 있을 때보다 한결 친밀하게 다른 것에 신경 안 쓰고 지내고 있는데, 앞으로 언제까지 이럴 수는 없으니 지금이 그리워지겠구나. 이미 간 사람이야 어쩔 수 없지만, 인간 세상의 만나고 헤어짐을 이리저리 생각해보면, 참으로 견디기 힘든 일이 많을 것 같구나."

시녀들은 그 말에 더욱 눈물을 흘리며 말을 채 끝내지 못하고 흐느껴 웁니다.

"새삼 들춰봐야 덧없는 불행에 우리 눈앞이 다 캄캄해지는 듯하옵니다. 지난 일이야 어쩔 수 없다지만, 행여 우리를 다 버리시고 멀리 떠나시지는 않을까 두렵사옵니다."

겐지는 가여운 마음에 시녀들을 둘러보며 말하였습니다.

"내 어찌 그대들을 버리겠는가. 나를 그리 박정한 사람이라 여기고 있는 것이냐. 길게 내다보는 사람이 있다면, 언젠가는 내 성의를 알 수 있으련만. 다만 사람의 목숨이란 부질없는 것이어서."

물끄러미 등불을 바라보는 눈꼬리가 눈물에 젖어 있으니 그 모습도 아름답기 그지없었습니다.

돌아가신 아오이 부인이 각별히 귀여워하였던 여동 아테키가 부모마저 없어 불안해하는 것을 보고는 그럴 만도 하다 여겼습니다.

"너는 이제 나를 의지하거라."

그러자 여동은 울음을 터뜨렸습니다. 다른 사람 것보다 짙게 물들인 조그만 속옷에 검정 웃옷, 원추리색 바지를 입은 모습이 참으로 앙증맞았습니다.

"그분이 살아 계셨던 옛적을 잊지 못하는 사람은 허전함을 참아가면서 어린 도련님을 잘 돌봐드려야 한다. 그분의 흔적도 다 사라지고, 너희들마저 떠나면 내가 이곳을 찾을 명분이 없어질 터이니."

말은 이렇게 하지만 과연 앞날이 어떠할지, 어차피 앞으로는 발길이 더더욱 멀어져 기다리는 날만 많아질 터인데, 하고 생각하니 시녀들은 한층 서글프고 불안했습니다.

좌대신은 요란스럽지 않도록 마음을 써가며 사소한 장신구나 취미 도구를 아오이 부인의 유품 삼아 시녀들 각자의 신분에 맞게 빠짐없이 나누어주었습니다.

겐지는 이렇게 언제까지고 집에만 틀어박혀 있을 수 없어, 기리쓰보 상황을 알현하기로 하였습니다. 수레를 끄는 수행원들이 모일 즈음, 하늘이 그 뜻을 헤아리듯 때맞춰 비를 뿌리고 스산하게 부는 바람이 나뭇잎을 흔드니, 시녀들의 마음은 더욱더 뒤숭숭하고 잠시 말랐던 소맷자락이 흘러넘치는 눈물로 단박에 젖어버렸습니다.

수행원들은 밤이 되면 겐지가 그대로 이조원에 머물 것이라 헤아리고 그쪽에서 대기하려는 모양입니다. 각자 그렇게 준비를 하고 나온 수행원들의 모습을 보면서 생각하였습니다.

'설마 오늘로 발길을 뚝 끊어버리지야 않으시겠지.'

그러면서도 시녀들은 또 슬픔에 잠겼습니다.

좌대신과 그 부인도 오늘의 이 헤어짐에 새삼 탄식을 금치 못합니다. 겐지는 좌대신에게 인사 편지를 올렸습니다.

"상황께서 어찌 지내는지 걱정하옵는지라, 오늘은 상황을 찾아뵈려 합니다. 이렇게 잠시 외출을 하면서도, 용케 오늘까지 살아왔노라 생각하니 마음이 천 갈래 만 갈래 찢어집니다. 찾아뵙고 인사를 드리면 도리어 슬픔이 북받쳐오를 것 같아 그냥 떠납니다."

이렇게 씌어 있는 편지를 보자 어머니는 슬픔이 더하고 눈물이 앞을 가려 당신도 쓰지 못하고 좌대신만 얼른 겐지를 찾아왔습니다. 좌대신은 슬픔을 가누지 못하여 소매에서 눈을 떼지 못합니다. 그 모습을 본 시녀들도 또 눈물에 젖었습니다.

덧없는 세상사를 이리저리 생각하며 감개에 젖어 눈물을 흘리는 겐지의 모습이 연민의 정에 가득하면서도 더없이 우아하고 아름답게 보였습니다.

좌대신이 간신히 눈물을 닦고 입을 열었습니다.

"나이가 들면 별일이 없어도 눈물이 절로 나는 법인데, 하물며 딸의 죽음에야, 눈물이 마를 날 없도록 애통한 이 마음 가눌 길이 없습니다. 사람 눈에 띄면 오히려 마음이 여물지 못한 사람이라 여겨질 듯하여, 상황인들 찾아뵐 수가 있겠습니까. 이참에 제 뜻 잘 말씀드려주십시오. 남은 목숨이 얼마 길지 않은데, 자식을 먼저 앞세운 것이 참으로 원통하여 견딜 수가 없습니다."

마음을 애써 다독이며 말하는 모습이 고통스러워 보였습니다.

겐지도 눈물을 삼키며 말합니다.

"앞서고 뒤서고 하는 것이 사람의 목숨, 세상의 이치라는 것을 알고는 있지만, 이내 몸에 그런 일이 생겨 마음의 아픔을 뭐라 형용할 길이 없습니다. 상황께 말씀드리오면 헤아려주실 것입니다."

좌대신이 채근하였습니다.

"그럼, 비가 계속 내릴 듯하니 날이 저물기 전에 어서 행차하옵소서."

사방을 돌아보니 활짝 열린 장지문 뒤, 그리고 휘장 뒤에 시녀들 삼십여 명이 서로에게 어깨를 기대고 모여 있습니다. 짙고 옅음이 각양인 상복을 입고 모두들 눈물에 젖어 애처롭게 서 있습니다. 그런 모습을 보니 겐지는 또 마음이 아파 동정을 금치 못합니다.

"차마 버리시지 않을 어린 아들도 이곳에 있으니, 이쪽으로 행차할 일이 있으면 반드시 들러주실 것이라 스스로를 위로하나, 시녀들은 그렇지가 않습니다. 마치 다시는 돌아오지 않을 고향을 떠나는 것처럼 비관하고 있습니다. 고인과 영원히 이별한 슬픔보다, 늘 가까이 모셨던 세월이 이제 흔적도 없이 사라져버리는 것은 아닐까 싶어 시녀들이 한탄하는 것도 무리는 아닙니다. 지금까지도 마음 편히 이곳을 찾아주신 적은 없었으나 그래도 언젠가는 그럴 날이 있으리라 기다렸는데, 정말 서운하고 안타까운 저녁입니다."

좌대신이 이렇게 말하고는 또 눈물을 흘렸습니다. 그러자 겐지가 이런 말을 남기고 집을 떠났습니다.

"모두들 괜한 걱정을 하고 계십니다. 아오이 부인이 아무리 박정하게 대해도 언젠가는 나를 알아줄 날이 있으리라 느긋하게 마음먹은 동안에는 나도 모르게 발길이 멀어졌습니다. 허나 지금은 무슨 이유로 발길을 멀리하겠습니까. 이런 나의 마음을 언젠가는 알아주시겠지요."

좌대신은 그런 겐지의 뒷모습을 배웅하고 겐지가 지내던 방
으로 돌아갔습니다. 방 안의 모습은 장식품 하나 옛날과 달라진
것이 없는데, 사는 사람이 없어지니 매미 허물처럼 허망하고 쓸
쓸하기만 했습니다.

침소 앞에 먹과 벼루가 그대로 놓여 있었습니다. 좌대신은 겐
지가 연습 삼아 쓰고 버린 종이를 집어들고, 눈물을 삼키면서
훑어내리니, 젊은 시녀들은 그 모습을 눈물 반 미소 반으로 바
라보았습니다. 거기에는 중국시, 일본시 등 옛 사람의 시가 다
양하고 희귀한 서체로 씌어 있었습니다.

"아, 필체가 그야말로 일품이로구나."

좌대신은 허공을 바라보며 탄식하였습니다. 이런 겐지와 앞
으로는 마치 타인처럼 지내야 하는 것이 애석하기 그지없는 것
이겠지요.

해묵은 베개, 해묵은 이불,
그 뉘와 함께하리

이렇게 적혀 있는 한시 옆에 다음 시가 있었습니다.

죽은 사람의 혼마저 슬퍼
차마 떠나기 어려웠으리

둘이 함께한 추억 어린
사랑의 침상을
언제까지고 떠나기 어려우니

또 '서리 새하얗게 내리니'라는 한시 옆에는 이렇게 씌어 있습니다.

님이 떠나고
먼지 쌓인 침상
눈물 닦으며
홀로 자는 외로운 밤을
몇 밤이고 지냈던고

지난날 아오이 부인의 어머니에게 노래에 덧붙여 패랭이꽃을 보냈을 때 함께 꺾었던 꽃인지, 마른 꽃이 종이에 섞여 있었습니다. 좌대신은 그 필적을 부인에게 보이며 터져 나오는 울음을 미처 참아내지 못하고 오열하였습니다.

"지금 와서 말해봐야 아무 소용없는 일이지만, 세상에 이렇게 슬픈 인연이 없는 것은 아니라고 억지 생각도 해보지만, 이승의 연을 짧게 타고 태어나 이렇게 부모 마음을 아프게 하는 모양이라고 생각하면, 이 세상에서 부자의 연을 맺게 한 전생의 인연이 오히려 원망스럽구려. 전생에서부터 맺어진 인연이 그러하다고 애써 슬픔을 달래보지만, 시간이 흘러도 죽은 딸이 그리워 참을 수 없는데 겐지 님마저 이제는 타인이라 생각하니 견딜 수가 없구려. 하루고 이틀이고 겐지 님의 발길이 뜸하면 애틋하고 마음이 아팠는데, 아침저녁으로 비치는 빛살 같았던 겐지 님의 그 빛을 잃고야 앞으로 어찌 살아갈 수 있겠소이까."

그 모습을 보고 앉아 있는 늙은 시녀들 역시 슬픔을 억누르지 못하고 울음을 터뜨리니, 으슬으슬 서늘한 기운이 감도는 저녁의 정경이었습니다.

젊은 시녀들은 곳곳에 삼삼오오 모여 오늘의 슬픔을 절절하게 얘기합니다.

"겐지 님이 이르신 것처럼 어린 도련님을 잘 모시는 것이 가장 큰 마음의 위로일 터인데, 아무리 그래도 아직은 너무 어리니 참으로 애처로운 유품입니다."

그 가운데는 이렇게 말하는 이도 있었습니다.

"잠시 고향에 내려갔다가 다시 와야겠어요."

모두들 작별이 아쉬워 마음이 착잡하였습니다.

겐지가 상황을 알현하자 걱정하였습니다.

"몹시 초췌해졌구려. 며칠이나 근신을 하신 탓인가 보오."

앞에서 식사를 하게 하고 이것저것 마음을 쓰시는 모습이 몸 둘 바를 모르도록 황공한 일이었습니다.

후지쓰보 중궁전을 찾아뵙자, 시녀들이 오랜만이라 반갑게 맞아주었습니다. 중궁은 왕명부를 통하여 말씀을 내렸습니다.

"뭐라 애도할 길이 없으나, 세월이 흘러도 그 슬픔 다할 길이 없겠지요."

겐지는 대답하였습니다.

"지금까지도 이 세상의 덧없음을 알고는 있다 여겼는데, 이 두 눈으로 직접 불행을 보고 나니 세상이 더없이 부질없게 느껴져 마음이 어지러웠습니다. 허나 간혹 중궁전의 문안 편지를 받잡아 얼마나 마음의 위로가 되었는지 모릅니다. 덕분에 이렇게 살아 있는 줄 아룁니다."

이런 때가 아니라도 중궁전에서는 늘 사려 깊은 표정인데, 오늘은 불행의 그림자마저 어려 더욱 애절한 모습입니다.

무늬 없는 도포에 먹색 속겹옷을 입고 관의 꼬리장식을 안으로 말아올린 상중의 차림이 화려하게 차려입었을 때보다 한결 요염하게 보였습니다.

동궁전에도 오래도록 문후를 드리지 못하여 마음에 걸린다 말씀드리고, 밤이 깊어서 퇴궁하였습니다.

이조원에서는 온 방을 닦고 매만지고, 남녀 시종들이 나란히 겐지를 기다렸습니다. 겐지는 서둘러 고향에서 올라와 분칠을 하고 화사하게 치장한 시녀들을 보니, 모두가 침통하고 어두운 표정으로 배웅하였던 좌대신 댁 시녀들의 모습이 떠올라 마음이 아팠습니다.

겐지는 옷을 갈아입고 서쪽 별채로 갔습니다. 겨울 채비를 한

방의 장신구며 분위기는 깔끔하고 환하고, 젊은 시녀들과 어린 여동들의 차림새도 아름답고 단정했습니다. 겐지는 빈틈없는 소납언 유모의 배려와 우아한 취향을 인정하지 않을 수 없었습니다.

어린 무라사키 아씨는 예쁘장하고 귀엽게 차리고 있었습니다.

"보지 못하는 사이에 다 큰 아씨가 되었구려."

겐지가 조그만 휘장을 걷어 올리고 들여다보니 부끄러운 듯 고개를 옆으로 돌리고 있는 모습이 어디 한 군데 나무랄 데가 없었습니다. 등불이 어른어른 비치는 옆얼굴하며 머리 모습이 온 마음을 바쳐 사모하는 그분을 꼭 닮았습니다. 겐지는 그 모습이 기쁘기 그지없었습니다.

가까이 다가가 만날 수 없어 아쉬웠던 그동안의 일을 잠시 얘기하고는 이렇게 말하였습니다.

"지난 며칠 사이 할 말이 참으로 많아 천천히 얘기해주고 싶으나 아직은 불길한 몸이라, 당분간 다른 곳에서 쉬었다가 오겠어요. 앞으로는 늘 함께 있을 터이니 귀찮다 여기게 될지도 모르겠군요."

소납언은 한편으로는 기쁘면서도 역시 일말의 불안이 가시지 않았습니다.

겐지가 비밀리에 드나드는 곳에는 신분이 높은 여인들도 많으니, 아오이 부인을 대신하여 언제 또 성가신 사람이 정부인으로 나설지 알 수 없는 일이라고 안달을 하는 것 또한 곱지 못한 여심이겠지요.

겐지는 자기 방으로 들어가 시녀 중장에게 발을 주무르라 이르고 잠자리에 들었습니다.

다음날 아침에는 좌대신 댁에 있는 어린 아들에게 편지를 썼습니다. 그리고 좌대신 댁에서 온 답신을 읽으면서는 또 슬픔을 가누지 못했습니다.

겐지는 마음이 울적하여 온갖 상념에 잠겼습니다. 잠시 훌쩍 바람을 쐬러 나가기도 성가시고 귀찮고, 은밀히 드나들던 곳에 발길할 마음도 일지 않았습니다.

무라사키 아씨가 하나에서 열까지 흠잡을 데 없이 완벽하게 성장하였으니 부부가 되어도 무방하리라 여겨져, 이따금씩 혼인을 암시하는 말을 꺼내보지만 아씨는 전혀 눈치를 못 채는 것 같았습니다.

따분한 겐지는 서쪽 별채에서 무라사키 아씨와 바둑을 두거나 변 맞히기 놀이를 하며 날을 보냈습니다. 아씨의 성품은 재치 있고 애교가 있으니, 하찮은 놀이를 하여도 뛰어난 재주가 엿보였습니다. 아직 어린애라고 귀여운 마음에 지금까지 그냥 내버려두었는데, 지금은 사랑스러워 견딜 수가 없는 한편 아직 어리고 천진한 아이에게 가여운 일이라고 주저하기는 하였으나, 자 두 사람 사이에 과연 무슨 일이 있었을지요.

애당초 어렸을 때부터 늘 함께 침소에 들었던 터라, 주위 사람들 눈에 언제부터 그렇게 되었는지 분별이 가능한 사이도 아닌데, 겐지가 일찍 일어나 방을 나온 후에도 무라사키 아씨는 꼼짝하지 않는 아침이 있었습니다. 시녀들이 수군거리며 걱정하였습니다.

"대체 무슨 일일꼬. 아씨가 어디 몸이라도 불편하신 겐가."

겐지는 동쪽 별채의 자기 방으로 돌아가기 전에 벼루 상자를 침소 안에 슬쩍 밀어 넣고 갔습니다. 사람이 없는 사이 아씨가 가만히 고개를 들고 보니, 베갯머리에 편지가 놓여 있었습니다. 별 생각 없이 펼쳐보니 이렇게 넌지시 씌어 있었습니다.

어찌하여 지금까지
인연도 맺지 않고
타인처럼 지내왔던고
무수한 밤을
함께 잠들었거늘

겐지가 그런 일을 하리라고는 꿈에도 생각지 못한 아씨는 어떻게 이렇게 마음이 엉큼한 분을 지금까지 의심 한번 하지 않고 진정 믿음직한 분이라 여겨왔을까 하고 생각하니 정나미가 떨어지고 분해서 견딜 수가 없었습니다.

낮에 겐지가 서쪽 별채로 건너와 휘장 속을 들여다보며 말했습니다.

"어째 기분이 안 좋아 보이는군요. 무슨 일이라도 있는지요. 오늘은 바둑도 두지 않고 따분하지 않은가요."

그러자 아씨는 이불을 푹 뒤집어쓰고 자는 척하였습니다.

시녀들은 물러나 대기하고 있으니, 겐지는 아씨 곁으로 다가가 말을 붙였습니다.

"왜 이리 쌀쌀맞게 구는 것인가요. 내가 이런 사람인 줄 진작 몰라본 것이란 말입니까. 시녀들이 이상하게 생각하겠어요."

이불을 걷어내자 아씨는 이마에 흐른 머리카락까지 땀에 흠뻑 젖어 있었습니다.

"오오 이런. 이거 정말 큰일이로구나."

겐지는 비위를 맞추기 위해 온갖 말을 해보지만 무라사키 아씨는 정말 너무한 사람이라고 생각하고 있으니, 한마디도 대꾸하지 않습니다.

"그래요, 알겠습니다. 이제는 절대 그대 눈에 띄지 않겠습니다. 이런 창피를 당하였으니."

겐지는 이렇게 투덜거리며 벼루 상자를 열어보았지만, 답신은 없었습니다. 허나 겐지는 그런 무라사키 아씨의 태도가 오히려 어린애 같고 귀엽기만 할 뿐이었습니다.

그날 겐지는 하루 종일 휘장 안에서 온갖 말로 무라사키 아씨를 어르고 달랬습니다. 그러나 전혀 기분이 풀어지지 않는 아씨의 모습이 겐지에게는 더더욱 사랑스럽게 느껴졌습니다.

그날 밤의 일입니다. 마침 시월 첫 해일이라 떡을 올렸습니다. 아직 상중이라서 요란스럽게는 하지 않고, 아씨에게만 고상한 노송 바구니에 떡을 담아 갖가지 치장을 하여 올렸습니다. 겐지가 그 광경을 보고는 밖으로 나가 고레미쓰를 불러들였습니다.

"떡을 이렇게 많이 담지 말고, 요란스럽게 치장도 하지 말고 내일 저녁 때 가지고 오너라. 오늘은 길일이 아니니."

머쓱하게 미소지으며 얘기하는 모습을 보고 눈치가 빠른 고레미쓰는 금방 겐지의 속내를 알아차렸습니다. 고레미쓰는 더이상 자세하게 묻지 않고 말하였습니다.

"지당하신 말씀. 경하스러운 떡은 길일을 택하여 드시는 법이옵지요. 그럼 자일의 떡은 얼마나 준비하올까요."

"이것의 삼분의 일 정도면 되겠지."

겐지가 대답하였습니다. 고레미쓰는 잘 알겠다는 듯 미소짓고 물러났습니다. 겐지는 그런 고레미쓰를 참으로 능수능란하다 여겼습니다.

고레미쓰는 아무에게도 말하지 않고 자기 집에서 손수 떡을 만들었습니다.

겐지는 아씨의 비위를 맞추다 못해, 오늘 처음으로 보쌈을 해온 여자 같은 신선한 느낌이 드니 그 또한 흥미롭게 생각하였습니다.

'지금까지는 귀엽다고만 여겼는데, 지금의 이 애착에 비하면 그런 감정은 새발의 피도 못 되니 사람의 마음이란 참으로 야릇

한 것이로다. 지금은 하룻밤도 만나지 않고는 견딜 수가 없을 것 같으니 말이야.'

고레미쓰는 겐지가 부탁한 떡을 밤늦게 들고 왔습니다. 고레미쓰는 나이가 지긋한 소납언이 결혼을 뜻하는 떡을 들고 들면 아씨가 심히 부끄러워할 것 같아 이러저리 궁리한 끝에 소납언의 딸 변이란 시녀를 불러내 부탁하였습니다.

"이것을 은밀히 올려주게."

그러면서 향호 상자 하나를 슬쩍 발 안으로 들이밀었습니다.

"경하를 뜻하는 물건이니 틀림없이 베갯머리에 올려주어야 하네. 조심조심해서, 절대 함부로 다루어서는 안 되네."

고레미쓰가 말하니, 변은 이해할 수 없는 말이라 생각하면서 향호 상자를 받아들었습니다.

"함부로라니, 무슨 말인지 전혀 모르겠군요."

그러자 고레미쓰가 말하였습니다.

"오늘은 그런 불길하고 꺼림칙한 말을 해서는 절대 안 되오. 설마 아씨 앞에서야 그런 말을 하지는 않겠네만."

변은 아직 젊은 시녀라서, 뭐가 무슨 소린지 영문을 모르는 채 떡을 베갯머리 위 휘장 사이로 집어넣었습니다. 겐지는 아마도 이 떡의 의미를 무라사키 아씨에게는 가르쳐주었겠지요.

다른 시녀들은 아무것도 모르고 있는데, 다음날 아침 무라사키 아씨가 향호 상자를 물리자, 곁에서 시중드는 시녀들은 그제야 아아 그랬구나 하고 납득을 하는 모양이었습니다.

고레미쓰는 언제 떡을 담는 그릇까지 준비한 것일까요. 예쁜 다리가 있는 것으로 준비하여, 떡도 오밀조밀 우아하고 아름답게 쌓아올렸습니다. 소납언은 겐지가 이렇게 정식으로 결혼의 예를 갖출 것이라 기대하지 않았기에, 자상한 마음씀씀이가 고맙고 황송하고, 그 빈틈없는 배려에 몸둘바를 몰라 그저 감읍할 따름이었습니다.

"아무리 그래도 우리에게 은밀히 말씀해주셨으면 좋았을 것을, 고레미쓰가 우리를 뭐라 여길까."

시녀들은 이렇게 수군덕거렸습니다.

이런 일이 있고 난 후, 겐지는 입궁을 하거나 상황을 알현하는 동안에도 마음이 뒤숭숭하고 무라사키 아씨의 모습이 눈앞에 어른거리고 보고 싶으니, 자기 자신도 참 이상한 일이라고 생각하였습니다.

지금까지 시선을 피해 드나들던 여자들에게서는 원망 섞인 편지가 날아들고, 그 가운데는 안됐다 싶은 상대도 있지만, 마음은 온통 한 베개를 밴 아씨 생각으로 가득하니 하룻밤이라도 만나지 못하면 어쩔까 노심초사, 대외적으로는 그저 몸이 좋지 않아 외출을 삼가는 척하고 있었습니다.

"상중이라 세상사가 모두 귀찮기만 합니다. 이 시기를 무사히 보내고 나면 누구든 만나기로 하지요."

이렇게 대답만 하고는 나날을 보냈습니다.

지금은 궁중에서 갑전 직책을 맡고 있는 오보로즈키요가 겐지에게만 마음을 쏟고 있어서 우대신이 말하였습니다.

"그렇게 중히 여기셨던 정부인이 돌아가셨으니, 오보로즈키요를 정부인으로 맞아주신다면 그리 나쁜 일도 아니지."

고키덴 태후는 이런 말까지 들리니 겐지가 더욱 미워져 오보로즈키요의 입궁을 열심히 도모하였습니다.

"궁중에 들어와 맡은 바 일을 훌륭하게 할 수 있다면 안 될 것이 무에 있겠습니까."

겐지도 오보로즈키요에게는 남다른 애정을 쏟았던 터라 입궁을 하고 나면 애석할 것이라 생각하면서도 당장은 이조원 무라사키 아씨 외의 다른 여자에게 마음을 나눠줄 마음이 없어 생각하였습니다.

'어차피 짧은 인생, 앞으로는 무라사키를 아내라 여기고 이 사람만을 지키자. 여자의 원한을 사는 것은 두려운 일이니.'

육조 미야스도코로의 일로 어지간히 넌더리가 난 모양입니다.

'미야스도코로가 몹시 가엾기는 하나, 진정 의지할 수 있는 정부인으로 삼기에는 답답한 분이니. 지금 같은 관계를 그냥 유지하여도 참아준다면, 기분이 내켜 훌쩍 찾아가 상대하기에는 더없이 좋은 사람인데.'

허나 역시 미야스도코로와의 인연을 뚝 끊어버리자니 미련이 남는 듯하였습니다.

이조원의 무라사키 아씨가 어떤 사람인지 세상 사람들은 잘 알지 못하니 가만히 있으면 업신여김을 당할 것 같아, 겐지는 지금의 상황을 무라사키의 아버지 병부경에게 알려야겠다고 생각하였습니다. 성인식도 세상에 널리 공표할 것도 아닌데 모든 준비에 완벽을 기하는 등 세심하게 배려하였습니다.

그런데 정작 무라사키 아씨는 겐지에게 정나미가 떨어져, 오래도록 그렇게 겐지만 의지하고 매달렸던 자기 자신이 한심하고 어리석었다고, 그저 분하고 분하여 눈도 마주치려 하지 않았습니다. 겐지가 농을 걸어도 괴롭고 참기 어렵다는 듯 짜증만 내고 아무 반응을 보이지 않았습니다. 이전과는 전혀 다른 아씨의 모습이 답답하기는 해도 여전히 사랑스럽고 어여쁘기만 하여 겐지가 말하였습니다.

"오랜 세월 그리도 어여뻐 여기고 소중히 다뤄왔건만, 조금도 마음을 열어주지 않으니 참으로 박정한 일이로고."

이렇듯 안타까이 여기는 사이 그해가 저물었습니다.

정월 초하루, 겐지는 예년처럼 먼저 상황을 알현하고 입궁하여 중궁과 동궁에게도 새해 인사를 올린 후 퇴궁을 하여 좌대신 댁에 갔습니다.

좌대신은 해가 바뀐 것에도 관심이 없고, 오직 부인과 죽은 딸의 추억을 얘기하며 쓸쓸하고 서글픈 심정으로 지내고 있는데, 이렇게 일찍 겐지가 찾아주니 참고 참은 눈물을 머금지 않을 수 없었습니다.

겐지는 나이를 한 살 더 먹었기 때문인지 당당한 관록이 느껴지고 이전보다 한층 더 아름다워졌습니다.

좌대신 앞에서 물러나와 죽은 아오이 부인의 방에 들어가니 시녀들은 오래간만에 보는 반가움에 눈물을 참지 못했습니다. 어린 아들은 그사이 훌쩍 커서, 방실방실 웃는 것이 오히려 가련하였습니다. 입가며 눈가가 동궁을 쏙 빼닮아 남들이 혹 이상하게 여기지 않을까 싶었습니다.

옷걸이에는 겐지의 옷가지들이 예전처럼 걸려 있고, 방의 장신구들도 무엇 하나 변함이 없는데, 여주인의 옷이 나란히 걸려 있지 않은 것이 왠지 허전하고 뭔가 부족한 듯이 보였습니다.

그때 시녀가 마님의 전갈을 전하였습니다.

"오늘은 정월 초하루라 애써 울지 않으려고 참고 있었는데, 이리 들러주시니 도리어 눈물이."

이렇게 씌어진 편지와 정성껏 바느질한 옷가지도 올렸습니다.

"예년처럼 준비를 하였으나, 요즘 들어 슬픔 탓인지 눈이 점점 더 침침해져 색깔이며 마음에 드실지 모르겠습니다. 오늘만이라도 걸쳐보십시오."

오늘 꼭 입어달라고 한 속겹옷은 색깔이며 짜임새며 예사롭지 않으니, 마치 이 세상 것이 아닌 양 각별하였습니다. 겐지는 장모의 정성을 허술히 여기면 안 되겠기에 곧바로 갈아입었습니다. 만약 오늘 오지 않았더라면 장모가 얼마나 섭섭해하였을까 생각하니 측은하고 애처로웠습니다.

겐지는 이렇게 답신을 썼습니다.

"슬픔에 젖어 지내는 이내 몸에도 봄은 찾아오누나 여기실까 찾아뵈었는데, 눈에 보이는 모든 것에 추억만 어려 있으니 이 마음을 족히 전할 수가 없습니다."

정월 초하루면
이곳에서 새 옷 갈아입기 몇 해였던가
올해도 새 옷으로 갈아입으니
가신 님 그리운 마음에
눈물만 쏟아지듯 흐르네

"슬픈 마음을 억누를 수가 없습니다."
장모의 답신은 이러하였습니다.

새해라 하는데
쉬지 않고 흐르는 것은
늙은 어미의
단념하지 못하는
미련의 눈물뿐

이렇게 모두들 지금도 아오이 부인의 죽음을 슬퍼하고 있었습니다.

비쭈기나무

신성한 별궁의 울타리에는
이리 찾아오라 가리키는
삼나무도 없는데
어인 연유로
비쭈기나무 가지를 꺾었음이여
◆ 미야스도코로

신에게 몸 바친
청초한 소녀가 있음이라
하여
비쭈기나무의 향이 그리워
부러 찾아 꺾어왔음을
◆ 겐지

 **제10첩 비쭈기나무(賢木)**

비쭈기나무는 예로부터 신성한 나무로 여겨져, 재궁이 되면 정원의 사방에 비쭈기나무를 심어 부정을 피했다.

재궁이 이세로 내려갈 날이 다가오자 육조 미야스도코로는 하루하루가 불안하고 초조했습니다. 신분 높은 정부인이라 거북스럽기만 했던 좌대신 댁 아오이 부인이 죽은 후, 세상 사람들은 이번에야말로 미야스도코로가 겐지의 정부인이 될 것이라 수군덕거렸습니다. 미야스도코로를 모시고 있는 사람들도 기대감에 부풀어 있었습니다.

그런데 아오이 부인이 죽자 오히려 겐지의 발길이 뚝 끊어지고 말았습니다. 그렇게 매정하게 구는 것을 보면 겐지가 진정 꺼리는 것이 있는 모양이라고 짐작 가는 바가 있으니, 미야스도코로는 모든 미련을 버리고 이세로 낙향할 결심을 굳혔습니다.

재궁을 따라 어미가 낙향하는 예는 지금껏 없었지만, 재궁이 아직 어려 혼자 보내기가 애처롭다는 빌미로 힘겨운 이 세상을 피하고자 생각한 것입니다.

겐지는 미야스도코로가 이제 멀리 떠나간다 생각하니 아쉽고 미련이 남아 편지나마 정성스럽게 써 보냈습니다. 미야스도코로는 새삼스레 겐지를 만날 수는 없으리라 여기고 체념하여 이렇게 마음을 다졌습니다.

'겐지 님은 이제 내게 정이 뚝 떨어진 모양이로구나. 그래도 뵈오면 미련이 큰 나만 고통스러울 것이니 새삼 만나서 무엇하리.'

미야스도코로는 별궁에서 간혹 육조의 자택으로 돌아오기는 하나 극히 소리 없이 은밀하게 움직이기에 겐지는 이를 몰랐습니다.

별궁은 재궁의 결재소인 만큼 찾고 싶다 하여 쉬이 찾을 수 있는 곳이 아닌 터라 겐지는 마음을 쓰면서도 무심한 세월만 보냈습니다.

그러한 때, 기리쓰보 상황이 큰 병은 아니나 용태가 좋지 않을 때가 많고 간혹은 몹시 불편해하기도 하여 겐지는 더욱 마음의 여유가 없었습니다. 그러나 미야스도코로가 자신을 혹 박정한 사람이라 여기지는 않을까, 세상 사람들의 귀에 또 그 소문이 번지지는 않을까 염려스러워 결국은 별궁으로 걸음을 하였습니다.

날짜는 바야흐로 구월 칠일 무렵, 미야스도코로가 이세로 낙향하는 날이 머지않았음에 겐지는 걸음을 서둘렀습니다. 미야스도코로도 이래저래 마음이 분주한 때였습니다. 겐지에게서 '잠시라도 좋으니 보고 싶소이다'라는 편지를 종종 받기는 하였으나, 어찌할까 싶어 주저되었습니다. 하지만 너무 소심하게 구는 것도 어떨까 싶으니 발 너머로 잠시 만나보기나 하자고 은근히 기다렸습니다.

드넓은 사가노에 발을 들여놓으니, 서글픈 가을 풍경에 가슴이 사무쳤습니다. 꽃은 다 시들고 바짝 마른 띠로 덮인 들판 역시 구슬프기 짝이 없는데, 애처롭게 우는 풀벌레 소리에 솔바람마저 스산하게 불고, 무슨 곡인지는 모르겠으나 드문드문 들리는 가냘픈 칠현금 소리는 말할 수 없이 우아하고 농염하였습니다.

앞서 가는 부하 여남은 명의 차림새는 단출하여 은밀한 행차임을 알 수 있는데, 정성껏 치장한 겐지 자신의 모습은 사가노의 풍정과 어울려 오늘따라 아리땁기 그지없으니, 풍류를 아는 부하들은 그저 감복할 따름이었습니다.

겐지는 어찌하여 지금까지 종종 찾아오지 않았을까 하고 허망하게 지나간 세월을 안타까이 여겼습니다.

모양새만 남은 낮은 울타리가 허술하게 집을 두르고 있고, 그 사이로 드문드문 보이는 판자 지붕이 마치 임시로 지은 집처럼 간소하였습니다. 허나 아름드리 통나무로 세운 문기둥은 장소가 장소이니만큼 신성하기까지 하여, 사랑을 위해 찾아온 걸음이 어째 머쓱하게 느껴지는 분위기입니다. 여기저기 서 있는 신관들이 헛기침을 하면서 조심스럽게 얘기하는 모습에서도 다른 장소와는 다른 근엄함이 풍겼습니다. 화톳불을 피운 초소에서는 불빛이 은은하게 새어나오는데, 인기척이 없어 고요하기만 하였습니다.

이런 곳에서 수심에 찬 세월을 보냈으려니 하고 생각하니 겐지는 미야스도코로가 몹시 측은하고 가여웠습니다.

북쪽 별채의 눈에 띄지 않는 곳에 서서, 내방의 뜻을 전하자 칠현금 소리가 뚝 끊기면서 시녀들이 발 빠르게 움직이는지 옷자락이 스치는 그윽한 소리와 옷에 배인 향내가 느껴졌습니다.

허나 기다리라는 시녀들의 말뿐 미야스도코로는 좀처럼 얼굴을 내보이지 않으니 겐지는 낙담하여 진심으로 말하였습니다.

"사소한 외출조차 용이치 않은 지위에 있음을 헤아려, 이리 박정하게 남 대하듯 하지 마시구려. 가슴에 응어리진 설움을 다 풀어드리려 하니."

시녀들도 거듭 설득하였습니다.

"저런 곳에 마냥 세워만 두시니 안쓰러워 뵐 수가 없습니다."

'어찌하면 좋겠느냐. 시녀들에게는 체면이 서지 않고, 재궁이 이 일을 알게 되면 나잇값도 못하고 천하게 굴었다고 할 터이니. 그렇다고 새삼스럽게 내가 나서서 만나는 것도 부끄러운 일이고.'

미야스도코로는 이렇게 망설이다 보니 점점 더 내키지 않는데, 그렇다고 쌀쌀맞게 내칠 만큼 마음이 독하지는 못하니, 한숨을 내쉬며 망설이고 주저하다 끝내는 나가보았습니다. 그 기척이 더없이 그윽하고 우아하게 느껴졌습니다.

"툇마루에는 올라도 괜찮겠소이까?"

겐지는 그렇게 말하고 툇마루로 올라앉았습니다. 때마침 봉긋 솟아오른 저녁 달빛에 겐지의 모습이 드러나니 그 기품과 아름다움은 비할 데가 없었습니다.

몇 달 동안이나 발길을 하지 않은 이유를 둘러대기도 면목 없는 일이라 겐지는 손에 들고 있던 비쭈기나무 가지를 발 안으로 밀어넣고 말했습니다.

"이 비쭈기나무의 푸른 잎사귀처럼 변함없는 마음으로 이렇게 지엄한 곳을 찾아왔건만 어찌 이리도 박정하게 대하시는 것이오."

신성한 별궁의 울타리에는
이리 찾아오라 가리키는
삼나무도 없는데
어인 연유로
비쭈기나무 가지를 꺾었음이여

미야스도코로는 이렇게 노래로 화답하였습니다.

신에게 몸 바친
청초한 소녀가 있음이라
하여

비쭈기나무의 향이 그리워

　　부러 찾아 꺾어왔음을

　겐지는 이렇게 노래하였습니다. 그러고는 주변의 신성한 분위기가 망설여지기는 하였으나 발 안으로 몸을 절반쯤 들이밀고 문턱에 기대었습니다.

　언제든 마음대로 만날 수 있었고 미야스도코로의 사랑도 한결같았던 그 옛날, 느긋하고 자신감에 차 있었던 겐지는 애틋한 사랑에 이렇게까지 몸 달아하지 않았습니다. 더구나 그 사건을 통해 미야스도코로의 결점과 집념을 보고는 마음까지 식어 두 사람 사이가 이처럼 멀어진 것입니다. 그러나 오늘 밤 이 오랜만의 밀회가 옛날을 되새기게 하니, 겐지는 미야스도코로가 애틋하고 가여워 마음이 어지러웠습니다. 지나간 날들과 앞날을 생각하며 그만 눈물을 흘렸습니다.

　미야스도코로는 괴로운 마음을 드러내지 않으려고 애써 감추고 있으나, 미처 다 감추지 못하는 것을 보니 겐지는 더더욱 가련하고 안쓰러워 낙향을 만류하였습니다.

　달도 구름 속으로 모습을 감추었나 봅니다. 수심에 찬 하늘을 올려다보면서 구구절절 설득하는 말을 들으니 미야스도코로도 오랜 세월 마음에 응어리져 있던 서러운 한과 괴로움이 다 풀어졌겠지요. 고뇌하고 마음 졸인 끝에 이번에야말로 미련을 끊자고 다짐하였는데, 이렇게 만나고 보니 그리도 굳게 다짐한 마음과 결심이 또 흔들리고 맙니다.

젊은 공달들이 몰려와서 풍류를 즐기다 보면 그만 발길을 돌리기가 어렵다는 정원의 우아한 정취는 어느 정원 못지않았습니다.

사랑의 온갖 정념을 경험한 두 사람 사이에서 오간 그날 밤의 많은 사연은 도저히 그대로 전할 길이 없습니다.

마침내 밝아오는 하늘 풍경도 마치 사람의 손으로 빚은 것처럼 깊은 운치를 띠고 있습니다.

> 새벽녘
> 늘 눈물에 젖었던
> 그대와의 헤어짐
> 오늘 아침의
> 이 헤어짐이야말로
> 여느 때 없이 애틋하고 구슬프구나
> 저 가을 하늘처럼

이렇게 노래하며 자리를 떠나지 못하고 미야스도코로의 손을 잡고 있는 겐지의 모습이 더없이 자상하기만 합니다.

바람은 한층 서늘하게 불어오고, 방울벌레 소리마저 애잔하니 이 새벽녘의 구슬픈 헤어짐을 헤아리는 듯합니다. 이렇다 할 수심 없는 사람의 가슴까지 적시는 저 바람소리와 풀벌레 소리,

하물며 애틋한 마음으로 괴로워하는 두 사람에게야 어찌 들리
겠습니까. 이런 때에는 노래도 평소처럼 마음 편히 읊을 수 없
겠지요.

> 가을의 헤어짐은
> 늘 서러운 것이거늘
> 들판의 방울벌레여
> 이제 그만 울거라
> 서러움만 더하니

미야스도코로는 이렇게 노래했습니다. 하지 못한 말이 아직
도 가슴에 남아 후회스러워도 이제는 더 이상 어쩔 수 없고, 날
이 밝아옴에 부끄러움도 더하자 겐지는 그만 자리에서 일어났
습니다.

그렇게 발길을 돌리고 돌아가는 길, 소맷자락도 눈물로 축축
하게 젖었겠지요.

굳게 마음을 먹었건만 미야스도코로 역시 겐지가 돌아간 후
그 아쉬움을 견디지 못하고 슬픔에 넋을 잃고 있습니다. 달빛
속에 눈부시게 떠 있었던 그 모습, 아직도 사방에 아련하게 풍
기는 향내, 젊은 시녀들은 주제를 잊고 저마다 가슴가슴 흠모하
면서 입이 마르도록 칭찬을 아끼지 않습니다.

"출타가 제아무리 중요하단들, 저리도 아름다운 분을 내버리

고 어찌 헤어져 떠날 수 있단 말입니까."

이렇게 말하며 다들 눈물지었습니다.

그날 아침 겐지가 보낸 편지는 전에 없이 자상하고 정이 흠뻑 담겨 있으니, 미야스도코로는 마음이 흔들릴 것 같아 불안하기만 한데, 그렇다고 이제 와서 결심을 뒤집는다 한들 소용없는 일이었습니다.

겐지는 그리 마음 깊이 생각하지 않으면서도 사랑을 위해서라면 상대방의 마음을 사로잡는 명수, 무슨 말이든 서슴지 않는 분입니다. 하물며 미야스도코로는 어쭙잖게 여기는 연인과는 다른 사이이니, 이렇게 스스로 물러나 헤어지려 하는 미야스도코로가 유감스럽기도 하고 안쓰럽기도 하여 마음이 괴로웠습니다.

미야스도코로의 여행을 위하여 옷가지, 장식품은 물론 시녀들의 옷에서부터 가는 길에 필요한 물품까지 호화롭기 그지없게 새로이 준비하여 선물하였으나, 미야스도코로는 별다른 감동을 보이지 않았습니다. 낙향할 날이 다가오자, 그저 사랑에 몸부림쳐 이름만 가벼이 한 자신의 한심함을 덧없이 여기면서 밤이나 낮이나 눈을 뜨나 눈을 감으나 탄식할 따름이었습니다.

재궁은 지금까지 확실하지 않았던 미야스도코로의 이세행이 드디어 결정되자 철없는 마음에 그저 기뻐하였습니다.

세간에서는 미야스도코로가 재궁을 따라 이세로 내려가는 것은 전례에 없는 일이라고 비난하거나 동정하는 사람들도 있어 온갖 소문이 무성하였습니다. 그러니 세상 사람들이 이러쿵저러쿵 비판할 일이 없는 미천한 사람들의 마음이 오히려 홀가분하고 편합니다. 유독 신분 높은 분들 주위에는 이렇듯 답답한 일이 많은 법인가 봅니다.

십육일 가쓰라 강에서 재궁이 몸을 깨끗이 하는 계의 의식이 엄숙하게 거행되었습니다. 천황은 기리쓰보 상황의 배려 아래, 재궁을 모시는 장봉송사나 그밖의 상달부들을 신분이 높고 명망 있는 사람들 가운데에서 가려 보냈습니다.

재궁이 별궁을 출발하려는 참에, 뜻하게 않게 겐지의 심중이 담긴 편지가 도착했습니다.

닥나무 술에 묶인 편지에는 이렇게 씌어 있었습니다.

　말씀 올리기 황송한 재궁께

"천둥신도 서로 사모하는 이들은 갈라놓지 않는 법이라 하였다는데."

이 땅을 지키는 신이시여
동정심이 있으시다면

사모하면서도 헤어져야 하는
우리 두 사람 사이를
헤아려주소서

"아무리 생각해도 마음을 접을 수가 없습니다."

분주하고 황망한 가운데 재궁은 답장을 대신 쓰라고 여별당에게 일렀습니다.

드넓은 하늘에서
신이 두 사람 사이를 판단하신다면
우선은 그대의 무심함을
꾸짖으실 터

겐지는 재궁의 출발 의식을 보려고 궁중으로 들어가고 싶은 마음은 굴뚝같으나, 미야스도코로에게 버림받은 몸으로 배웅을 하는 것도 남사스럽고, 남들이 뭐라 수군덕거릴까 염려스럽기도 하여 발길을 접고 하릴없이 상념에 잠겨 있었습니다.

그러고는 재궁의 어른스러운 노래를 미소와 함께 읽고 있습니다. 나이에 어울리지 않게 사람의 속내를 헤아리는 여자다 싶어 마음이 동했습니다. 이렇듯 예사롭지 않고 복잡한 사정이 얽혀 있는 사랑에 마음이 이끌리는 버릇은 여전하였습니다.

'보려 하면 얼마든지 볼 수 있었는데, 재궁의 어린 시절을 보지 못한 것이 유감이로구나. 그러나 세상일은 알 수 없으니, 언젠가 볼 날이 있을 터이지.'

그날은 고상하고 우아한 매무새로 정평이 있는 두 분인지라 떠나는 길을 보러 몰려든 수레와 가마가 꽤나 많았습니다. 오후 세 시가 지나자 재궁은 궁중으로 들어갔습니다. 미야스도코로는 가마에 오르면서 지난 일을 회상하였습니다. 지금은 돌아가시고 없는 아버지가 중궁의 자리를 탐내 그리도 애지중지 키웠건만 처지가 바뀌어 지금 이 나이에 새삼스럽게 궁중으로 들어가나 싶으니 만사가 서럽기만 합니다. 열여섯 나이에 동궁을 모시고, 스무 살 때 그 동궁이 죽고, 서른 살인 지금 구중궁궐을 다시금 보는 것이었습니다.

경사스러운 오늘
먼 옛날 그날들을
떠올리지 않으려 애쓰는
이내 마음에
눈에 보이는 모든 것이
서럽기만 하구나

재궁은 이제 열네 살입니다. 태어나기를 귀엽고 앙증맞은데, 오늘은 화사하게 치장까지 하여 불길할 정도로 아름답습니다.

천황은 만사 빈틈없이 배려하여, 작별의 의식을 거행하면서 빗을 꽂아줄 때는 가슴이 북받쳐 그만 눈물을 흘리고 말았습니다.

　팔성원 앞뜰에서 재궁이 대극전에서 나오기를 기다리는 시녀들의 모습 또한, 가마 밖으로 넘쳐흐르는 소맷자락의 색깔하며 화사하고 그윽하기 그지없습니다. 관료들 가운데는 아끼는 시녀들과 헤어짐을 아쉬워하는 자들도 적지 않았습니다. 날이 어두워지자 드디어 가마와 수레가 하나둘 움직이기 시작하였습니다.
　이조 대로에서 동원 대로로 꺾어지는 곳은 마침 겐지가 기거하는 이조원 앞이라, 겐지도 아쉽고 안타까운 마음에 비쭈기나무에 편지를 꽂아 건넸습니다.

　　오늘
　　나를 버리고 떠나는 그대여
　　스즈카 강을 건널 무렵에는
　　여울의 잔물결에 그대의 소맷자락이
　　어찌 젖지 아니하리

　그러나 밤은 어둡고 길을 서두르느라, 그 다음날 오사카 관문을 지난 후에야 답장을 보냈습니다.

스즈카 강 여울의 잔물결에
내 소맷자락이 젖든 말든
이세로 향하는 내 일까지
그 누가 헤아리리오
그대 역시

　담담한 마음을 담았으나 그 필적은 우아하고 정취가 있으니,
노래에도 다소 서글픈 마음을 담았으면 좋았으련만 하고 겐지
는 아쉬워하였습니다.
　겐지는 동틀 녘의 안개 자욱한 사방을 바라보면서, 사무치는
마음으로 혼자 중얼거렸습니다.

그 사람 향한 이세를
내 그리운 마음으로
바라보려 하니
안개여 올가을에는
오사카 산을 가리지 말게나

　그날 겐지는 서쪽 별채에도 건너가지 않고 쓸쓸한 마음으로
생각에 잠겨 지냈습니다. 하물며 길 떠난 미야스도코로의 마음
이야 얼마나 속절없고 애틋했을지요.

시월에 들자 기리쓰보 상황의 병세가 더욱 무거워졌습니다. 온 세상 사람들의 마음이 침통하였습니다. 천황도 근심한 나머지 행차를 하여 상황을 찾아 뵈었습니다. 상황은 쇠약한 와중에도 동궁의 앞날을 거듭거듭 천황에게 부탁하고, 그다음으로는 겐지에 대해서도 간곡하게 유언하였습니다.

"내가 살아 있을 때처럼 변함없이, 크고 작은 일을 가리거나 숨기지 말고 무슨 일이든 겐지 대장과 의논하시오. 나이는 아직 젊으나, 정치를 하여도 전혀 틀림이 없을 사람이오. 반드시 세상을 다스릴 상을 타고 태어난 사람이오. 그런 점 때문에 굳이 친왕으로 삼지 않고 신하로 조정을 보좌하도록 한 것이니, 그런 나의 심중을 거스르지 말아주시오."

정치란 무릇 여자가 나서서 왈가왈부할 것이 못 되니, 이렇게 잠시 언급하는 것만으로도 마음이 꺼려집니다.

천황은 무겁고 슬픈 마음에, 절대 상황의 말씀을 거역하지 않겠노라 거듭 맹세하였습니다.

상황은 천황이 용모도 출중하고 날로 위엄을 갖춰가니 기쁘고 듬직하게 여겼습니다. 천황의 행차는 시간이 정해져 있어 서둘러 환궁을 해야 하는데, 얼굴만 잠시 보고 돌아가려 하니 오히려 아쉬움이 컸습니다.

동궁도 같이 행차하려 하였으나, 그리 움직이면 행차가 더욱 복잡해질 듯하여 다른 날 상황을 찾아뵈었습니다. 나이에 걸맞지 않게 모습이 어른스럽고 사랑스러운 동궁은 평소 상황을 몹시 그리워한 터라 뵙는 것이 그저 반갑고 기뻤습니다. 상황의 얼굴을 바라보는 표정마저 사랑스럽기 그지없었습니다.

상황은 눈물로 지새우는 후지쓰보 중궁의 모습을 보면서 마음이 천 갈래 만 갈래 찢어지는 듯하였습니다. 동궁에게 많은 것을 가르쳐주었으나, 동궁은 아직 아무것도 모르는 철부지 어린아이인지라 상황은 앞날이 걱정스러워 근심이 이만저만이 아니었습니다.

상황은 겐지에게도 조정에 임하는 마음가짐을 새삼 훈계하고, 동궁의 뒤를 반드시 보살피라 거듭 다짐하였습니다.

동궁은 밤이 깊어 돌아갔습니다.

문무관료들이 동행한 행차는 천황의 행차 못지않았습니다.

상황은 헤어지고 싶지 않은데 짧은 만남을 뒤로하고 돌아가는 동궁의 모습이 그저 안타깝고 아쉬울 따름이었습니다.

고키덴 황태후도 문병을 가고 싶으나, 후지쓰보 중궁이 상황의 곁을 지키고 있으니 조심스럽고 거북스러운 마음에 망설이고 있는 동안 상황은 큰 고통 없이 숨을 거두었습니다.

사람들은 발이 땅에 닿지 않을 만큼 우왕좌왕, 허둥지둥댔습니다. 상황은 양위만 하였을 뿐 천하를 호령하는 것은 재위 중이나 다름이 없었는데, 이제 정말 세상을 뜨고 말았으니 관료들은 걱정과 탄식이 태산 같았습니다. 천황은 아직 어리고 후견인인 외조부 우대신은 성미가 급하고 너그럽지 못한 사람이라, 천하가 그 사람 수중에 들어가면 어떻게 하나 우려하는 것입니다.

후지쓰보 중궁과 겐지의 슬픔은 누구보다 더하니 사려조차 분명하지 않았습니다. 불제를 올리는 모습이 다른 친왕들 가운데서도 각별하고 정성스러우니, 당연한 일이기는 하나 애처롭기 그지없다고 세상 사람들도 동정하였습니다. 삼베로 지은 상복을 입고 허탈한 표정을 짓고 있는 겐지의 모습이 더할 나위 없이 아름다우니, 사람들은 그 또한 애처롭게만 보였습니다. 작년에 이어 올해도 불행을 당하고 보니 겐지는 세상사가 허망하고 덧없이 느껴졌습니다. 이런 때야말로 출가를 하고 싶은 마음이 가득한데, 한편으로는 그것을 가로막는 인연이 적지 않았습니다.

사십구재까지 후궁을 비롯한 상황의 여자들은 모두 상황의 거처에 머물렀으나, 그날이 지나자 다들 뿔뿔이 흩어졌습니다. 때는 십이월 이십일 한 해가 저물어가던 때, 온 세상이 쓸쓸한 하늘처럼 어둡기만 했습니다.

하물며 후지쓰보 중궁의 심경은 이루 말할 수 없이 암담하였습니다. 후지쓰보 중궁은 고키덴 황태후의 성품을 아는지라, 앞으로는 황태후의 뜻대로 세상이 돌아갈 것을 생각하니 의지할 곳 없는 몸이 어찌 살아가랴 싶었습니다. 그래서 더욱이 오랜 세월 금실 좋게 지내온 죽은 사람의 온기가 그립기만 하였습니다.

그러나 언제까지 선황의 거처에 머물러 있을 수는 없는 일, 모두들 출궁을 하는 걸음마다 슬픔은 한이 없습니다.

후지쓰보 중궁은 삼조궁으로 돌아갔습니다. 오빠인 병부경이 마중을 나왔습니다. 그날따라 바람은 세차게 불고 눈발마저 휘날리니, 선황의 거처는 점차 인기척조차 희미해지고 정적에 휩싸였습니다. 겐지는 중궁의 처소를 찾아 선황이 살아 있었을 때의 이야기를 두런두런 나누었습니다.

쌓인 눈에 흰 정원의 오엽송과 마른 잎을 바라보면서 병부경은 노래를 읊었습니다.

　뻗은 나뭇가지 그늘이 넉넉하여
　의지하여 기대었건만
　아름드리 소나무마저 메말랐는가
　솔잎 떨어지네
　쓸쓸한 세밑

그리 대단한 노래도 아닌데, 쓸쓸한 겐지의 마음에는 저미도록 스미니 그만 소맷자락을 눈물로 적셨습니다. 겐지도 살얼음 낀 연못 풍경을 바라보면서 이렇게 화답했습니다.

살얼음 낀 연못은
거울처럼 맑디맑은데
오랜 세월 정들었던
선황의 모습은 간 곳 없으니
아아, 이 슬픔이여

겐지의 마음이 그대로 드러난 솔직한 노래였습니다. 왕명부
도 덩달아 이렇게 노래했습니다.

한 해도 저물고
바위틈 샘물도 얼어붙으니
정든 사람의 흔적
세월과 함께 옅어지네
아아, 이 허망함이여

이날, 한 수 한 수 많은 노래를 읊었으나 일일이 열거할 만한
노래는 없었습니다.

후지쓰보 중궁이 삼조궁으로 거처를 옮기는 의식은 예전과
별 다름이 없었지만, 마음 탓인가 어딘지 모르게 서글프고, 오
래된 삼조궁 역시 정든 옛집인데도 마치 여행 떠난 사람의 임시
거처처럼 서먹하기만 했습니다. 상황을 모시느라 고향집을 떠

난 세월이 얼마나 길었는지, 중궁은 새삼스러웠습니다.

해는 바뀌었지만 국상 중이라 사람들은 조용하고 차분하게 지냈습니다. 하물며 겐지야 어떠하겠습니까. 마음이 적적하여 이조원에만 틀어박혀 있습니다. 선황의 재위 중에는 물론이요 양위를 한 후에도 겐지의 위세는 변함이 없었으니, 지방 관료를 임명하는 계절이 돌아오면 해마다 대문 앞에 우차와 군중들이 구름처럼 모여들었는데, 올해는 그마저 한산합니다. 초소로 침구를 옮기는 숙직 당번의 모습도 거의 보이지 않았습니다. 친근한 부하들 몇 명만이 한가롭게 어슬렁거리는 것을 보면서, 앞으로는 만사가 이렇게 될 것이란 생각이 절로 드니 답답하고 서글퍼지는 심정을 어찌할 수가 없었습니다.

오보로즈키요는 이월에 상시가 되었습니다. 기리쓰보 상황이 돌아가시자 그 길로 머리를 깎고 중이 된 전임 상시의 후임이 된 것입니다.

오보로즈키요 상시는 고귀한 신분에 인품도 고상한 분이라 여어와 갱의들 가운데에서도 천황의 총애가 각별하였습니다.

고키덴 황태후는 사가에 머무는 일이 많은데, 궁중 출입을 할 때는 비향사를 사용하는 터라, 비어 있는 홍휘전에 동생 오보로즈키요 상시가 머물도록 하였습니다. 상시가 그전에 살았던 등화전은 구석진 곳에 있어서 으슥하고 어두웠는데, 홍휘전은 밝고 화려한데다 무수한 시녀들이 시중을 들었습니다. 허나 겐지를 잊지 못하는 상시의 속마음은 그저 슬프고 허망하기만 하니, 지금도 은밀하게 편지를 주고받는 것은 변함이 없겠지요.

겐지는 이 일이 세상에 알려져 허튼 소문이라도 퍼지면 어쩌나 하고 불안해하면서도 천황의 총애를 받는 상시에게 몸이 달아 어쩔 줄을 모르는 듯하니, 이 또한 예의 버릇 탓이지요.

고키덴 황태후는 선황이 살아 계실 때에야 삼가고 있었지만, 원래가 성질이 괴팍한 사람이니 가슴에 품고 있는 원한을 풀기 위해 온갖 계획을 짜고 있겠지요. 겐지는 이리 될 것이라 각오는 다지고 있었지만, 그래도 갖가지 괴로운 일만 생기는 터라 시름에 겨워 주위 사람들과도 마주하고픈 마음이 없었습니다.

좌대신도 마음이 착잡하여 궁중 출입을 삼갔습니다. 지금 천황이 동궁이었을 때 고키덴 황태후는 죽은 아오이 부인을 동궁비로 삼으려 바랐건만, 좌대신이 겐지와 인연을 맺어주었기 때문입니다. 황태후에게는 그때의 괘씸한 심정이 아직도 뿌리 깊이 남아 있어 좌대신을 탐탁지 않게 여기고 있습니다. 더구나 좌대신은 우대신과도 사이가 서먹한데, 선황이 살아 계실 때는 좌대신이 정사를 좌지우지하였건만 지금은 우대신의 세상이 되었으니 그 또한 좌대신에게는 못마땅한 일입니다.

겐지는 아오이 부인이 살아 있을 때와 마찬가지로 좌대신 댁에 드나들면서 아오이 부인을 모셨던 시녀들에게 정성을 다하였습니다. 좌대신은 그런 겐지가 어린 손자까지도 더없이 사랑하니 고맙고 다행한 일이라 생각하며 한층 더 겐지를 깍듯하게 대접하였습니다.

선황의 총애가 유독 각별하였기에 한때는 인기가 지나쳐 겐지는 잠시 쉴 틈도 없도록 바빴습니다. 허나 요즘은 새벽 이슬을 밟고 다니던 여인들네 집과도 소원해지고, 처지에 걸맞지 않는다 하여 가벼운 외출도 삼가며 차분하게 지내고 있으니, 어쩌면 지금이 이상적인 생활인지도 모르겠습니다.

사람들은 서쪽 별채에 있는 무라사키 아씨의 행운에 탄복을 금하지 못합니다. 유모인 소납언은 내심 돌아가신 할머니의 기도에 효험이 있었나 보다 하고 생각하고 있습니다. 지금은 아버지 병부경과도 자유롭게 편지를 주고받고 있습니다. 정부인이 낳은 여식들은 좋은 인연을 바라고 있는데 이렇다 할 혼담이 없어 이조원의 무라사키 아씨를 시기하곤 하니, 계모는 마음이 편치 않았습니다. 사정이 이러하니 마치 의붓어미 이야기를 일부러 만들어낸 듯한 꼴이지요.

가모의 재원은 아버지 기리쓰보 상황의 죽음으로 재원의 자리에서 물러났습니다. 그리고 식부경의 여식 아사가오가 새 재원이 되었습니다. 천황의 손녀가 가모의 재원이 되는 일은 흔치 않은데, 때마침 적당한 황녀가 없었던 탓이겠지요.

겐지는 세월이 많이 흐른 지금도 아사가오 아씨에 대한 애착이 시들지 않았는데, 이렇듯 신을 모시는 특별한 신분이 되었으니 아쉽기 짝이 없었습니다. 지금도 여전히 시녀 중장에게 편지를 은밀히 전하고 있으니, 그중에는 재원에게 보내는 편지도 끊이지 않았습니다. 겐지는 옛날과는 다른 지금, 자신의 여의치 않은 처지 따위 아랑곳하지 않고 이렇게 한가로이 두서없는 사랑 놀음을 하면서 애를 태우고 있습니다.

천황은 선황의 유언을 지켜 겐지를 소중히 여기고 있으나, 아직 젊은데다 성격이 지나치게 유약하여 의젓함이 부족하였습니다. 어머니인 황태후와 할아버지 우대신이 정사를 농락하고 있으나 반대하지 못하니, 천하가 자신의 것이라고 하나 제 마음대로 할 수는 없었습니다.

겐지에게는 만사가 불편하고 곱지 못한 일뿐인데, 오보로즈키요와는 은밀히 마음을 주고받는 듯하니, 수월치는 않으나 만남은 여전히 계속되고 있었습니다.

궁중에서 국사의 안녕을 기원하는 오단기도가 시작되어 천황이 근신하고 있는 틈을 타, 겐지는 예의 꿈처럼 허망한 오보로즈키요와 밀회를 가졌습니다. 시녀 중납언이 사람들의 눈을 피해 그 옛날의 추억의 장소인 세전으로 겐지를 들였습니다. 제의 때문에 사람들이 왕래가 빈번하고 보는 눈도 많은 때인데, 밀회의 장소가 여느 때보다 가까운 곳이라 행여 눈에 띄지 않을까 걱정스럽습니다.

아침저녁으로 얼굴을 스치는 사람들에게도 겐지는 질리지 않는 아름다운 모습인데, 이렇듯 어쩌다 만나 회한을 풀어야 하는 밀회야 그 애틋함이 더하겠지요. 오보로즈키요의 모습 또한 실로 아름다우니, 지금이 한창때가 아닌가 싶습니다. 상시에 걸맞은 위엄을 갖추고 있는지는 뭐라 말할 수 없으나, 아무튼 아리땁고 요염하고 앳된 모습이 남자의 가슴을 울립니다.

어느덧 날이 밝아오는데, 가까이에서 호위를 하는 근위병이 가장된 목소리로 말했습니다.

"당직을 서는 자이옵니다."

"나 말고도 이 근처에서 은밀하게 여자를 만나는 근위사가 있는 모양이로구나. 심술궂은 동료가 그리 가르쳐주며 일부러 보낸 것이겠지."

겐지는 그렇게 생각하며, 우습기도 하고 난감한 기분도 들었습니다. 그 당직자가 이리저리 상사를 찾아다니며 말하는 소리가 들립니다.

"지금, 네 시이옵니다."

스스로 자청한 사랑이기에
눈물로 소맷자락 젖으니
날이 밝았다고 알리는 소리에도
그대 마음까지 떠나가면 어쩌나
두려운 이내 마음

오보로즈키요가 이렇게 노래하며 초조해하는 모습이 가련하였습니다.

울고 탄식하며
내 인생 이리 지내라는 것인가
이 새벽 애타는 가슴
가실 날 없으니

겐지는 이렇게 화답하고 서둘러 자리를 떠났습니다.

아직은 아침이 멀었는데 달빛이 교교한 사방에는 안개가 자욱하게 끼어 있고, 일부러 허름한 차림으로 새벽 이슬을 밟는 모습이 어디에 비할 바 없이 아름답습니다. 쇼쿄덴 여어의 오빠도 소장이 비향사에서 나와 달그림자가 어려 있는 격자무늬 가리개 앞에 서 있는데, 겐지는 그것도 모르고 그 앞을 지나갔으니 참으로 안타까운 일입니다. 언젠가는 이 일로 겐지를 비방하는 날이 있을 터이지요.

이런 일이 있는 한편, 겐지는 자신에게 조금도 마음을 열지 않고 박정하게 구는 후지쓰보 중궁의 심지를 훌륭하다 감복하면서도 야속하고 원망스러울 때가 많았습니다. 이 무렵 후지쓰보 중궁은 젊어서 입궁했을 때처럼 궁중에 들기는 어색하고 불편하여 출입을 게을리하고 있었습니다. 오래도록 동궁을 보지 못하니 걱정스럽고 불안하여 마음이 편하지 않았습니다. 달리 의지할 사람이 없으니 오직 겐지를 믿고 의지할 수밖에 없습니다.

그런데도 겐지가 아직도 불미한 애착을 품고 있으니 중궁은 속이 타고 가슴이 무너지는 듯하였습니다. 선황이 두 사람 사이의 비밀을 전혀 눈치 채지 못하고 돌아가셨다는 생각만 해도 하늘이 무서운데, 이제 와서 나쁜 소문이 나돌면 자신의 처지야 어찌 되든 동궁에게 좋지 않은 일이 생기지 않을까봐 두렵지 않을 수 없었습니다. 혹여 일이 그렇게 될까봐 후지쓰보 중궁은 기도까지 올리면서 겐지의 마음을 돌리려 갖은 애를 썼습니다.

그런데 어떻게 기회를 잡았는지 겐지가 중궁의 처소에 몰래 숨어들었습니다. 이 예기치 않은 일은 겐지가 신중하게 계획한 것이라 눈치를 챈 시녀도 없으니, 허망한 밀회가 그저 꿈만 같습니다.

겐지는 글로는 다 표현할 수 없는 애틋한 마음을 절절하게 호소하였으나, 중궁은 더없이 냉정하게 대하였고 끝내 심한 복통을 일으키며 고통스러워하였습니다. 가까이에서 대기하고 있던 왕명부와 변은 놀라서 중궁의 안위를 보살폈습니다.

겐지는 너무도 매정한 중궁의 태도가 원망스럽고 자신의 꼴이 한심해서 한없는 탄식에 젖어 있으니, 과거는 말할 것도 없고 앞날마저 암흑이 된 것 같은 심정에 이성마저 잃고 날이 밝아오는데도 자리를 떠나려 하지 않았습니다.

중궁의 갑작스런 병세에 놀란 시녀들이 달려와 분주하게 문턱을 넘나드는지라 겐지는 벽장 속에서 얼이 빠진 채 넋을 놓고 있었습니다. 겐지가 벗어놓은 옷을 숨기는 왕명부와 변도 제정신이 아닙니다.

중궁은 세상사가 너무도 괴롭다고 생각하니 눈앞이 어질어질할 정도로 고통스러워하였습니다.

겐지는 벽장 속에서, 병부경과 중궁 대부들이 찾아와 어서 스님을 불러 가지기도를 올려야 한다고 요란을 떠는 소리를 안타까운 마음으로 듣고 있었습니다. 다행히 해가 기울 무렵 중궁의 용태가 안정되었습니다.

중궁은 설마 겐지가 침실 벽장 속에 있으리라고는 꿈에도 생각지 못하는데, 시녀들은 새삼 마음을 어지럽혀서는 안 되는 일이라 자초지종을 말하지 못하는 것이겠지요. 마침내 중궁이 침실 밖으로 나와 앉았습니다.

기분이 좀 안정된 듯하다 하여 병부경도 돌아갔습니다.

중궁은 평소 가까이 부리는 시녀들이 많지 않은데, 그래도 휘장이며 병풍 뒤에 시녀들이 몸을 가리고 대기하고 있습니다. 왕명부는 변과 소곤거리고 있습니다.

"겐지 님을 무슨 수로 벽장에서 꺼낸다는 말이냐. 오늘 밤에도 중궁마마가 그런 고통을 당하셔서는 아니 될 터인데."

겐지는 살짝 열려 있는 벽장문을 조심조심 열고, 병풍이 서 있는 사이사이로 빠져나왔습니다. 환한 햇살 속에서 만나는 것은 흔치 않은 일, 기쁨에 넘치는 눈물로 중궁의 모습을 뵈었습니다.

"아아, 아직도 가슴이 답답하구나. 이제 이내 목숨도 끝이란 말인가."

중궁이 탄식하며 바깥쪽을 내다보는 옆모습이, 뭐라 표현할 길 없이 아름답고 우아하였습니다.

"과일이라도."

시녀들이 상자 뚜껑에 과일을 소담스럽게 담아 올렸으나, 중궁은 돌아보지도 않았습니다.

겐지와의 관계에 번뇌하며 소리 없이 상념에 잠겨 있는 모습이 가슴 아리도록 아프게 보였습니다. 이마와 얼굴 모양, 어깨와 등으로 늘어뜨린 검을 머리칼, 그 향기롭고 아리따운 모습이 서쪽 별채의 무라사키 아씨와 하나도 다름이 없었습니다.

겐지는 지난 몇 년 동안 무라사키 아씨를 보면서 중궁에 대한 애틋한 마음을 달래고 또 때로는 잊곤 하였는데, 새삼 중궁을 보면서 두 사람이 어이가 없을 정도로 닮았다고 생각하니 그나마 무라사키가 있어 이 짝사랑의 답답한 심정을 풀 수 있으리란 기분도 들었습니다.

중궁은 참으로 우아하고 기가 죽을 정도로 아름다웠습니다. 두 사람이 너무도 닮았는데 오래전부터 깊이 사모해온 마음 때문에 그렇게 여겨지는 것일까요. 중궁이 각별히 더 아름답고 나이와 함께 연륜까지 깊어 그 그윽하고 우아한 자태는 비할 데가 없는 것처럼 여겨졌습니다.

그러자 또 마음이 흔들리고 앞뒤 분별이 없어지니, 살며시 휘
장에 휘감기듯 안으로 들어갔습니다.

옷자락이 끌리는 소리가 사락사락 들리고, 단박에 겐지임을
알 수 있는 향내가 사방으로 확 번지자 중궁은 놀라고 두려운
마음에 그만 그 자리에 엎드리고 말았습니다.

"고개만이라도 들어주시오소서."

겐지가 애가 타고 야속한 마음에 중궁의 몸을 끌어당기자 중
궁은 겉옷을 스르륵 벗으며 그대로 몸을 피하였습니다.

그런데 뜻하지 않게 겐지의 손이 옷자락과 함께 긴 머리칼까
지 거머쥐고 있었습니다. 중궁은 피하려 해도 피할 수 없는 숙
명이 다시금 통탄스럽고 어이없을 따름이었습니다.

겐지는 지금까지 오랜 세월 억누르고 억눌렀던 사모의 정을
봇물 터지듯 쏟아놓으며, 마치 정신이라도 잃은 사람처럼 비련
의 애타는 마음을 눈물로 호소하였습니다.

중궁은 넌더리가 나도록 지겨워 한마디 대꾸도 하지 않습
니다.

"몸이 편치 않으니 때를 봐서 다음에 얘기하시지요."

그저 이렇게 말하지만, 겐지는 들은 척도 않고 오로지 자신의
이루어지지 않는 사랑만을 토로하였습니다. 그런 말 중에 중궁
의 가슴을 울리는 애틋한 말도 없지는 않았겠지요.

과거 두 사람 사이에 비밀스런 일이 전혀 없었던 것은 아니지

만, 지금 새삼스럽게 잘못을 반복한다면 그 분함과 억울함을 견디기 어려울 것이라 생각한 중궁은, 다감한 표정을 보이면서도 말머리를 돌리곤 하여 한밤을 무사히 지냈습니다.

드디어 날이 밝아오자, 중궁의 말을 거역할 수도 없는 겐지는 위엄에 찬 태도에 오히려 황송함이 느껴져 이렇게 상대방을 안심시키는 말을 하였습니다.

"이렇게 간혹이라도 뵈어 이 애타고 허망한 마음을 풀 수만 있다면 어찌 다른 마음을 먹겠나이까."

흔하디흔한 일이라도 이 두 사람 사이에서는 가슴을 저미는 애틋함이 더하니, 하물며 오늘 밤 같은 경우에는 뭐라 표현할 길 없이 애절한 기분이었습니다.

날이 완전히 밝자, 왕명부와 변은 한시바삐 돌아가시지 않으면 큰일 나옵니다, 라고 겐지를 채근하였습니다. 한편 기진맥진하여 거의 실신 지경인 중궁이 가엾고 애처로운 겐지가 겁이 날 정도로 심각한 표정으로 말하였습니다.

"그런 꼴을 당하면서도 아직 이 세상에 살아 있느냐는 소리를 듣는 것도 괴롭고 수치스러운 일이니 이대로 죽고 싶사오나, 그리 하면 다음 세상에 죄가 될 터이라."

　만날 수 없는 서러움이
　오늘도 내일도 계속된다면

나는 윤회를 거듭하면서도
애타는 마음으로
그대를 생각하겠지요

"저의 집착이 다음 세상까지 그대를 따라다닐 겝니다."
겐지가 말하니, 후지쓰보 중궁은 한숨을 몰아쉬며 노래하였
습니다.

미래영겁에도
다하지 못할 원한을
품는다 해도
그것은 한낱
스치는 바람 같은
그대의 마음 탓이니

이렇듯 넌지시 노래하는 모습에 또 마음이 이끌리나, 중궁이
지금 무슨 생각을 하고 있는지 마음이 쓰이기도 하거니와 오래
머물기가 괴롭기도 하여, 얼이 빠진 듯 망연한 기분으로 돌아왔
습니다.
'무슨 낯이 있어 중궁을 다시 볼꼬. 중궁이 그나마 나를 가엾
게나 여기면 좋으련만.'
겐지는 그렇게 생각하면서 그 후에는 일부러 편지도 보내지

않고, 동궁전에도 발길을 뚝 끊었습니다.

겐지는 내내 이조원에 틀어박혀 앉으나 서나 매몰차고 냉혹한 중궁의 마음을 원망하면서도 그립고 보고 싶은 마음에 몸부림쳤습니다. 옆에서 보기에도 애가 탈 정도로 괴로워 보이니, 그 괴로움을 이겨내지 못해 혼마저 빠져 달아나간 것일까요, 병자처럼 초췌해지고 말았습니다.

'내 어찌 이런 꼴로 살아 있는 것인가, 이 한 많은 세상에 살아 있기에 번뇌도 따라 느는 것 아닌가. 이번에야말로 출가를 해야겠구나.'

마음을 굳게 먹었다가도, 오로지 겐지에게만 의지하는 귀엽고 사랑스러운 무라사키의 모습을 생각하면 차마 버리고 출가하기도 쉽지 않았습니다.

후지쓰보 중궁은 그날 밤의 후유증으로 여전히 몸이 편치 않았습니다. 왕명부도 일부러 집에 틀어박혀서 편지도 보내지 않는 겐지를 안쓰럽게 여겼습니다.

중궁도 동궁을 생각하면 겐지와 불편한 관계가 되어서는 안 되고, 그 때문에 겐지가 이 세상에 염증을 내어 혹 출가라도 하면 어쩌나 걱정스럽고 우려되었습니다.

하지만 겐지와 불미스런 관계를 이어간다면 안 그래도 시끄러운 세상에 심각한 염문까지 날리게 되겠지요. 차라리 고키덴 황태후가 못마땅해하는 중궁의 지위에서 스스로 물러날까 싶은 마음도 드니, 점차 그 마음을 굳히는 듯 보였습니다.

기리쓰보 선황이 훗날을 염려하여 유언까지 했는데, 그 예사롭지 않은 마음씀씀이를 생각하면 옛날과는 참으로 세상이 많이 변했다는 생각이 들지 않을 수 없습니다.

한나라 고조의 애첩이었던 척부인이 여태후에게 당한 수모까지는 아니어도 언젠가는 반드시 세상의 웃음거리가 될 처지라 생각하니, 중궁은 살아 있는 것마저 성가셔 차라리 출가를 하자고 결심하였습니다. 하지만 이대로 동궁의 얼굴 한 번 보지 않고 머리를 깎는다면 서글프고 원통한 일이라, 은밀하게 입궁을 하였습니다.

겐지는 중궁의 일이라면 대수롭지 않은 일이라도 온갖 정성으로 시중을 드는데, 이번에는 몸이 편치 않다는 구실로 동행도 하지 않았습니다. 그래도 대략의 시중은 예전과 다름없이 갖췄으나, 사정을 아는 왕명부와 변은 겐지가 몹시 울적해하고 있음을 안쓰러이 생각하였습니다.

귀엽고 건강하게 자란 동궁은 어머니의 입궁을 반갑게 맞으면서 안기고 매달리고 하니, 그런 자식을 두고 출가하려는 어미의 다짐이 흔들리지는 않을까 모르겠습니다. 하지만 궁중이 돌아가는 것을 보면 허망하고 슬프고, 만사는 변하는 것임을 깨닫지 않을 수 없었습니다.

황태후의 눈치를 보아가며 이렇듯 궁중에 발을 들여놓는 것도 견딜 수 없이 괴로웠습니다. 이래서야 동궁의 앞날을 안심할 수 없으니 무슨 불길한 일이 일어나지 않을까 염려스럽고 불안한 마음에 말하였습니다.

"앞으로 오래도록 못 뵐지도 모르는데, 그동안 어미의 모습이 이상하게 변한다면, 동궁은 어떻겠소?"

동궁은 어머니의 얼굴을 물끄러미 쳐다보며 웃으면서 대답하였습니다.

"시키부처럼 말인가요? 어머니는 절대 그렇게 되지 않을 거예요."

그 천진함에 가슴이 메어 눈물 섞인 목소리로 말하였습니다.

"시키부는 나이가 들어 그렇게 된 것이지요. 그게 아니고 머리를 시키부보다 짧게 자르고 검은 옷을 입고, 밤을 지키는 저 스님들처럼 출가를 할까 합니다. 그렇게 되면 동궁을 만나는 것도 지금보다 어려워질 거예요."

동궁은 심각한 표정으로 말하였습니다.

"지금도 오래 오시지 않으면 그립고 보고 싶은데."

그러고는 뚝뚝 흐르는 눈물을 부끄러워하며 고개를 돌렸습니다.

커가면서 하늘하늘한 머리칼은 보드랍고, 눈빛은 반짝반짝 곱고, 흘러넘치도록 애교스런 모습이 겐지의 얼굴을 빼닮은 것처럼 닮았습니다. 이가 약간 썩어 생글거릴 때마다 입안이 거뭇거뭇 보이는 천진하고 귀여운 모습은, 아씨처럼 치장하여보고 싶을 만큼 아름답습니다. 중궁은 동궁이 이렇듯 겐지를 닮은 것이 오히려 안쓰러우면서도 옥의 티라 생각하니, 이는 세상의 입방아가 얼마나 무서운지를 아는 까닭입니다.

겐지 역시 동궁이 보고 싶고 그리우나, 후지쓰보 중궁의 너무할 정도로 매몰차고 냉담한 태도를 후지쓰보 자신에게도 깨우쳐주려고 일부러 참고 지내고 있습니다.

그런 식으로 남 보기에도 힘들 정도로 수심에 잠겨 일도 손에 잡지 못하니, 가을 풍경이나 구경할 겸 운림원을 찾았습니다. 돌아가신 어머니 기리쓰보 여어의 오라버니인 율사가 수행 중인 승방에서 경전을 읽고 근신하는 사흘 동안에도 마음을 저미는 일들이 많았습니다.

단풍이 들기 시작한 가을 들판의 화려하고 아름다운 경치를 바라보니, 정든 집마저 까맣게 잊어버릴 듯한 기분이 듭니다.

학식이 높은 승려들을 불러 모아 경론의 문답을 경청합니다. 운림원이란 장소가 또 그러한지라 인생의 무상함을 생각하며 잠을 이루지 못한 밤도 있었습니다.

그럼에도 역시 '무정한 그 사람이 무척이나 그립구나'라는 옛 노래도 있듯이, 자신을 싫다 하는 사람만이 사무치도록 그리웠습니다. 새벽녘 달빛 속에서 승려들이 불전에 물과 꽃을 바치기 위해 접시를 씻고, 국화와 곱게 물든 나뭇가지를 이리저리 꺾는 모습을 보니, 불도에 정진하면 세상의 시름을 잊고 집착도 버릴 수 있겠으니 내세를 위해서라도 바람직한 일이 아닐까 생각되었습니다.

그런 반면 이내 몸은 한심하게도 번뇌를 떨치지 못하니, 하고 생각하였습니다. 율사가 쩌렁쩌렁한 목소리로 "염불중생섭취불사"라고 길게 여운을 남기며 경을 외우니 그것이 또 부러워, 왜 나는 출가하지 못하고 있는가를 생각하자, 제일 먼저 떠오르는 것이 무라사키라, 참으로 미련이 많은 마음입니다.

이전에 없이 며칠이나 시간이 흘러, 무라사키가 어찌 지내고 있는지 마음에 걸리는 겐지는 편지만큼은 부지런히 써서 보내는 듯하였습니다.

세상을 등지고 불도에 정진할 수 있을지 시험 삼아 와보았는데, 무료함을 달래지 못하고 오히려 외로움만 깊어갑니다. 마저 듣지 못한 불도의 가르침이 있어 잠시 더 머물러야 하겠는데, 그대는 어찌 지내고 있는지요.

두툼한 종이에 시원스럽게 써내려갔습니다.

띠가 무성한 들판의 이슬처럼
허망한 내 집에
그대 홀로 남겨두었으니
불어오는 바람 소리에도
어찌 지내는가

궁금하구려

애정이 담긴 편지에 무라사키는 그만 눈물을 흘리며 하얀 종이에 답장을 썼습니다.

색 바래고 메마른 띠에 맺힌 이슬에
걸려 있는 거미줄은
바람이 불면 흔들리니
바람처럼 쉬이 마음 변하는 그대로 하여
내 마음마저 흔들리네

겐지는 편지를 보며 혼자 중얼거렸습니다.

"글 솜씨가 날로 좋아지고 있군."

사랑스러운 사람이라 생각하며 미소짓고 있습니다. 연일 편지를 주고받다 보니 필체가 겐지의 필체를 닮아가는데다, 다소 곳하고 여자다운 정취가 묻어 있습니다.

무엇 하나 부족한 점이 없으니, 참으로 잘 키웠다고 겐지는 스스로 만족하였습니다.

겐지는 부는 바람도 금방 다녀올 수 있을 만큼 가까이에 있는 아사가오 재원에게도 편지를 보냈습니다. 시녀 중장에게는 이렇게 투정하였습니다.

"출타한 하늘 아래에서조차 애틋한 그리움에 몸도 마음도 헤매고 있음을 알 리가 없겠지요."

그리고 재원에게는 이렇게 편지하였습니다.

　말로 하기는

　황송한 일이나

　편지를 주고받았던

　그 옛날의 가을밤이

　그립구려

"옛날을 돌이키려 해야 소용없는 일일 터인데, 그래도 그때로 돌아갈 수는 없을까 생각합니다."

은근한 연둣빛 당지에 은근한 친밀함을 담아 쓰고는, 비쭈기나무 가지에 종이로 묶어 치장을 하여 보냈습니다.

시녀 중장에게서 답장이 왔습니다.

"신을 모시는 이곳에서는 무료함을 달랠 길이 없으니, 따분함에 옛날 일을 떠올리면 겐지 님이 몹시 그리워지오나, 그 또한 지금 와서는 부질없는 일이옵니다."

진솔한 마음이 담겨 있었습니다.

아사가오 재원의 편지는 신전에 바치는 종이 끝자락에 이렇게 씌어 있었습니다.

그 옛날에

그대와 나 사이에

무슨 사연이 있었기에

옛날이 그립다는

뜻인지요

"하물며 요즘에는 짐작 가는 일도 없는데."

섬세한 필체는 아니어도 흘려 쓴 초서 솜씨가 노련하였습니다.

그사이에 얼마나 또 아름다워졌을까 하고 상상만 해도 겐지는 가슴이 설렜습니다. 그러나 생각해보면 신을 모시는 재원을 탐내니 신의 벌이 두렵습니다.

'아아, 작년 지금쯤이었지. 별궁에서 육조 미야스도코로와 아쉬운 작별의 밀회를 가졌던 것도.'

이렇게 또 옛일을 떠올리니, 두 사람의 처지가 참으로 비슷하여 신을 원망하는, 겐지의 그런 버릇은 심히 보기가 민망합니다.

반드시 이루어지리라 원하고 바랐다면 좋은 인연을 맺을 수도 있었던 시절은 느긋하게 보내놓고, 재원이 되어 손이 미치지 않을 만큼 멀어져버린 지금 후회하는 것을 보면 참으로 알 수 없는 성품입니다. 재원도 역시 이러한 겐지의 남다른 성품을 알고 있는지라 가끔은 다감한 답장을 쓰기도 하였습니다. 재원으로서의 도리에는 다소 어긋나는 일이지만요.

겐지는 절에 머물면서 천태 60권이란 경전을 읽고 어려운 부분은 학승에게 물었습니다.

"평소에 열심히 기도를 올린 공덕으로 귀한 분이 나타나셨음이라. 이로써 본존불에게도 면목이 서누나."

운림원에서는 신분이 낮은 법사들까지 기뻐하였습니다.

겐지는 마음을 차분하게 가라앉히고 세상 돌아가는 것을 생각하니, 도읍으로 돌아가고픈 마음이 없었습니다. 허나 다만 홀로 있는 무라사키가 염려되어 불도 수행에 장애가 될 뿐이니 마냥 머물 수도 없었습니다. 겐지는 운림원에는 송경의 시주를 성대하게 베풀고, 높고 낮은 불도들과 근처에 사는 사람들에게도 풍성하게 시주를 내리고 갖은 공덕을 넉넉히 다 베푼 후에 도읍으로 돌아갔습니다.

그런 겐지를 배웅하려고 노인들까지 모여들어 눈물을 흘리며 그 모습을 찬양합니다. 상중이라 상복을 차려입고 검정색으로 치장한 수레 안에 있어 모습은 잘 보이지 않으나, 틈새로 언뜻언뜻 스치는 모습을 보고는 이 세상에 둘도 없는 훌륭한 분이라 여겼습니다.

이조원의 무라사키는 며칠 안 보는 사이에 한층 아름답고 어른스러워진 듯한 느낌이었습니다. 다소곳하게 앉아, 겐지와의 앞날이 어떻게 될 것인지 걱정하는 모습이 귀엽고 사랑스러웠습니다. 도리에 어긋나는 사랑에 어지러운 겐지의 마음을 이미 헤아리고 있는지, '색 바래고'라는 노래에 자신이 마음을 담아 편지를 보냈던 일을 떠올리자, 평소보다 한층 다감하게 말을 거는 것이었습니다.

산 깊은 절에 다녀온 기념으로 지니고 온 물든 나뭇가지를 정원에 진 낙엽과 비교해보니, 산이슬을 먹고 짙게 물든 낙엽의 아름다움이 한결 돋보였습니다. 후지쓰보 중궁에게 너무도 오래 소식을 전하지 않은 것이 마음에 걸려, 그저 인사치레로 그 나뭇가지를 중궁에게 보냈습니다. 왕명부 앞으로는 이런 편지를 덧붙였습니다.

중궁께서 동궁을 찾아 뵈었다니 어려운 걸음을 하셨소이다. 그 후 동궁과 중궁 두 분이 마음에 걸려 노심초사하였으나, 불도 근행을 마음먹고 날짜를 채우지 않는 것도 도리가 아닌 일이라 그만 본의 아니게 소식을 전하지 못하였구려. 단풍이 너무도 아름다워 혼자 보고 있으려니 어둠 속에서 보고 있는 듯 제 색을 다 뽐내지 못하는 듯하여 함께 보내니, 아무쪼록 중궁께 잘 전해주시오.

참으로 곱게 물든 멋들어진 나뭇가지라 중궁도 눈이 부신데, 아니나 다를까 잔가지 끝에 종이가 묶여 있었습니다.

"아직도 여전히 마음을 품고 계시니, 참으로 야속한 일이로다. 그렇듯 사려 깊으신 분이, 때로 이런 염치없는 일을 하시니 시녀들도 이상히 여기지 않을까."

시녀들의 눈이 있어 중궁은 정색을 하고 나뭇가지를 병에 꽂아 차양의 방 기둥 옆에 아무렇게나 두라 하였습니다.

중궁은 그래도 겐지에게 의지하는 듯 보이려, 사소한 일이나 동궁에 관계된 일은 형식적인 글에 담아 편지를 보내곤 하였습니다. 겐지는 중궁이 언제까지 저리도 매몰차게 자신을 멀리할까 원망하면서도, 지금까지 하나에서 열까지 보살펴왔던 터라 이제 와서 서먹하게 굴면 이상히 여길 것 같아, 중궁이 퇴궁을 하는 날 마중을 하러 입궁하였습니다.

겐지는 마침 정무가 없어 한가한 때에 폐하를 찾아 뵙고, 옛일이며 요즘 새로이 생긴 일들을 두런두런 이야기를 나눴습니다. 폐하께서는 용안이 선황을 매우 닮았는데, 조금 더 우아하고 부드럽고 온유하였습니다. 두 사람은 서로를 그리워하였던 터라, 한참이나 얼굴을 마주보았습니다.

폐하께서는 오보로즈키요 상시와 겐지의 은밀한 사랑이 여전히 계속되고 있다는 소문을 들은데다, 상시의 표정에서 그럼직한 눈치를 채는 일도 있었으나, 지금 새로 시작된 일이라면 몰라도 오래전부터 이어진 일이고 서로 어울리지 않는 사람들도 아니라 애써 너그럽게 생각하며 꾸짖지 않았습니다.

폐하와 겐지는 많은 이야기를 나누었습니다. 폐하는 학문적인 질문도 사랑노래에 얽힌 체험담도 허심탄회하게 털어놓았습니다. 또한 재궁이 이세로 내려가던 날, 용모가 얼마나 수려하였는지도 칭찬하니, 겐지도 마음을 열고 별궁에서 육조 미야스도코로와 나누었던 이별의 정까지 고백하였습니다.

스무날의 달이 둥실 떠올라 정취가 무르익은 시각에 천황은 이렇게 말하였습니다.

"음악이 있었으면 싶은 풍정입니다."

겐지가 말하였습니다.

"후지쓰보 중궁이 오늘 밤 퇴궁을 하는지라 찾아 뵈올까 합니다. 선황도 유언을 하셨고, 제가 아니면 보살펴드릴 후견인도 없는 분인데다, 동궁과의 인연도 있고 해서."

그러자 천황은 이렇게 말하였습니다.

"동궁을 짐의 자식처럼 여기라는 선황의 유언이 있었기에 각별히 마음을 쓰고는 있으나, 보는 눈도 있으니 특별하게 대접할 수는 없는 노릇이나, 동궁은 나이에 비하면 필체가 뛰어나니, 못난 짐의 체면을 세워주고 있습니다."

"동궁은 총명하고 어른스러워 듬직하오나, 역시 아직은 어린 아이이옵니다."

겐지는 이렇게 동궁의 근황을 전하고 물러 나왔습니다.

고키덴 황태후의 오빠 도 대납언의 자식 가운데 두 변이라고 하여, 시세를 타고 거드름을 피우는 자가 있었습니다.

여경전에 여어인 동생을 만나러 가려다 겐지의 수하가 은밀하게 길을 여는 것을 보고는, 잠시 멈춰서서 모반의 뜻이 담긴 문구를 중얼거렸습니다.

하얀 무지개가 해를 관통하니 태자가 두려움에 떠는구나.

세력이 승승장구하는지라 꺼릴 만한 것이 없는 게지요. 겐지는 그 소리를 듣고 고개를 돌리고 싶었으나, 그렇다고 대놓고 노할 수도 없는 노릇이었습니다. 요즘 들어 황태후의 심기가 험악하기 그지없어 궁중이 잠잠할 날이 없다는 소문도 들리는데다, 황태후의 근친들까지 이렇듯 노골적인 태도로 빈정거리니 겐지는 실로 마음이 불편하였으나, 애써 못 들은 척 외면하였습니다.

후지쓰보 중궁을 찾은 겐지는 이렇게 인사를 드렸습니다.

"폐하를 뵈옵느라 밤을 밝히고 말았습니다."

중궁은 환하게 빛나는 달빛을 바라보면서 이렇게 아름다운 달밤이면 선황이 관현놀이를 베풀어 풍류를 즐기며 보냈던 일들을 떠올렸습니다. 궁궐은 그 시절과 다르지 않은데, 변한 것이 너무 많아 중궁의 마음은 허전하고 서글프기 짝이 없었습니다.

자욱하게 안개 낀
구중궁궐

몇 겹으로
나를 떼어놓으려는가
구름 위의 저 먼 달을
그리워하고 있건만

중궁은 왕명부를 통하여 겐지에게 노래를 전하였습니다. 중궁의 기척이 희미하게나마 전해지니, 겐지는 괴로움도 잊고 감격의 눈물을 흘렸습니다.

달빛은 그 옛날의 가을과
전혀 다르지 않은데
자욱한 안개에 가려
달이 모습을 보이지 않으니
아아, 안타까운 일이로고

'봄 안개에도 사람의 마음처럼 서먹함이 있구나'라는 옛 노래가 있는데, 옛날에도 이런 일이 있었는가 봅니다."
겐지는 이렇게 노래를 지어 화답하였습니다.
중궁은 동궁과 헤어지는 아쉬움을 떨치지 못하고 이런저런 것들을 가르치려 하는데, 동궁은 그리 깊이 유념하지 않으니 답답한 심정입니다.
동궁은 평소에는 일찌감치 자리에 드는데, 오늘 밤은 중궁이 돌아갈 때까지 깨어 있으려나 봅니다. 중궁이 돌아갈 시간이 다가오는 것을 안타까워하면서도, 뒤를 쫓아오지는 않으니 중궁은 억장이 무너지는 듯하였습니다.

그때 겐지는 문득, 두 번이 뻔뻔스럽게도 『사기』의 한 구절을 읊조렸던 생각이 나면서, 오보로즈키요 상시의 일이 괜스레 마음에 걸리고, 세상사가 다 귀찮아졌습니다. 그래서 상시에게 편지도 보내지 않은 채 몇 날 며칠이 지났습니다.

늦가을 비가 내리는 날, 무슨 일인지 상시에게서 편지가 왔습니다.

초겨울 찬바람이 몰아치니
바람이 소식 전해주지 않을까
기다리고 기다리는 사이
애타고 답답한 마음도
날려가 버리고 말았으니

계절은 스산하게 비 내리는 늦가을, 남몰래 써서 힘들게 보낸 상시의 마음이 어여뻐 그 자리에서 답장을 써 보내려 심부름꾼을 세워두었습니다. 겐지는 쌍바라지문 장을 열어 종이를 정성껏 고르고, 붓도 꼼꼼하게 고르니 그 모습이 여느 때보다 사뭇 매력이 넘쳐 보였습니다.

시녀들은 저리도 정성스러운 편지를 받는 사람은 과연 누구

일지, 서로를 쿡쿡 찌르며 궁금해하였습니다.

"편지를 보내본들 아무 소용이 없어 지치고 침울한 나날이었소. 그저 내 자신이 한심하여 한탄하다 보니, 그대가 기다릴 만큼 날이 지나고 말았구려."

　　그대를 만나지 못하는
　　그리움에 지친 이 마음
　　지금 내리는 이 비는
　　나의 눈물이거늘
　　그대는 그런 줄도 모르고

"서로 마음이 통하였더라면, 이렇듯 오랜 비 내리는 쓸쓸한 하늘을 바라보면서 시름을 잊을 수 있으련만."

한껏 애정을 표현하였습니다.

이렇게 편지를 보내는 여자들은 많은 듯한데, 겐지는 박정하다 여겨지지 않을 정도로 답장은 쓰지만, 마음에는 그리 깊이 새기지 않는 듯하였습니다.

후지쓰보 중궁은 고 기리쓰보 선황의 일주기 불제에 이어, 법화팔강회 준비에 여념이 없었습니다. 십일월 초순, 선황의 기일인 국기일에는 함박눈이 펄펄 내렸습니다. 겐지는 중궁에게 편지를 보냈습니다.

돌아가신 분의 기일이

돌아왔으나

죽은 사람

언제나 다시 만날 수 있으려나

오늘은 슬프디슬픈 날, 중궁도 답장을 써 보냈습니다.

끈질긴 목숨

홀로 남은

이 괴로움 속에서도

기일이 돌아오니

옛날로 돌아간 듯하여라

군이 잘 쓰려고 애쓰지 않은 필체인데도 기품 있고 우아하게 느껴지는 것은 중궁을 향한 겐지의 한결 같은 마음 때문이겠지요. 특징 있는 세련된 필체는 아니어도 보통 솜씨는 아닙니다.

겐지는 오늘만큼은 중궁을 그리워하는 애타는 마음을 억누르고, 마음을 적시는 눈송이에 눈물을 흘리면서 불전에서 선황의 명복을 빌었습니다.

십이월 십며칠인가, 중궁의 법화팔강회 행사가 장엄하게 치러졌습니다. 매일 불전에 올리는 경전을 비롯하여 옥으로 만든 심대, 나전 표지, 책갑의 장식 등 비할 데 없이 아름답고 정교하였습니다.

예사 행사 때도 중궁은 늘 만사를 빈틈없이 준비하는 사람입니다. 하물며 이번 법회는 말할 필요도 없었습니다. 불상의 장식, 경전을 올리는 상의 덮개 등, 여기가 극락정토가 아닐까 생각이 들 정도로 황홀하였습니다.

첫날은 중궁의 아버지를 위해서 둘째 날은 어머니를 위해서 공양하고, 셋째 날은 기리쓰보 선황을 추도하였습니다. 이날은 마침 『법화경』의 제5권을 강독하는 중요한 날이라 관직에 있는 사람들도 우대신 눈치를 보지 않고 대거 참가하였습니다.

이날은 특별히 고승을 모셔왔는지라, 법당 주위를 돌 때 부르는 찬불가 「땔나무」를 비롯하여 한 목소리로 노래를 부르는 승려들의 목소리가 고귀하게 들렸습니다.

친왕들도 온갖 헌물을 바치고 법당 주위를 돌았으나, 겐지의 고상한 취미를 따라올 자는 아무도 없었습니다.

유독 겐지 칭찬만 거듭 하는 것 같으나, 뵐 때마다 남달리 기품 있고 아름다움의 극치를 이루니 어찌할 도리가 없습니다.

마지막 날에는 중궁 자신을 위하여 기도하고 발원하였습니다. 고승이 중궁의 출가할 뜻을 부처님에게 고하였습니다.

그 소리를 들은 사람들은 모두 경악을 금치 못하였습니다. 특히 병부경과 겐지는 도대체 어떻게 된 일인가 하여 망연자실하였습니다.

병부경은 법회 도중 자리에서 일어나 발을 들치고 중궁이 있는 곳으로 들어갔습니다. 중궁은 굳은 결심을 강경하게 전하고, 법회가 끝날 즈음에 히에이 산 최고승을 모셔 계를 받겠노라 말하였습니다.

중궁의 백부인 요카와의 승도가 가까이 들어, 머리를 자를 때에는 좌중이 웅성웅성 소란스러워지면서 울음소리가 터져 나왔습니다. 미천하고 노쇠한 자들이라도 막상 출가를 하려 머리를 깎을 때는 뭐라 말할 수 없이 슬픈 법인데, 하물며 여색이 한창인 중궁은 지금껏 그런 눈치조차 보이지 않았으니, 병부경도 억장이 무너져 눈물을 흘리지 않을 수 없었습니다.

팔강법회에 참가한 모든 사람들은 법회의 장대하고 엄숙함에 감동하여 가슴이 벅차 있던 참인데 이 충격적인 장면에 소맷자락을 적시며 돌아갔습니다.

기리쓰보 선황의 황자들은 중궁의 옛 영화를 떠올리며 슬프고 안됐다는 생각에 모두들 차례차례 위로를 드렸습니다.

겐지는 그 자리에 남아 있었으나, 할 말도 잊은 채 어찌할 바를 모르고 망연해하고 있습니다. 이성을 잃을 정도로 슬퍼하면 주위 사람들이 이상히 여길 듯하여, 병부경까지 돌아간 후에야 중궁 앞에 나아가 앉았습니다.

사방이 조용해지고, 시녀들은 코를 훌쩍거리며 여기저기 모여 있습니다. 그날따라 달빛이 유독 환하여 하얀 눈 위로 달빛 쏟아지는 정원 풍경을 바라보자니, 선황이 살아 계셨던 시절이 그리워 겐지는 가슴이 찢어지는 듯하였습니다. 간신히 마음을 가라앉히고 물었습니다.

"대체 무슨 연유로 그리 갑작스러운 결심을?"

중궁은 왕명부를 통하여 이렇게 말을 전하였습니다.

"지금 갑작스럽게 생각한 것이 아닙니다. 사전에 발표하면 사람들이 소란을 피워 각오가 흔들릴 듯하여."

발 안에 모여 대기하고 있는 시녀들이 조심스레 몸을 움직이는 기척이며, 옷자락 스치는 소리마저 슬픔을 참고 있는 듯 새어나오니, 겐지는 그럴 만도 하다는 생각에 한층 서글퍼 가슴이 미어졌습니다.

바람이 휘몰아치자 발 안에서 흑방향의 향내가 퍼지는데, 불전에 바친 명향 냄새도 아련히 섞여 있습니다. 겐지의 옷에 배어 있는 향내까지 그 향을 풍기니, 극락정토가 연상되는 분위기입니다.

동궁의 사자도 중궁을 알현하였습니다. 중궁은 지난날 동궁을 뵈었을 때, 귀엽고 사랑스러운 모습이 떠올라 참고 참았던 슬픔이 북받쳐 뭐라 대답도 제대로 하지 못하였습니다. 보다 못한 겐지가 대신 대답을 해주었습니다.

그 자리에 있는 모든 사람들이 마음의 동요를 가누지 못하는 때라, 겐지는 자신의 속내를 털어놓을 수가 없었습니다.

　이 새벽 달빛처럼
　청결한 마음으로 하신 출가

뒤따르려 하나

이 세상 번뇌의 어둠에

길을 잃어

뜻을 이루지는 못할지니

"이렇게 생각할 수밖에 없는 제 자신이 한심합니다. 끝내 출
가하시는 것이 부럽기만 하옵니다."

시녀들이 주위에 모여 있어 가슴속에 맺혀 있는 많은 말들을
무엇 하나 할 수 없으니 마음이 답답한 겐지는 겨우 시 한 수를
건넸습니다.

세상사 모든 것이

괴롭고 허망하여

끝내 세상을 버렸는데

언제나 자식 걱정에서

벗어날 수 있으리오

"아직도 번뇌가 산더미 같습니다."

이 대답은 말을 전하는 시녀가 적당히 꾸며 겐지에게 전한 것
이겠지요. 겐지는 슬픔을 가누지 못하고 무너지는 가슴으로 중
궁 앞을 물러나왔습니다.

겐지는 이조원으로 돌아와서도 자기 방에 홀로 누워 잠을 이

루지 못하고 세상사를 허망하게 생각하고 있습니다. 그런 와중에도 동궁의 앞날이 걱정되었습니다. 선황은 동궁을 위해 어미만이라도 대외적인 후견인으로 남게 하려 중궁의 자리에 올려놓았거늘, 그런 중궁이 세상사의 괴로움을 견디지 못하고 출가하고 말았으니, 중궁의 자리에 그대로 머물러 있을 수는 없는 일이지요. 그런데다 겐지 자신마저 동궁을 버리고 출가를 한다면, 하고 생각에 생각이 꼬리를 무니 그만 날이 새고 말았습니다.

겐지는 비록 중궁이 세속을 떠나기는 하지만 많은 물품이 필요하리라 여기고 올해 안으로 보내기 위해 서둘러 만들라 명령을 내렸습니다.

왕명부 역시 중궁을 따라 머리를 깎은 터라, 그쪽에도 정성스런 문안 인사를 하였습니다.

온갖 사연을 소소하게 쓰자니 너무 야단을 떠는 것 같아 빠뜨린 모양이지요. 실은 이런 때야말로 마음을 울리는 노래가 지어졌을 법한데, 그런 노래가 빠진 것이 유감입니다.

겐지가 중궁의 처소를 찾아가도 출가 후인지라 가릴 것이 다소 적어, 통하는 사람 없이 중궁 자신이 직접 답하는 일도 있었습니다. 마음속 깊이 간직한 사랑이 지워진 것은 아니나, 출가한 사람과는 더욱이 정을 통하여서는 안 될 일입니다.

해가 바뀌고 탈상을 하여 궁중에서는 신년의 내연, 답가 등 화려한 행사가 나날이 이어지고 있습니다. 그런 소식을 들어도 중궁의 마음은 출가한 처지이니만큼 감개무량할 따름이었습니다. 불전에서 근행에 정진하면서 오로지 내세에서만은 그저 마음 편히 살 수 있도록 기도를 올리니, 번잡스러웠던 이 세상사가 모두 먼 옛일처럼 느껴졌습니다.

늘 기도를 올리는 삼조의 염송당은 그대로 두고, 서쪽 별채에서 조금 떨어진 곳에 새로이 별당을 지어, 그쪽으로 거처를 옮긴 후 온 마음을 다해 근행에 몰두하였습니다.

겐지가 새해 인사를 드리러 찾아왔습니다. 새해가 되었다고 하여 딱히 화려하게 꾸미지 않은 삼조궁은 사람의 기척도 없이 조용하고, 가까이 부리는 중궁직 관리들만이 풀 죽은 모습으로 일을 보고 있었습니다.

다만 정월 여드렛날의 백마절회 때, 예전과 변함없이 이 삼조궁에도 보내진 하얀 말을 시녀들이 구경하고 있었습니다.

선황이 살아 계셨을 때는 새해 인사를 드리러 오는 상달부들이 자리가 좁을세라 모여들었는데, 지금은 이 삼조궁의 앞길을 피하여 건너편에 있는 우대신 댁으로 모여들고 있습니다. 세상이 바뀌었으니 당연한 일이라고는 하나 그 또한 중궁에게는 서글픈 일이 아닐 수 없습니다. 그런데 마침 천군만마와도 같은 당당한 모습으로 겐지가 나타나니 시녀들은 눈물을 흘리지 않을 수 없었습니다.

겐지는 적막한 삼조궁의 정경을 돌아보며 할 말을 잃었습니다. 모든 것이 이전과는 다르니, 발의 끝자락이며 휘장도 남빛으로 바뀌었고, 그 사이사이 언뜻언뜻 보이는 옅은 남빛과 치자색 승복의 소맷자락이 오히려 멋스럽고 그윽하게 눈에 띄었습니다.

녹기 시작한 연못물과 건너 버드나무 가지에 움튼 새싹은 변함없이 계절을 잊지 않고 있으니, 벅찬 가슴으로 겐지는 그런 풍경을 바라보고 있습니다.

'과연 이곳에는 고상한 해녀 비구니가 살고 있구나'라고 읊조리는 모습이 더없이 우아합니다.

이곳이
수심에 잠겨 있는
비구니의 거처라 하니
슬픔이 절로
눈물로 넘치누나

이렇게 노래하니 애당초 넓지 않은 방을 불도 수행을 위한 방으로 꾸민 터라 이전보다 더욱 비좁고 가깝게 느껴졌습니다.

지난날의
흔적조차 없는
쓸쓸한 이곳에
들러준 사람의

고마움이여

중궁이 노래하는 목소리가 희미하게 들리자 겐지는 더는 견딜 수 없어 눈물을 뚝뚝 흘렸습니다. 세상을 버리고 깨우침을 얻은 시녀들이 그 모습을 볼까봐 겐지는 말도 없이 그대로 물러났습니다.

"참으로 해를 더하면서 더할 나위 없이 훌륭해지시옵니다. 아무런 부족함 없이 온갖 영화와 위세를 누리실 때는 천하제일, 언제 인생의 고달픔을 아시랴 여겨졌는데, 지금은 사려 깊으시고 차분하시고, 하찮은 일에도 깊은 연민을 보이시니 때가 때이니만큼 더욱이 안쓰럽사옵니다."

이렇게 나이 든 비구니가 눈물을 흘리며 겐지를 칭찬하였습니다. 중궁의 뇌리에도 옛일이 주마등처럼 스쳤습니다.

봄의 연례 인사이동이 있었습니다. 그런데 이 삼조궁에 종사하는 사람들은 당연히 받아야할 관직도 받지 못하고, 상식으로 보나 중궁의 위치로 보나 반드시 있어야 할 승진조차 보류되어 실망하여 탄식하는 사람들이 많았습니다.

출가를 했다 하여 중궁의 지위를 폐하거나 봉록을 정지할 수는 없는데, 출가를 구실로 대우에 변화가 생긴 것입니다. 온갖 집착을 버린 속세의 일이라고는 하나, 부리는 사람들이 생활의 버팀목을 잃은 것처럼 아쉬워하는 모습을 보니 마음이 상하지 않을 수 없었습니다. 허나 후지쓰보 중궁은 이 한 몸 희생하더라도 동궁의 지위가 무사하기만을 바라면서 불도에 정진 또 정진하였습니다.

동궁의 앞날에 불길하고 위험한 일이 생길 듯한 예감에 불안함이 가실 날 없으니, 중궁은 오직 자신의 출가로 동궁의 출생에 얽힌 죄업을 용서해달라는 기도로 불안과 번뇌를 씻으려 하였습니다.

겐지 대장도 중궁의 속내를 충분히 헤아리고는 합당한 일이라고 생각하였습니다. 겐지를 모시는 수하들도 중궁 가문과 마찬가지로 섭섭한 대우를 받은 터라, 겐지는 세상사에 염증이 나서 집 안에만 틀어박혀 있습니다.

좌대신 역시 공사 막론하고 위아래가 뒤바뀐 세상사에 상심하여 사직의 뜻을 표하였으나, 각별히 대우하여 오래오래 나라의 기둥으로 삼으라는 선황의 유지를 받들어 사직의 뜻을 허락하지 않았습니다. 그런데도 좌대신은 사직을 굽히지 않고 끝내 은퇴하고 말았습니다.

이렇듯 지금은 우대신 일가족만 끝없는 영달의 길을 치닫고 있습니다. 나라의 기둥이라 여겨졌던 좌대신이 정계에서 물러나자, 천황의 마음이 불안하고 허전함은 물론 세상 사람들도 생각 있는 자는 모두 탄식하고 애통해하였습니다.

좌대신의 자식들 역시 인품이 넉넉하여 정계에서 중한 인물로 쓰이면서 행복하게 살았는데, 지금은 다들 의기소침하여 맥을 잃었고 두중장도 앞날을 비관하고 있었습니다.

두중장은 우대신 댁 넷째 딸의 사위인지라 간혹 걸음을 하기는 하지만 냉담하기 짝이 없는 태도를 보여, 우대신 댁에서는 두중장을 믿음직한 사위로 여기지 않았습니다.

두고 보라는 식인지, 예의 인사 이동에서 두중장도 승진을 하지 못하였습니다. 허나 본인은 그리 크게 염두에 두지 않는 듯보입니다.

겐지마저 저렇듯 영락한 세월을 보내고 있는 것을 보면 권세란 얼마나 허망하고 뜬구름 같은 것인지, 두중장은 그런 생각을 하면서 자신의 불운 따위는 당연한 일이라 여겼습니다. 두중장은 여전히 겐지가 있는 이조원을 드나들면서 함께 학문을 논하고 음악에 심취하였습니다. 옛날에도 이 두 사람은 툭하면 경쟁을 하곤 하였는데, 지금도 역시 사소한 일을 가지고 경쟁을 벌입니다.

겐지는 봄가을 두 번의 정기적인 독경 법회는 물론, 평상시에도 다양한 법회를 열었습니다. 또 일이 없어 한가한 박사들을 초빙하여 한시를 짓거나 운 맞히기 등의 놀이로 기분을 풀면서 시간을 보냈습니다. 거의 궁중에는 출입하지 않고 이렇듯 한가롭게 놀이나 즐기는 겐지를 두고 슬슬 비난의 목소리가 불거져 나오기 시작하였습니다.

여름 비가 추적추적 내리는 따분한 어느 날, 두중장이 볼만한 시집을 부하에게 들려 보내 겐지를 찾았습니다. 겐지도 서고를 열라 하여 아직 열어보지 않은 몇몇 책장 속에 있는 희귀한 고 시집 가운데서 유서 깊은 것을 골라내어, 한시와 한문에 조예가 깊은 자들을 조용히 불러 모았습니다.

대학료의 학자들과 문관들이 대거 모였습니다. 그 사람들을 좌우 둘로 나누어 시합을 하게 하고 많은 선물을 내렸습니다.

운 맞히기를 하면서, 어려운 한자가 많아 저명한 박사들도 우 물쭈물하는 것을 겐지가 거드니, 그 학식의 넓고 깊음이 새삼스 럽습니다.

"어찌하면 이리도 만사에 재능이 넘치는지 모르겠습니다. 역 시 전생의 인연으로 남들보다 모든 것에 뛰어나게 태어난 것일 까요."

이렇게 사람들은 입을 모아 겐지를 칭찬하였습니다. 끝내 두 중장 편이 지고 말았습니다.

그로부터 이틀쯤 지나, 진 두중장이 이긴 겐지를 초대하여 향 연을 베풀었습니다. 그리 요란스럽지 않게, 그러나 먹을거리와 선물을 다양하게 준비하고, 지난번에 자리를 같이했던 사람들 을 불러 모아 한시를 지었습니다.

계단 아래 살짝 핀 장미꽃이 봄가을 꽃이 한창일 때보다 풍취 가 있어, 사람들은 푸근한 마음으로 관현놀이를 즐겼습니다.

두중장의 자식 가운데 올해 동전상이 된 여덟아홉 살 난 소년이 생황을 부는데, 그 소리가 깔끔하고 아름다워 감격한 겐지는 소년과도 함께 놀아주었습니다.

그 아이는 우대신 댁 넷째 딸이 낳은 차남이었습니다. 권세를 쥐고 있는 우대신 댁의 손자라 세상 사람들은 그를 깍듯하고 조심스럽게 대하였습니다. 영특하고 귀염성 있는 생김새에, 놀이가 다소 시들해질 즈음, 사이바라의 「다카사고」를 짜랑짜랑한 목소리로 노래하니, 실로 귀엽기 그지없었습니다.

겐지는 자신이 입고 있던 옷을 벗어 상을 내렸습니다. 술기운이 올라 불그스레한 겐지의 얼굴이 비할 데 없이 아름다웠습니다. 홑옷 위에 얇은 평상복을 입고 있어, 언뜻언뜻 비쳐 보이는 피부가 오늘따라 유난히 뽀얗고 매끄러우니, 나이 든 박사들은 멀리서 눈물을 흘리며 바라보았습니다. 소년이 「다카사고」의 마지막 소절인 '만날 수 있었는데 나리꽃 아씨를'을 노래하자, 두중장은 겐지에게 잔을 건넸습니다.

사람들의 애를 태우며
오늘 아침에야
겨우 핀 꽃
그 못지않은 그대의
아름다움이여

두중장이 이렇게 노래하자, 겐지는 미소지으며 잔을 받아들고는 농을 하였습니다.

> 때를 잘못 알아
> 오늘 아침 핀 꽃은
> 향기로운 꽃내
> 풍길 새도 없이
> 여름 비에 허망하게
> 시든 모양이니

"나도 이제 기운이 다한 모양이오."

두중장은 그런 겐지를 꾸짖듯 억지로 술을 권하였습니다.

많은 노래가 오갔을 것이나, 이런 술자리에서의 어설픈 노래까지 시시콜콜 적어서 남기는 것은 교양 없는 짓이라고 기노 쓰라유키도 경계하였으니, 그 뜻에 따라 생략하였습니다. 아무튼 모두 노래를 하든 시를 짓든, 겐지의 아름다움을 칭찬하는 뜻을 아끼지 않았습니다.

겐지도 크게 만족하여, "나는 문왕의 아들, 무왕의 동생"이라고 중국 『사기』의 주공에 자신을 빗대어 얘기하니, 그 또한 멋스러웠습니다. 주공은 동궁인 성왕의 숙부인데, 과연 겐지 자신은 동궁의 무엇이라고 얘기하고 싶었던 것일까요. 역시 후지쓰보 중궁과 있었던 옛일이 마음에 걸렸겠지요.

음악에 조예가 깊은 병부경도 종종 겐지를 찾아왔습니다. 병부경 역시 겐지의 좋은 놀이 상대가 되어주었습니다.

그 무렵, 오보로즈키요 상시는 사가에 나와 있었습니다. 오래 전부터 학질을 앓은 터라, 사가에서 편한 마음으로 치유를 위한 기도나 드릴 마음이었습니다. 가지기도를 시작하면서 병세가 호전되자 우대신 댁에서는 모두들 안도하고 기뻐하고 있는데, 이 둘도 없는 기회를 놓칠 수 없는 두 사람은 매일 밤 무리를 해 가며 밀회를 즐겼습니다.

상시는 한창나이 때에는 원래 풍만하고 화사하였는데, 지금은 병으로 다소 야위었습니다. 그런데 그 모습이 오히려 남자의 마음을 뒤흔들었습니다.

때마침 고키덴 황태후도 우대신 댁에 머물고 있던 터라 밀회가 발각되면 화를 면하기 어려울 터인데도, 겐지는 그렇게 은밀하고 아슬아슬한 밀회일수록 정열을 불태우는 버릇이 있는지라 하루가 멀다 하고 밤이슬을 밟았습니다. 그 기미를 눈치챈 시녀도 있었으나, 성가신 일에 관계하고 싶지 않아 모두들 황태후에게는 비밀을 지켜 고하지 않았습니다. 하물며 우대신은 꿈에도 모르고 있었습니다.

그러던 어느 날 밤, 갑자기 소나기가 쏟아지면서 천둥 번개가 쳐댔습니다. 우대신 댁 사람들이 우왕좌왕 소란을 피우자 당황한 시녀들은 두려움에 어쩔 줄 모르고 상시 가까이에 모여 있었습니다.

겐지는 상시의 침전에서 꼼짝을 못하고 난감해하다가 그만 날이 환히 밝고 말았습니다. 휘장 주위를 시녀들이 빙 두르고 있어 겐지는 그야말로 가슴이 터질 것 같았습니다.

사정을 아는 시녀 둘 역시 이 사태를 어찌하나 안절부절못하였습니다.

천둥소리가 그치고 빗발도 어느새 가늘어지자 우대신이 이쪽으로 건너왔습니다. 먼저 황태후의 침전에 들렀는데, 상시는 빗소리에 가려 미처 우대신이 오는 기척을 알아차리지 못하였습니다. 우대신이 갑자기 상시의 방으로 들어와 발을 들어올리면서 성급하게 물어댔습니다.

"별일 없었느냐. 밤새 날씨가 예사롭지 않았는데, 걱정이 되면서도 찾아보질 못했구나. 중장과 시녀들은 곁을 지키고 있었느냐."

겐지는 침착함이 없는 그 태도를 좌대신과 비교하며 참으로 천지 차이라며 쓸쓸히 웃었습니다. 방으로 완전히 들어온 후에 천천히 해도 좋을 말을 하고 있으니 말입니다.

상시는 난감하여 어쩔 줄을 모르는 채 침소에서 나와 앉았습니다.

얼굴에 아직도 붉은 기가 있으니, 아직도 병세가 온전치 못한 것이라 여긴 우대신이 말하였습니다.

"어찌 안색이 그리도 붉은 것이냐. 행여 귀신이라도 씌면 곤란하니 기도를 계속하라 해야겠구나."

그러면서 문득 눈길을 돌리자, 옅은 남색 남자용 허리띠가 상시의 옷자락에 휘감겨 있고, 그 끝이 침소까지 이어져 있었습니다. 이상한 일이다 싶은데, 글자를 흘려 쓴 첩지까지 휘장 앞에 널려 있었습니다. 이것이 대체 어찌 된 일인지 놀란 우대신이 소리쳤습니다.

"누구의 것이냐. 못 보던 것이로구나. 이리 줘보거라. 누구의 것이지 알아봐야겠다."

상시도 뒤돌아 그 종이를 확인하였습니다. 이제는 더 이상 뭐라 둘러댈 수도 없는 상황, 무슨 대답을 할 수 있었을까요. 정신을 잃고 망연자실한 딸의 모습에, 우대신만한 지위에 있는 사람이야 부끄러워 몸 둘 바를 모를 것이라 헤아리고 배려를 해야 마땅한 일이겠지요. 그런데 평소 성미가 급하고 관대하지 못한 우대신은 앞뒤를 분별할 이성을 잃고 종이를 움켜쥐더니, 침소 안을 들여다보았습니다.

안에는 뭐라 표현할 길 없이 요염한 자태로 한 남자가 누워 있었습니다. 남자는 우대신이 들여다보고 나서야 살며시 얼굴을 가리고 몸을 감추려 옷을 추슬렀습니다. 우대신은 너무도 무례하고 어처구니없는 사태에 화와 분이 치밀었으나, 대놓고 어찌 겐지라 밝힐 수 있었겠습니까. 눈앞이 아득해지는 듯한 기분으로 종이를 움켜쥔 채 침전을 나왔습니다.

상시는 죽고 싶은 심정이었습니다. 겐지도 그런 상시가 가엾어 견딜 수 없으니, 계속되는 자신의 경솔한 처신으로 끝내 세상 사람들의 비난을 면치 못하게 되었다 생각하면서도 상시를 열심히 위로해주었습니다.

우대신은 직설적이고 무슨 일이든 가슴에 담고 있지 못하는 성품인데다 요즘 들어서는 늙은이의 괴팍함까지 더해진 터라 아무 주저 없이 황태후에게 속속들이 고하였습니다.

"이리저러한 일이 있었습니다. 이 종이의 필체로 보아 겐지가 틀림없습니다. 과거에도 이 두 사람은 부모의 허락 없이 정을 통한 사이였습니다. 그래서 그 사람의 인물을 보아 모든 죄를 용서하고 사위로 삼으려 했는데, 그때는 콧방귀도 뀌지 않더니 이게 무슨 처사란 말입니까. 어쩔 수 없는 팔자라 생각하고 폐하께서 정절을 지키지 못한 여자라 하여 내치지는 않으실 것이라고 너그러운 애정을 바라며 예정대로 폐하를 모시는 몸이 되었거늘. 그 오점 때문에 여어를 자청하지도 못하고 억울함을 견뎌왔건만, 또 이런 일이 벌어지고 말았습니다. 정말이지 어처구니없고 한심한 일입니다. 남자들이란 흔히 그런 것이라 여길 수도 있지만, 겐지 대장은 대체 무슨 생각인지 모르겠습니다. 아사가오 재원에게도 여전히 편지를 보내면서 추근거려 관계가 수상하다고 세상에서는 말들이 많습니다. 그런 처사는 겐지 자신뿐만 아니라 치세를 위해서도 좋지 않은 일이라, 겐지처럼 학식이 높고 천하에 우뚝 선 각별한 사람이 이제는 그런 염치없고 무분별한 짓을 하지는 않을 것이라 저는 믿어 의심하지 않았습니다."

황태후는 우대신보다 성정이 격한데다 겐지를 몹시 미워하고 있는 터라 격노한 표정으로 가차 없이 겐지를 몰아세웠습니다.

"폐하, 폐하라고들 말은 하나 예부터 모두들 폐하를 업신여겨, 저 은퇴한 좌대신도 애지중지 키운 외동딸을 형인 동궁에게 바치지 않고, 동생인 겐지에게 주려고 성인식 때를 기다렸고, 그 아이도 궁으로 들이려고 작정하고 있었는데, 겐지 때문에 수치스러운 꼴을 당하고 말았습니다. 그런데도 당시에는 아무도 그 일을 나무라지 못하고 모두들 겐지 편을 들었습니다. 또한 아버님도 겐지를 사위로 삼으려다 여의치 못하자 그 아이를 폐하께 바쳐 지금 상시로 있는 게 아닙니까. 그것이 가엾어서 상시로나마 어떻게든 기죽지 않게 하려고, 그 괘씸한 겐지에게 앙갚음을 할 요량으로 애써 뒤를 봐왔는데, 당사자인 상시가 은밀하게 겐지에게 꼬리를 흔든 셈이니. 재원 역시 소문이 맞을 겁니다. 겐지는 폐하를 위해서도 절대 안심할 수 없는 인물입니다. 동궁의 세상이 오기를 기대하는 사람이니 당연한 일이지요."

우대신은 그제야 듣기가 거북하여 어쩌자고 황태후에게 이 밀회 사건을 속속들이 털어놓았을까 후회하였습니다.

"하지만 당분간 이 일은 밖으로 새어나가지 않도록 해야겠습니다. 그러니 폐하께도 아무 말씀 마세요. 상시는 이런 죄를 저지르고도 폐하께서 내치지는 않으실 것이라고 믿으며 안심하고 있을 것입니다. 황태후께서 뭐라 언질을 주었음에도 듣지 않을

양이면, 그 책임은 제가 지겠습니다."

　이렇게 진정시키나 황태후의 기분은 조금도 나아지지 않았습니다. 황태후가 한 지붕 아래 있어서 걸음하기 어려웠을 터인데도 겐지가 아랑곳하지 않고 대담하게 숨어든 것을 보면 우대신 댁을 우습게 여기는 처사가 아닐 수 없으니 점점 더 화가 치밀었습니다. 이번이야말로 겐지를 실각시킬 더없는 기회라 여기는 황태후는 이리저리 묘안을 짜는 듯 보였습니다.

꽃 지는 고을

그리운 귤 향기에
옛일이 떠오르니
나 또한 두견새처럼
귤꽃 지는 고을을 찾아
이리 왔노니

◆ 겐지

🏵 제11첩 꽃 지는 고을(花散里)

花散里는 '하나치루사토'라 읽고, '꽃 지는 고을'이란 뜻이다. 동시에 '하나치루 사토'는 겐지의 사랑을 받은 정인, 부인 가운데 한 사람이다.

겐지가 스스로 자청하여 남모르는 사랑에 번뇌하는 것은 늘 있는 일이지만, 요즘은 세상 돌아가는 일에도 마음이 시끄러운 일만 늘고 있습니다. 겐지는 초조하고 세상사 모든 것이 성가시기만 한데, 그렇다고 출가를 하려 하니 아쉬움이 커져서 떠날 수 없는 일이 많았습니다.

선황의 후궁 가운데 한 명인 레이케이덴 여어에게는 자식이 없어 기리쓰보 선황이 돌아가신 후에는 한층 입지가 불안해졌는데, 그나마 겐지의 보살핌에 지금껏 무사히 살고 있습니다.

겐지는 이 여어의 여동생과 젊은 시절 잠시 궁중에서 밀회를 가진 적이 있는데, 그 인연의 여운이 아직도 남아 있었습니다. 겐지는 한 번 인연을 맺은 여자는 잊지 못하는 성품이기는 하나 공개적인 연인으로 드나들지는 않으니, 아씨는 겐지의 속내를 알 수 없어 상심이 이만저만이 아니었습니다.

이 무렵 겐지 자신도 만사에 고민이 많았는데 그 가운데는 이 아씨의 일도 있었습니다. 문득 떠오른 그리움에, 오월의 장맛비가 그친 틈을 타 오랜만에 찾아 나섰습니다.

눈에 띄지 않도록 차림새도 허술하게, 수하 몇 명만 거느리고 은밀하게 나카 강 근처를 지날 때였습니다. 소박한 뜨락에 나무들이 풍취 있게 우거진 사이로, 육현금에 맞춰 연주하는 쟁의 곱고도 화려한 소리가 들려왔습니다.

겐지의 귀에도 그 쟁 소리가 날아들었습니다.

집이 대문에서 그리 멀지 않아, 가마에서 살짝 고개를 내밀고 대문 안을 들여다보니 커다란 계수나무 가지 사이로 부는 바람에 푸릇푸릇한 풀향기가 풍겼습니다. 겐지는 그 향기에서 접시꽃 축제 때 일을 떠올렸습니다.

주위 풍경이 어딘가 모르게 낯익어, 전에 한 번 다녀간 여자의 집이라는 것을 알 수 있었습니다. 그러자 불현듯 마음이 동하여, 세월이 너무 오래 흘러 여자가 기억을 하고 있을지 염려하면서도 그냥 지나칠 수 없어 주저하고 있었습니다.

마침 그때 두견새가 지저귀며 지나갔습니다. 그 지저귀는 소리가 마치, 이 집에 들르라고 채근하는 듯이 들려 수레의 방향을 틀게 하고 노래를 지어 고레미쓰에게 안에다 전하라 일렀습니다.

그 옛날 그대와
풋풋한 사랑을 나누었는데

그리움을 견디지 못하여
두견새 다시금 돌아와
지저귀고 있음이라

시녀들은 침전인 듯한 건물의 서쪽 모퉁이 방에 있었습니다. 시녀의 목소리가 귀에 익은 고레미쓰는 일부러 헛기침을 하여 반응을 가늠하고는, 겐지의 노래를 전하였습니다.

시녀들이 방 안에서 소곤소곤, 누구일까 궁금해하는 듯하였습니다.

지저귀는 소리는
과연 예전의 두견새 소리인데
궂은 비 내리는 하늘처럼
구름에 가려 어렴풋하니
뉘신지 분명치 않구려

"알겠소. '나무 울타리와 분간할 수 없구나'라는 노래처럼 집을 잘못 찾은 모양이오."

일부러 모르는 척 시치미를 떼는 것이라 간파한 고레미쓰는 이렇게 말하고 밖으로 나가니, 여자는 마음속으로만 남몰래 아쉬워하고 신세를 한탄하였습니다.

달리 드나드는 남자가 생겼다면 이렇듯 조심하는 것은 당연한 일, 더 이상은 어쩔 수 없었습니다.

겐지는 비슷한 신분에 궁중 연회의 무희로 뽑혔다가 쓰쿠시로 내려간 어여쁜 여자를 떠올리니, 어떤 여자든 한 번 인연을 맺으면 세월이 흘러도 잊지 않는 성품이라, 오히려 여자들에게는 수심의 씨앗이 되는가 싶습니다.

가려고 했던 곳은 아니나 다를까 상상했던 대로 인기척도 없이 적막하기만 하니, 무상한 느낌이 들었습니다.

우선은 여어를 뵙고, 기리쓰보 선황의 살아 계셨던 때의 일을 주거니받거니 하는 사이에 밤이 깊어지고 말았습니다. 오월 스무날의 달이 둥실 떠오르니, 길게 드리운 나무 그림자가 한층 더 검게 보이고, 뜰에서 귤나무 향이 은은하게 풍겼습니다.

여어는 비록 나이는 먹었으나 여전히 우아하고 품위 있고 사랑스러웠습니다. 선황이 살아 계셨을 때 다른 분들에 비해 각별한 총애를 얻지는 못하였으나, 허물없이 지낼 수 있는 분이라 여기셨던 것을 생각하니, 옛날이 그리워 절로 눈물이 흘렀습니다.

아까 그 여자의 집에서 지저귀던 두견새일까요, 똑같은 소리로 지저귀고 있습니다. 겐지는 저 새가 내 뒤를 따라온 것인가하고 생각하며 옛 노래를 읊조렸습니다.

"두견새가 어찌 알았는지 옛 목소리 그대로 지저귀고 있구나."

그리운 귤 향기에
옛일이 떠오르니
나 또한 두견새처럼
귤꽃 지는 고을을 찾아
이리 왔노니

겐지는 이렇게 노래하고는 말하였습니다.

"진작 이곳을 찾아 선황이 살아 계셨을 때를 잊지 못하는 마음을 달랠 걸 그랬습니다. 이곳을 찾으니 마음이 차분해지는 한편 슬픈 일도 많이 떠오릅니다. 사람들은 모두 대세를 따라 이리 변하고 저리 변하여서, 옛일을 허심탄회하게 얘기할 수 있는 상대가 점차 줄어들고 있습니다. 하물며 이곳에서야 더더욱 쓸쓸함을 달랠 길이 없겠지요."

애당초 덧없는 세상이라 여겼거늘, 새삼스레 상념이 잠기는 여어의 모습에서 남다른 고상함이 느껴지니, 그것은 여어의 인품 덕분이겠지요. 겐지는 애처로움이 한결 더해지는 느낌이었습니다.

찾아오는 이도 없는
적막한 이 집
처마 끝에 핀
귤꽃이여

그 향내에 그대는

　　옛일을 떠올렸구려

　여어는 이렇게만 노래하니, 역시 다른 여자와 다른 고귀함을
지닌 여인이라 생각되었습니다.

　겐지는 은밀하게 서쪽 방을 찾았습니다. 찾아오는 이도 많지
않은데, 세상에 둘도 없는 아름다운 분이 찾아와주니, 아씨는
평소의 한스러움을 그만 다 잊어버린 모양입니다. 겐지는 늘 그
러하듯 자상하고 다감하게 이런저런 얘기를 하니, 혹여 말만 그
렇게 하는 것은 아니겠지요.

　겐지와 인연을 맺은 여자들은 모두 예사 여자들이 아니고 각
각 취할 점이 있었으니, 서로를 미워하지 않고 오래도록 정을
나누며 지냈습니다. 그 가운데는 이렇듯 담담한 사이에 모자람
을 느끼고 마음이 변하여 떨어져나간 여자도 있었지만, 그 또한
충분히 있을 수 있는 일이라 겐지는 달관하고 있었습니다.

　아까 나카 강의 여자도 그런 이유로 마음이 변한 여자 가운데
한 명이었습니다.

청춘, 그 아름답고도 은밀한 봄 이야기

세토우치 자쿠초

연애의 절차

헤이안 시대의 귀족 사회에서는 여자가 얼굴이나 모습을 함부로 타인에게 보일 수 없었다. 열 살이 되면 남자 형제와도 얼굴을 드러내놓고 마주할 수 없었다.

시녀들이 집 안 깊은 곳에 있는 아씨의 주위를 인의 장막을 치고 지켰다. 그리고 시녀들은 자기가 모시는 아씨를 외부에 선전하는 홍보 역할도 맡았다.

시녀들은 교묘한 화술 작전으로 우리 아씨는 용모가 뛰어나다느니 예술적인 재능이 발군이라는 등 선전한다. 그런 소문을 들은 귀공자들은 우선 아씨에게 연문을 띄운다. 연문은 주로 시였다. 시녀들이 종이의 질과 취미, 글자의 수려함, 노래의 완성도 등으로 남자의 가치를 판정한다. 답장도 시녀가 대신 썼다. 그런 일이 몇 번 반복된 후, 그 남자가 아씨의 신랑감으로 적합하다 판단되면 그때에야 비로소 아씨가 직접 붓을 들어 답장을 쓴다. 그것도 시녀들이 옆에서 꼬드기고 채근해서 이루어진다.

자신의 의지와 주장 없이 주위에서 하라는 대로 하는 것이 기품 있는 여자의 미덕이라고 교육받은 아씨들은 연애도 결혼도 주위에서 기도하는 그대로 따른다.

재주 있는 남자는 우선 시녀를 구슬려, 그녀의 안내로 아씨의 침소에 발을 들이민다. 그렇게 되면 아씨는 저항할 방법이 없다.

시녀를 구슬리는 데는 물론 뇌물이 최고다. 하지만 더 신속하고 간편한 방법은 시녀와 정을 통하여 자기 여자로 만든 후 부리는 것이다.

우쓰세미의 경우, 겐지는 그녀의 남동생을 자기 몸종으로 만들어 그 소년에게 편지를 쥐어주고 안내 역할로 삼는다. 즉 고기미란 그 소년과 남색 관계를 맺는 것이다. 당시 사회에서 소년애는 당연한 일로 죄악이 아니었다. 변성기에 접어든 고기미는 겐지의 사랑을 기뻐하며, 기꺼이 겐지와 누이를 잇는 길잡이 역할을 한다.

남자들은 마음에 품은 여자와 성적인 관계를 맺는 과정을 일종의 우아한 유희로 즐기면서 여자를 자기 것으로 만들기 위해 있는 재주와 지혜를 다 짜냈다.

결혼

남자와 여자가 육체적으로 맺어지면 남자는 다음날 새벽 날이 밝기 전에 남의 눈에 띄지 않게 자기 집으로 돌아간다. 집에

도착하면 바로 편지를 써서 여자에게 보낸다. 이른 아침에 헤어지고 또 이른 아침에 편지를 보내는 것이다. 이는 여자에 대한 예의이며, 그 후 사흘간은 꼬박 여자를 찾는다. 만약 그렇지 않으면 여자는 잠자리는 같이하였으나 남자가 자신을 마음에 들어하지 않는 것이라 여기고 굴욕감과 깊은 마음의 상처를 받는다. 그러나 사흘을 꼬박 다닌 날 밤에는 축하하기 위해 신랑신부가 '사흘밤의 떡'을 먹는 관습이 있다. 이로써 결혼이 성립되는 셈인데, 친정 부모가 그 결혼을 인정하면 여자 집에서 결혼 피로연을 베푼다. 그것을 도코로아라마시(소현所顯)이라고 한다. 이렇게 하여 두 사람의 결혼이 정식으로 세상에 알려지는 것이다.

당시 결혼은 일부다처제로, 남자가 데릴사위가 되면 자기 집에서 아내의 집으로 드나들었다. 결혼 후에는 아내의 부모가 의복을 비롯해 사위의 신변에 필요한 모든 것을 도맡는다. 출세를 위한 뇌물도 아내의 집안에서 담당해야 했다. 남자는 능력이 있으면 아내를 몇 명이나 거느릴 수 있었으니, 아내인 자는 늘 버려지면 어쩌나 하는 불안감과 질투심에 시달렸다. 또 여자의 집안이 경제적으로나 정치적으로 높은 신분이 아니면 좋은 사위를 맞기도 쉽지 않았다.

상류 귀족의 여자에게 가장 바람직한 결혼은, 입궁하여 마침내 천황의 비가 되는 것이었다. 다만 이는 딸자식의 희망 사항이 아니라 부모들의 소망이었다. 그렇지 않으면 출세가 보장돼 있는 우량주, 즉 상류 귀족의 자제를 사위로 삼는 것이었다.

요컨대 당시 귀족 사회의 여자들은 연애와 결혼 상대를 제 손으로 고를 수 없었던 것이다. 결혼은 거의 부모나 오빠들에 의한 정략결혼이었다.

잇꽃

열일곱 살의 분방한 겐지는 다양한 연애 편력을 경험했다. 열여덟 살을 맞은 겐지는 덧없이 죽어간 유가오를 그리워하는 한편 가끔은 박정한 우쓰세미를 떠올린다. 마음 놓고 푸근하게 지낼 수 있는 여자는 없을까 하고 생각하는 참에 색을 좋아하는 유모의 딸 대보 명부가 한 정보를 전해준다. 타계한 히타치 친왕에게 딸이 하나 있는데, 용모나 성품은 어떠한지 모르겠으나 남의 눈에 띄지 않게 조용히 살고 있다는 얘기였다. 아씨는 바깥사람을 만나지 않고 오로지 칠현금만을 벗삼고 있었다.

겐지는 당장에 이 아씨에게 관심을 보이고, 대보 명부를 꼬드겨 길잡이로 삼는다.

돌아가신 히타치 친왕이 칠현금의 명수였다고 들은 터라 겐지는 아씨 역시 칠현금을 잘 타리라고 상상한다. 달빛이 그윽한 열엿새 날 밤, 황폐하여 덩굴풀만 무성한 히타치 친왕의 저택으로 숨어들어, 아씨가 퉁기는 칠현금 소리에 귀를 기울인다. 궁중에서 겐지의 뒤를 밟은 두중장 역시 황폐한 저택 마당으로 숨어드니, 두 사람이 얼굴을 마주치고 만다. 그 후 두중장도 겐지와 겨루듯 히타치 친왕의 아씨에게 연문을 보냈다. 그러나 두 사람이 아무리 열심히 편지를 보내도 감감무소식, 아씨에게서는 아무런 반응이 없었다.

겐지는 대보 명부의 주선으로 팔월 이십일이 지나 마침내 아씨와 맺어지는데, 너무도 남녀의 정을 모르는 아씨의 태도에 겐지는 실망하고 만다. 다음날 아침, 편지를 보내는 것도 귀찮아 저녁 늦게 편지를 보내고는 내키지 않아 찾아가지도 않는다.

책임을 느낀 대보 명부의 채근에 겐지는 바쁜 공무가 매듭지어지자 몇 번 아씨의 집을 찾는데, 그때마다 씁쓸한 실망만 느낄 뿐이었다.

마침내 겨울을 맞이하여 오랜만에 히타치 친왕 댁에서 하룻밤을 보냈는데, 다음날 아침 눈을 뜨니 밤사이 눈이 내려 온 세상이 하얗게 덮여 있었다. 함께 눈 구경을 하자는 겐지의 목소리에 순순히 툇마루로 나온 아씨의 모습을 처음 본 겐지는 그만 경악한다. 앉은키가 큰 아씨의 얼굴은 마치 말 같고, 코가 길게 늘어져 있는데다 코끝이 잇꽃처럼 불그죽죽했다.

겐지는 아씨의 볼품없는 용모와 몰락한 친왕가의 처지를 동정해 오히려 아씨를 버리지 못하고 뒤를 보살핀다.

이조원에서 날로 귀여움을 더해가는 무라사키 아씨와 놀면서 겐지는 자기 코에 잇꽃 분을 바르는 장난을 친다.

이 첩은 히타치 친왕의 딸 스에쓰무하나가 너무도 참혹하게 그려져 있어 뒷맛이 씁쓸하다는 평도 있다. 나는 무라사키 시키부가 이런 골계담도 쓸 수 있는 재주꾼이었다는 것을 드러내고 싶었던 것 아닐까 하고 생각한다. 예를 들어 『다케토리 이야기』에 나오는 구혼자들의 실패담도 현대를 사는 우리보다 당시의 독자들이 더 해학적으로 느끼지 않았을까. 그리고 이야기라는 오락 속에는 비극적이고 심각한 이야기뿐만 아니라, 이렇게 우스꽝스러운 골계담도 있어 긴장감을 늦추는 역할을 하지 않았을까.

이 첩에서 독자, 작중인물 모두의 조롱감이 되는 스에쓰무하나가 훗날 「무성한 쑥」 첩에서, 평생을 한결같이 성실하고 순수한 성품을 유지한 무시할 수 없는 인물로 그려진다. 작자의 의도야 어떻든, 나는 스에쓰무하나처럼 세상 물정을 모르고 융통성이 없는 한결 같음에서 오히려 진정한 귀족의 고귀한 성품을 볼 수 있다고 생각한다.

겐지가 몇 번이나 스에쓰무하나와 잠자리를 같이했으면서도 눈 내린 날 아침에야 얼굴을 똑똑이 볼 수 있었다는 것은 당시 밀회의 잠자리가 지금으로서는 상상도 할 수 없을 정도로 어두웠다는 뜻이 된다.

우쓰세미인 줄 알고 의붓딸인 노키바노오기를 범한 일화도 역시 등불이 없는 한밤에 생긴 일이었다.

단풍놀이

겐지 열여덟 살 겨울에서 열아홉 살 가을까지 있었던 일로,

시작 부분은 「잇꽃」과 시간적으로 겹쳐진다.

시월 십일경, 천황이 주작원으로 행차를 했다. 그날의 행사를 후지쓰보 중궁이 볼 수 없는 것을 안타깝게 여긴 기리쓰보 제는 청량전에서 리허설을 하도록 하여 후지쓰보에게 보여준다. 겐지는 그날 청해파를 춤춘다. 후지쓰보는 가슴속 비밀에 괴로워하면서도 춤추는 겐지의 아름다운 모습에 감탄을 금치 못한다.

산달을 속인 터라 예정일보다 두 달 늦은 이월 중순에 후지쓰보는 황자를 출산한다. 황자는 소름이 끼치도록 겐지를 닮았다. 그 일로 후지쓰보는 불안과 두려움을 느낀다. 천황은 자신의 아들이라 믿고 기뻐하는데, 겐지는 하루빨리 황자의 얼굴을 보고 싶어한다.

사월이 되어 황자가 궁중으로 들어온다. 천황은 겐지와 황자가 쌍둥이처럼 닮은 것을 기뻐하며 안아 겐지에게 보여준다. 후지쓰보는 견딜 수 없는 심정으로 식은땀을 흘린다.

무라사키 아씨는 하루가 다르게 아름다워지고, 겐지의 외출을 서글피 여긴다. 겐지는 무라사키 아씨에 대한 사랑이 깊어지면서 비위를 맞추기 위해 외출을 삼가니, 아오이 부인과의 사이는 점점 더 멀어질 뿐이었다.

겐지는 색을 좋아하기로 평판이 자자한 겐 전시에게 호기심이 일어 농담 삼아 유혹하는데, 늙은 궁녀는 뻔뻔스럽게도 기꺼이 유혹에 응하려 한다. 힐금 쳐다보는 눈가는 거뭇거뭇 패여 있고 머리카락 역시 푸석하게 뒤엉켜 있다. 두 사람 사이의 기이한 소문을 들은 두중장은 앞질러 늙은 궁녀와 정을 통한다.

겐지는 그것도 모르고 소나기가 쏟아지는 초저녁 전시와 동침한다. 그 직후, 두 사람이 꾸벅꾸벅 졸고 있는데, 뒤를 밟은 두중장이 숨어들어 큰칼을 휘두르며 위협한다. 도망치려던 겐지가 남자가 두중장이라는 것을 알고는 웃음을 터뜨린다.

칠월, 후지쓰보는 여어에서 중궁이, 겐지는 재상이 되었다.

이 첩의 압권은 기리쓰보 제가 불륜의 자식인 줄도 모르고 갓 태어난 황자를 안고 "꼭 닮았다"며 겐지에게 보여주는 대목일 것이다. 이 대목에서 독자는 아내를 빼앗긴 남자의 비극과 희극을 동시에 느낀다.

후지쓰보가 폐하를 속인 자책감 때문에 괴로워하는 데 반해 겐지의 고뇌는 너무도 천박하다. 스에쓰무하나와 정사를 병행하는 가운데, 색을 좋아하는 늙은 궁녀와도 장난삼아 정을 통한다. 물론 이조원의 무라사키 아씨에 대한 애정은 날로 깊어간다.

이 거대한 장편소설의 핵인 겐지와 후지쓰보의 불륜의 증거인 황자가 태어난다는 점에서 이 첩은 특히 중요한 위치를 차지한다.

꽃놀이

겐지가 스무 살이 된 봄이다. 이월 자신전 앞뜰에서 열린 벚꽃놀이 연회와 삼월에 열린 우대신 댁 등꽃놀이를 그리고 있다. 겐지와 우대신의 딸 오보로즈키요의 만남이 이루어진다. 아주 짧은 첩이지만 읽는 맛이 있고, 제목에 어울리는 화려하고 아름다운 장면이 이어진다.

벚꽃놀이에서 춤과 시를 피로하여 한껏 재주를 뽐낸 겐지는 놀이가 끝난 후에 술기운을 빌려 후지쓰보의 방 근처로 숨어든다. 혹 좋은 기회가 있지 않을까 하고 말이다. 그러나 후지쓰보의 방은 문단속이 철저하게 되어 있어 손쓸 도리가 없다. 건너편에 있는 홍휘전의 세전으로 가보니 세 번째 문이 열려 있다. 여어는 꽃놀이 후 폐하 곁에 남아 있는지라 사람이 거의 없다. 안쪽 문도 열려 있는 무방비 상태. 겐지가 슬며시 안으로 들어가자, 널마루 저쪽에서 젊고 신분이 높아 보이는 여자가 "으스름달밤에 비할 것 없으니"라는 노래를 읊조리며 걸어오고 있다.

겐지는 그 여자의 소맷자락을 잡고 안아 올려 홍휘전 차양의 방에서 정을 통하고 만다. 여자가 일이 벌어지기 전에 사람을 부르려고 하나, 겐지는 "나는 무슨 짓을 해도 뭐랄 사람이 없는 사람이니, 사람을 불러보아야 소용이 없소이다"라고 한다. 「비쭈기나무」 첩에서도 그렇지만, 자신에게는 그 어떤 행동도 허용된다는 자신감이 이 경우에도 겐지를 방약무인으로 만든다.

여자는 겐지의 목소리를 알아채고는 안심한다. 겐지는 여자와 관계를 맺을 때, 대부분 일방적으로 행동했고, 때로 그것이 미수로 끝나는 경우도 있었지만 오보로즈키요는 겐지라는 것을 알고는 스스로 받아들인다.

이 단계에서 겐지는 아직 여자가 자신을 눈엣가시처럼 미워하는 고키덴 여어의 여동생, 즉 우대신의 딸이며 자신의 형인 동궁의 약혼자라는 것을 모른다. 이때 여자가 자신이 누구라는 것을 밝히지 않았기 때문이다.

하지만 오보로즈키요가 이 사건 때문에 동궁비로서 자신의 미래를 포기할 결심까지 한 것은 아니다. 그래서 서둘러 부채를 교환하고 헤어진다.

겐지는 우대신 가의 등꽃놀이 연회에 초대되어 그 여자의 소재를 탐색한다. 나중에 여자의 몸짓으로 우대신의 딸 가운데 한 명일 것이라고 짐작은 하고 있었던 것이다. 취한 척하면서 딸들이 있는 침전으로 다가가는데, 겐지는 그곳에서 예의 여자가 우대신의 여섯째 딸, 그리고 형인 동궁의 약혼자라는 것을 알게 된다.

접시꽃 축제

겐지가 스물두 살인 여름에서 스물세 살 정월까지.

『겐지 이야기』 가운데 큰 고비인 수레 싸움이 있고, 이어 육조 미야스도코로의 산 귀신이 날뛰는 박력 있는 첩이다. 뒤를 잇는 「비쭈기나무」 첩과 함께 길이도 넉넉하여 읽는 맛이 더하다.

이쯤 읽으면 독자는 이미 『겐지 이야기』의 포로가 되었을 것이다.

기리쓰보 제가 양위를 해 동궁이 천황에 등극하자 세상이 일변한다. 기리쓰보 상황과 후지쓰보는 상황전으로 거처를 옮기고 편안한 마음으로 생활하나, 이 때문에 겐지는 이전보다 후지쓰보를 가까이하기가 어려워진다. 겐지는 근위 중장에서 대장으로 승진하여 동궁의 후견인이 된다.

천황이 바뀌면 재궁도 바뀌므로, 육조의 미야스도코로와 전 동궁 사이에서 태어난 황녀가 이세의 재궁으로 결정된다. 겐지의 냉담함을 견디지 못한 미야스도코로는 이례적이기는 하나 딸인 재궁과 함께 이세로 내려갈까 하고 고민한다.

한편 고키덴 여어의 셋째 딸은 가모의 재원이 된다. 재원이 가모 강가에서 계의 의식을 치를 때 겐지도 그 행렬에 참가한다.

아오이 부인은 회임을 하여 내키지 않는데, 시녀들의 채근을 못 이기고 남편의 모습을 구경하러 간다. 육조 미야스도코로도 속절없는 애인이기는 하나 그 모습을 보지 않을 수 없어 무수한 구경꾼들 속에 섞이는데, 일조 거리에서 아오이 부인이 탄 수레에 떠밀리는 수모를 겪는다. 술에 취해 흥분한 하인들은 미야스도코로가 탄 수레를 망신창이로 만들어 길가로 내몬다. 이 장면에서 흥분하여 싸우는 양가 하인들의 묘사는 박진감에 넘친다.

누구 못지않은 자존심에 큰 상처를 입은 미야스도코로는 아오이 부인에 대해 원한을 품는다. 아오이 부인이 정부인이라는 것도 못마땅한데 회임까지 하였으니 용서할 수 없었다. 사랑하지 않는다면서도 겐지는 아오이 부인이 회임을 하자 한시도 곁을 떠나지 않고 순산을 위한 가지기도를 성대하게 올리고 있다. 미야스도코로는 이런 현실 모두가 마음에 들지 않는다. 그리고 용납할 수 없는 모욕감에 미야스도코로의 혼은 살아 있는 몸에서 빠져 나와 산 귀신이 되어 아오이 부인을 괴롭힌다.

겐지는 아오이 부인의 병상에서 미야스도코로의 산 귀신의 모습을 본다. 아오이 부인이라고 여겼던 임부가 갑자기 미야스도코로의 자태와 모습과 목소리로 변모하는 처절한 장면 묘사가 더할 나위 없이 박진감에 넘친다. 무라사키 시키부의 필력이 이 장면에서 소름이 끼치도록 빛난다.

'제 몸이 너무 괴로워 잠시 기도를 풀어주십사 부탁드리고 싶어'라고 말하는 미야스도코로의 목소리에 겐지는 물론 독자들 역시 등골이 서늘해졌을 것이다.

겐지는 그 후 미야스도코로를 꺼려 하니, 마음이 점점 멀어진다.

미야스도코로는 정신을 차리자, 몸과 옷에 배어 있는 양귀비 냄새에 경악한다. 양귀비는 호마 의식을 치를 때 불에 던져 넣는 것이다. 자신의 이성은 용납하지 않는데, 잠재의식이 육체에서 빠져나가 원한 맺힌 곳으로 달려갔는가 싶으니 미야스도코로는 자신의 천박함에 몸부림친다. 머리를 감고 옷을 갈아입어도 양귀비 냄새는 없어지지 않는다.

미야스도코로의 응집된 정열과 질투가 귀신이 되어 현실과 비현실 세계를 오가는 것이다. 이런 여자를 이토록 치밀하게 그린 무라사키 시키부 자신의 심리가 그 어느 등장인물보다 미야스도코로에게 가깝지 않았을까. 지성도 이성도 아무 소용이 없는 여자의 생리와 원한 맺힌 마음의 애처로움.

귀신이 물러가자 빈사 상태에 있던 아오이 부인이 무사히 남자 아이를 출산한다. 이 소식을 들은 미야스도코로는 심한 충격을 받는다. 그리고 "죽을 줄 알았는데"라는 자기 마음속의 목소리를 듣는다.

이 미야스도코로의 원한에서 헤어나지 못한 아오이 부인은 순산을 한 후 갑자기 죽고 만다. 이날은 마침 인사이동이 있는 날이라 모두 입궁하여 집 안에 남자들은 아무도 없었다.

아오이 부인의 상중에 겐지는 구슬처럼 소중히 키운 무라사키 아씨와 베갯머리를 함께한다. 독자는 불성실하고 조신하지 못한 처사라고 혀를 찰 테지만, 겐지는 자신의 정념을 채울 때는 항상 그런 조심 따위는 하지 않았다.

'겐지가 일찍 일어나 방을 나온 후에도 무라사키 아씨는 꼼짝하지 않는 아침이 있었습니다.'

이 문장으로, 전날 밤에 무라사키 아씨가 처녀를 상실했다는 것을 짐작할 수 있다. 그날 아침의 놀라고 슬퍼하고 수치스러워하는 무라사키 아씨의 모습을 안쓰럽고 사랑스럽게 묘사한 무라사키 시키부의 필력에는 그저 혀를 내두를 따름이다. 겐지는 후견인이 없는 무라사키 아씨를 위해 후견인 역을 도맡아 사흘째 밤의 축하 떡까지 준비한다.

신혼의 가련하고 아리따운 무라사키 아씨의 매력에 흠뻑 빠진 겐지는 다른 여자들을 돌아볼 여유마저 없었다.

오보로즈키요는 겐지와의 추문 때문에 동궁비라는 영화로운 미래를 잃었지만, 갑전에서 일한다. 아버지 우대신은 겐지의 정부인인 아오이 부인이 죽자 겐지와 결혼을 시켜도 좋다고 생각하지만, 겐지는 받아들이지 않는다.

비쭈기나무

「접시꽃 축제」첩보다 길이가 길고, 중대한 사건이 발생하는 첩이다. 숨 막히는 긴박한 이야기 전개에 장편소설의 재미가 한결 더해진다. 겐지 스물세 살의 가을에서 스물다섯 살 여름까지의 일. 비쭈기나무는 신목으로 접시꽃과 마찬가지로 제의에 쓰이는 식물이다.

「기리쓰보」에서 시작되어, 「비쭈기나무」는 10첩째에 해당한다. 10첩까지 읽으면, 이야기는 바야흐로 한 절정에 이른다. 취향에 따라 다르겠지만, 나는 이 10첩 가운데서 「접시꽃 축제」와 「비쭈기나무」가 쌍을 이루고 있는 점에서 재미도 있고, 필력도 탁월하여 소설의 맛을 만끽할 수 있는 첩이라고 생각한다.

이 첩에는 크게 세 가지의 중대한 장면이 있다. 첫째는 육조 미야스도코로와 겐지가 별궁에서 헤어지는 것, 둘째는 후지쓰보의 출가, 셋째는 오보로즈키요와의 밀회 장면이 발각되는 것이다. 세 장면 모두 숨조차 쉴 수 없을 정도로 스릴이 넘친다.

육조 미야스도코로는 완전히 뒤틀리고 만 겐지와의 관계에 절망하여 이세로 내려갈 결심을 굳힌다. 재궁은 별궁에서 1년

간 결재를 한 후 구월에 이세로 내려간다. 재궁과 함께 별궁의 결재소에 있는 미야스도코로는 이세로 내려갈 날이 가까워지면서 불안함과 슬픔을 떨치지 못하지만 겐지에 대한 미련을 뿌리치고 도읍을 떠나리라고 결심한다.

떠날 날이 가까운 구월 칠일경, 겐지는 그래도 헤어지기가 아쉬워 별궁을 찾아간다. 미야스도코로는 그즈음 들어 빈번해진 겐지의 편지로 찾아올 것을 알고 있었다. 심경이 복잡하여 주저하면서도 가리개를 사이에 두고 만나는 정도라면, 하고 마음속으로는 기다린다.

'드넓은 사가노에 발을 들여놓으니, 서글픈 가을 풍경에 가슴이 사무쳤습니다.'

이렇게 시작되는 사가노의 풍경 묘사가 실로 아름답다. 원문을 소리내어 읽으면 한결 그 아름다운 운율이 돋보인다. 풀벌레 소리에 섞여 희미한 악기 소리가 들린다. 문기둥은 아름드리 통나무이나 간소하고 허술한 낮은 울타리 사이로 드문드문 보이는 판자 지붕이 마치 임시로 지은 집 같고, 장소가 장소이니만큼 분위기는 신성하나 어딘가 모르게 쓸쓸하다. 이때까지도 만나기를 주저하는 미야스도코로에게 겐지는 그 옛날 사랑의 정열에 몸을 태웠던 때를 되살리면서, 온갖 말을 동원하여 이세행을 포기시키려 한다. 미련이 있는 미야스도코로는 밤을 새워 자신을 설득하는 겐지의 자상함과 정열에, 차라리 만나지 않을 것을 그랬다면서 괴로워 한탄한다.

미야스도코로와 재궁이 출발하는 날, 겐지는 이조원에서 무라사키 아씨의 방에도 들지 않고 두서없는 상념에 젖는다.

시월이 되자, 기리쓰보 상황의 병세가 악화된다. 상황은 스자쿠 제에게 동궁의 뒤를 부탁하고 겐지 역시 자신이 살아 있을 때처럼 소중히 여기며 조정의 후견인으로 써달라는 유언을 남기고 붕어한다.

사십구일이 지난 그해 연말, 후지쓰보는 상황전에서 나와 삼조에 있는 사가로 돌아간다.

해가 바뀌어 오보로즈키요는 상시가 되는데, 천황은 다른 누구보다 그녀를 총애한다. 그러나 오보로즈키요는 아직도 겐지를 잊지 못하고 은밀하게 편지를 주고받고 있었다. 권세는 우대신의 손아귀로 넘어가고, 고키덴 황태후는 지금까지 당했던 굴욕적인 처사에 노골적으로 앙갚음을 하려 한다. 천황은 마음이 약하고 성정이 강한 황태후와 조부 우대신의 말에 좌지우지하니, 겐지와 좌대신 가는 눈에 보이는 압박을 당한다. 천하의 권세는 우대신의 손으로 완전히 넘어간다.

겐지는 그런 와중에도 오보로즈키요와 위험한 밀회를 거듭한다. 천황은 두 사람의 관계를 알면서도 눈감아준다. 천황의 마음에는 이세로 내려간 젊은 재궁의 모습이 새겨져 있다.

기리쓰보 상황의 죽음으로 겐지는 더욱 과감하게 후지쓰보 중궁에게 다가가, 삼조의 사가에서 다시금 밀회를 기도한다. 후지쓰보 중궁은 경악한 나머지 정신을 잃는다. 그런데도 겐지는 집요하게 후지쓰보 중궁을 몰아붙이지만 그녀의 완강한 거부를 이기지 못하고 비탄에 겨운 나머지 운림원에 칩거한다.

연말, 기리쓰보 선황의 1주기 법회가 있은 후 후지쓰보는 출가를 결심한다. 겐지를 거부하고, 두 사람 사이의 불륜의 자식인 동궁의 신변을 지키기 위하여 비장한 마음으로 선택한 길이었다. 겐지는 누구보다 큰 충격을 받는다. 해가 바뀌자 겐지는 물론 후지쓰보와 좌대신 가의 사람들은 승진에서 제외되고 우대신 가에 권세가 결집된다.

후지쓰보는 오직 동궁을 위해 모든 것을 참고 견디며 근행에 정진한다.

좌대신은 사직하고, 겐지와 두중장은 조정일에 관여하지 못한 채 시를 읊으며 마음을 달랜다.

여름, 병 때문에 사가로 돌아간 오보로즈키요와 겐지는 대담하게도 우대신 댁에서 매일 밤 밀회를 갖는다. 그 무렵 고키덴 황태후도 사가에 있었기 때문에 상황은 더할 나위 없이 위험했다.

그런 어느 날, 천둥 번개가 치면서 폭우가 쏟아졌다. 그 밤에도 오보로즈키요와 잠자리를 같이한 겐지는 천둥 소리에 놀라 오보로즈키요의 침소로 몰려든 시녀들에 에워싸여 휘장 밖으로 나가지 못한다.

겐지와 오보로즈키요의 밀회를 아는 두 시녀는 남몰래 마음을 졸이며 어쩔 줄 모른다.

그때 우대신이 갑자기 문안차 나타나 방으로 들어온다. 문안의 말을 전하는 우대신의 목소리에 오보로즈키요는 당황하지만, 살며시 휘장 밖으로 나와 아버지 앞에 앉는데 그 옷자락에 남자의 허리띠가 휘감겨 있었다.

그런데다 휘장 아래에는 종이가 어지러이 떨어져 있는데 놀랍게도 거기에는 겐지의 필적이 분명한 글씨까지 씌어 있었다. 경악한 우대신이 휘장 안으로 들여다보니 겐지가 요염한 자태로 잠자리에 누워 있었다. 너무도 어처구니없는 사태에 분노한 우대신은 모든 것을 태후에게 털어놓는다. 격노한 태후는 이 일을 구실로 일거에 겐지를 말살시키겠노라 획책한다.

드라마틱한 사건이 잇달아 전개되는 이 첩에서 우리는 소설의 맛을 한껏 만끽할 수 있다.

후지쓰보의 출가는 『겐지 이야기』 전체에서 여성의 첫 출가로 중대한 의미를 갖는다. 작가는 후지쓰보가 겉으로는 겐지를 거부하지만, 마음속으로는 겐지를 사모하고 있다는 것을 충분히 암시해왔다.

자상하고 너그러운 남편을 배신했는데, 더구나 그 상대가 남편의 친아들이란 숙명적인 얽힘에 후지쓰보의 죄의식은 깊어만 간다. 그런데 부정의 증거로 아이까지 임신한다. 작가는 후지쓰보의 고뇌를 구구절절 설명하지는 않는다. 그러나 삼조의 사가에서 겐지의 집요한 요구 때문에 궁지에 몰렸을 때 거의 숨이 끊어질 정도로 괴로워하는 육체적인 고통을 그려 후지쓰보의 번뇌가 얼마나 깊은지를 보여주고 있다.

후지쓰보가 여자이기를 단념하고 어머니의 길을 선택하여 죄 많은 자식이 제위에 오를 수 있도록 힘쓰고자 결의하는 과정도 생략되어 있다. 끝까지 남편을 속이겠다 결심한 후지쓰보는 역시 겐지에게도 의논 한마디는커녕 귀띔조차 하지 않는다. 아이가 겐지의 아이라는 것조차 직접적으로는 말하지 않는 것이다.

기리쓰보 제가 죄의 자식을 안고 겐지와 쌍둥이 같다며 기뻐하는 장면은 모든 사정을 아는 독자가 보기에는 실로 해학적이다. 간부의 남편은 언제 어디에서든 제삼자의 눈에는 우스꽝스럽게 비치는 법이다. 그러나 이 시점에서 먼 훗날, 겐지 자신이 아버지와 같은 입장에 처해지리라고는 아무도 예상하지 못한다.

그런데 후지쓰보는 왜 혼자서 출가를 결심했을까. 겐지와 의논하면 보나 마나 만류할 것임을 알고 있었기 때문이다. 그러나 동궁의 안전을 위해서는 무슨 일이 있어도 겐지와의 정사를 비밀로 간직해야 한다. 더 이상 두 사람의 관계가 지속되면 꼬리가 밟히지 않을 리 없다. 그 위험을 사전에 막으려면 스스로 출가를 하는 길밖에 없다고 생각한 것이었다. 후지쓰보 자신이 겐지의 정열을 거부할 자신이 없다는 것을 누구보다 잘 알고 있었다.

당시 불교는 강력한 힘을 갖고 있었다. 사람들은 불교의 계율을 경외했다. 사음계(邪淫戒)가 얼마나 두려운 것인지도 잘 알고 있었다. 이야기가 복잡하게 전개되면서 겐지는 여인들을 닥치는 대로 자기 것으로 만든다. 그러나 겐지는 평생 두 가지 연애의 금기를 지켰다.

첫째는 출가한 여자, 즉 여승은 범하지 않는다.

둘째는 한 핏줄인 모녀의 경우, 어머니와 정을 통하면 그 딸에게는 절대 손대지 않는다.

또 겐지 자신도 출가하면 색욕은 물리쳐야 한다고 생각하고 있었다.

후지쓰보가 출가를 하면 겐지가 아무리 후지쓰보를 그리워한다 한들 정분을 계속 이어나갈 수 없다. 출가한 후지쓰보와 비교적 홀가분한 마음으로 대화를 나누는 장면이 그려지는 것도 이런 암묵적인 약속이 그 바탕에 있기 때문이다.

후지쓰보는 출가한 후 점차 강하고 굳센 여자로 변모한다. 오직 자식을 무사히 제위에 앉히겠다는 신념만이 살아가는 삶의 목적이 되었고, 그러기 위해서는 겐지란 후견인이 필요한 만큼 겐지의 마음을 붙잡아두는 기술까지 자연스레 터득하게 된다.

엔치 후미코(円地文子)는, 겐지는 늘 자기보다 뛰어나 우러러볼 수 있는 여자를 필요로 했다고 하며 후지쓰보, 육조 미야스도코로, 아사가오 등을 그 예로 들고 있다. 육조 미야스도코로나 아사가오나 후지쓰보에 대한 충족되지 않는 사랑을 대신하는 인물이었다는 견해인데, 이 설은 상당히 설득력이 있다.

오보로즈키요와의 위험한 정사는 평범하고 안전한 연애에는 매력을 느끼지 못하고 문제를 동반한 연애에만 정열을 불태우는 겐지의 독특한 성격을 대표하고 있다. 굳이 위험하기 그지없는 밀회를, 그것도 우대신 댁에서 계속하는 행위는 우대신 일파에게 밀려난 불행과 굴욕적인 자신의 처지에 대한 울분이 돌파구를 찾은 결과라고 생각할 수 있다. 자기를 박해하는 자의 코를 납작하게 만드는 쾌감이 이 정사에 양념 구실을 한다는 것을 부정할 수는 없을 것이다.

꽃 지는 고을

겐지 스물다섯 살의 여름, 귤꽃이 피고 두견새가 우는 오월 이십일의 이야기다.

기리쓰보 선황의 후궁 가운데 레이케이덴 여어란 분이 있었다. 자식이 없어서 기리쓰보 제가 죽은 후에는 서글픈 생활을 하고 있는데 겐지는 불우한 처지에 있는 이 여어의 뒤를 보살피고 있다. 겐지는 궁중에서 그 여어의 여동생을 가볍게 몇 번 만나 밀회를 나눈 적이 있었다. 한번 관계를 맺은 여자는 절대 잊지 못하는 성품의 겐지는 전혀 돌아보지 않는 것은 아니나, 그렇다고 열심히 드나드는 것도 아니다.

오월 장맛비가 잠시 갠 틈에 겐지는 여어를 문안하기 위해 집을 나선다. 나카 강 근처에 왔을 때, 눈길을 끄는 한 집이 있었다. 마치 집 안에서 칠현금 소리가 아련하게 흘러나온다. 마음이 동한 겐지가 집 안을 들여다보니, 그곳은 전에 한번 걸음한 적이 있는 여자의 집이었다.

꽤나 오래도록 찾지 않았는데 기억하고 있을까 하고 생각하는데, 때마침 두견새가 울어 수레를 되돌려 고레미쓰를 시켜 노래를 전하게 한다. 여자는 새삼스러워 겐지를 받아들이려 하지 않는다.

그날 행차의 목적지인 여어의 집을 찾아 문안을 하고 겐지는 바로 여어의 여동생의 방을 찾는다.

인품이나 용모에 대해서 아무런 묘사도 없으나, 상당히 차분하고 얌전한 분위기였을 것이라고 전해진다.

이 여자는 다음 「스마」 첩에서 하나치루사토란 이름으로 불린다.

그날 밤 여어와 나눈 노래에서 이름을 딴 것이다.

그리운 귤 향기에
옛일이 떠오르니
나 또한 두견새처럼
귤꽃 지는 고을을 찾아
이리 왔노니

이 첩은 담백하고 아주 짧은 이야기지만 「접시꽃 축제」에 이어 「비쭈기나무」가 묵직하고 복잡한 이야기를 담고 있었기에 오히려 신경을 어루만지는 간주곡 같은 역할을 해주고 있다.

은은한 귤 향기가 계절 감각을 표현해주어 독자는 별 의미없는 이 짧은 글에 마음이 편안해질 것이다.

설마 이 보잘것없는 하나치루사토가 마지막까지 겐지가 가장 편안히 여기는 여자로 사랑받을 줄이야, 독자는 상상도 하지 못할 것이다. 이런 복선이 도처에 깔려 있는 것도 무라사키 시키부의 재능 가운데 하나라 하겠다.

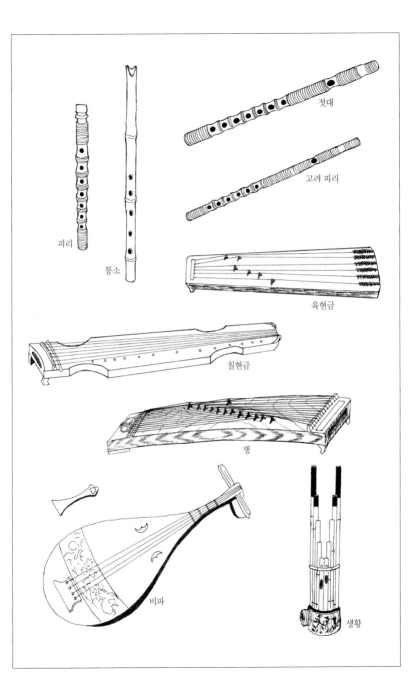

피리

통소

젓대

고려 피리

육현금

칠현금

쟁

비파

생황

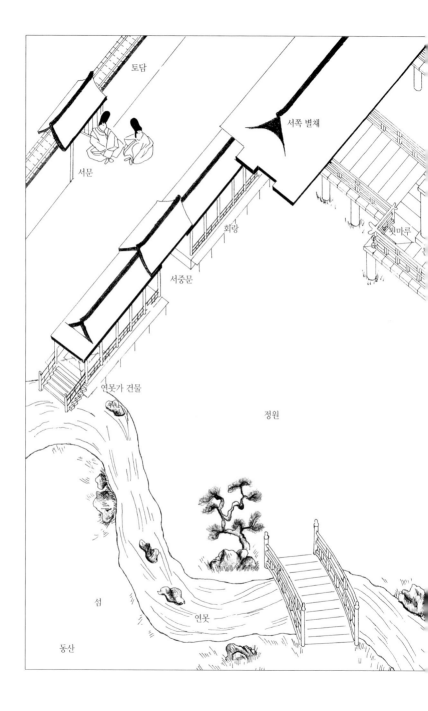

토담

서쪽 별채

서문

회랑

툇마루

서중문

연못가 건물

정원

섬

연못

동산

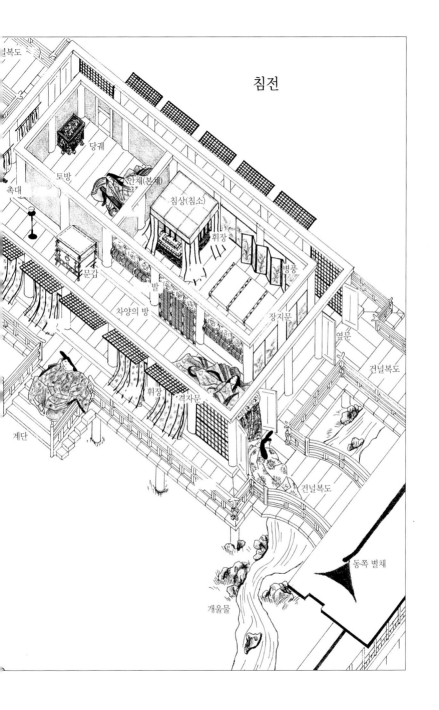

침전

복도

당궤

토방

안채(본채)

족대

침상(침소)

휘장

병풍

문갑

발

차양의 방

장지문

옆문

건널복도

계단

휘장

격자문

건널복도

동쪽 별채

개울물

소례복 차림

겉옷

바지(풀 먹인 빳빳한 바지)

성인식 예복

쥘부채

겉겹옷(5겹)

당의

겉치마

겉옷

속바지

평상복 차림

겉옷

쥘부채

건

평상복 차림

쥘부채

가벼운 평상복 차림

홑옷

바지
(대님으로
아랫자락을
묶는 바지)

관

홀

관복 차림

석대

포

속옷자락

겉바지

삿자리 수레

빈랑잎 수레

가마

우차(소수레)

손수레

끌채

받침대

바퀴통

1 2 3 4 5 6 7 8 9 10 11 12 13 14 15
동 서 홍 하 후 순 압 한 굴 대 곡 냉 고 우
　 　 려 　 원 화 　 조 　 　 하 학 창 양 다
사 사 관 원 원 후 원 원 료 원 원 원 원 원
　 　 　 　 　 원

• 별궁

• 오

궁성

주작문

신천원

주작원

서시　동시

나성문

일조대로
정친정소로
토어문대로
응사소로
근위어문대로
감해유소로
중어문대로
춘일소로
대취어문대로
냉천소로
이조대로
압소로
삼조방문소로
자소로
삼조대로
육각소로
사조방문소로
금소로
사조대로
능소로
오조방문소로
고십소로
오조대로
통구소로
육조방문소로
양매소로
육조대로
좌여우소로
칠조방문소로
북소로
칠조대로
염소로
팔조방문소로
매소로
팔조대로
침소로
구조방문소로
신농소로
구조대로

15　14　13　12　11　10　9　8　7　6　5　4　3　3　2　1

서경극대로　무차소로　산소대로　창포십리로　목십소로　혜지대로　마다대로　우다소로　도조대로　야천대로　서인부소로　서굴부대로　서궁대로　황가문대로　서작문소로　주작대로　방성생대로　임생대로　즐사대로　대궁대로　저외소로　굴천소로　유소동원　서동원대로　정고환소로　실정동대소로　오동소로　동창소로　고리소로　만부소로　부동극대로

헤이안 경

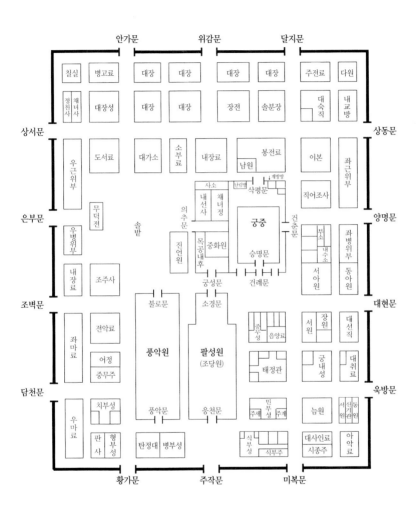

안가문　　　위감문　　　달지문

칠실	병고료	대장	대장	대장	대장	주전료	다원
정친사 채녀사	대장성	대장	대장	장전	솔분장	대숙직	내교방

상서문

우근위부	도서료	대가소	소부료	내장료	봉전료	이본	좌근위부
	무덕전			남원	계병방		

은부문

사소 난빈병 삭평문

우병위부		솔밭	의추문	내선사 채녀정		궁중	건춘문	봉소 내수소	좌병위부
내장료	조주사		진언원	목공내후 중화원		승명문		서아원	동아원

직어조사

조벽문　　궁성문　　건례문

	전약료			불로문	소경문	종루성 음양료	서원 장원	대선직
좌마료	어정 중무주	풍악원	팔성원 (조당원)			태정관	궁내성	대취료

대현문

	차부성			풍악문	응천문	민부성 주세 주계	늠원	서기원 신동관원
우마료	판사 형부성	탄정대 병부성				식부성 식부주	대사인료 시종주	아악료

담천문　　　　　　　　　　　　　　　　육방문

황가문　　　주작문　　　미복문

궁성

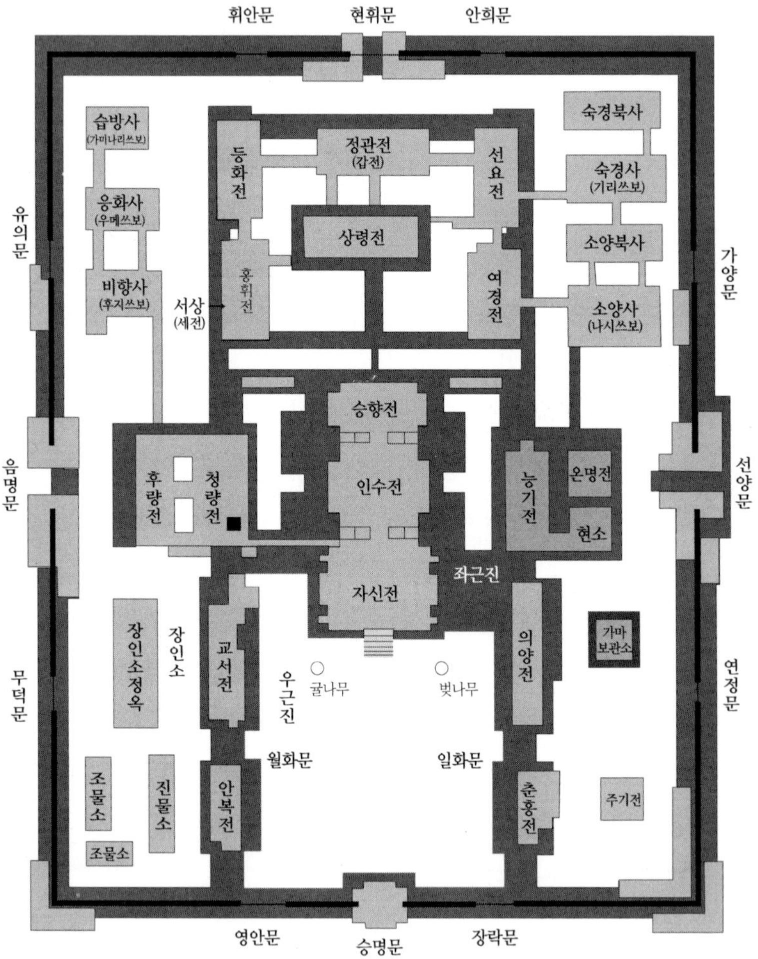
휘안문
현휘문
안희문
숙경북사
습방사
(가미나리쓰보)
등화전
정관전
(갑전)
선요전
숙경사
(기리쓰보)
유의문
응화사
(우메쓰보)
상령전
소양북사
가양문
비향사
(후지쓰보)
서상
(세전)
홍휘전
여경전
소양사
(나시쓰보)
승향전
음명문
후량전
청량전
인수전
능기전
온명전
선양문
현소
좌근진
자신전
장인소정옥
장인소
교서전
우근진
귤나무
벚나무
의양전
가마보관소
무덕문
연정문
월화문
일화문
조물소
진물소
안복전
춘흥전
주기전
조물소
영안문
승명문
장락문

궁중

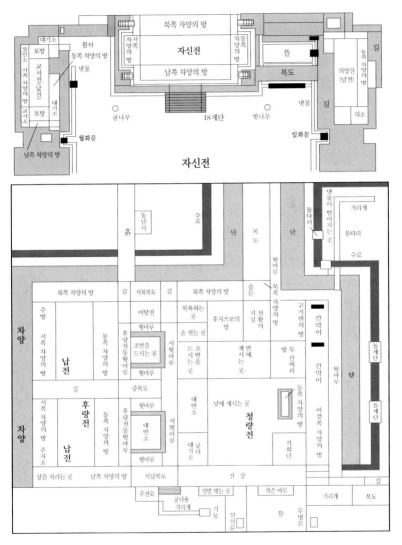

자신전

청량전 · 후량전

관위상당표

관위	신기관	태정관	중무성	식부성	치부성	형부성	병부성	민부성	대장성	궁내성	좌우대사인료	도서료	내장료	아악료	현번료	제릉료	주계료	목공료	대학료	주세료	좌우마료	좌우병고료	음양료	전약료	내장료	봉전료	대취료	대전료	재궁료
종정1위		태정대신																												
종정2위		좌우내대신신신신																												
정3위		대납언																												
종3위		중납언																												
정4위		참의	경								경																			
종4위	백	좌우대변																												
정5위		좌우중변 좌우소변	대보								대판사 대보																			
종5위	대부	소납언	소보 대승 대감물 서감								소보									문장박사	두					두				두
정6위	소부	좌우대사 대외기	대내기 대승								중판사 대승							조		명경박사				시 의						조
종6위	대소우우	소승 중감물	소판사 중승 대주약																						조					
정7위	좌우소사	소외기 대소소대 내감주 록기물령	판사 대사 대록																대윤	명법박사		조교	음천주의 양문금박 박박박사 사사사사							대윤
종7위		감물주전 대전약	대사 소해 주부약															소윤	음박사	산박사	서박사		역음누침 박양각박 사사사사	의 사		윤				소윤
정8위	대사	소주령 소록	판소소중 사해 소속록부																											
종8위	소사	소전약	소해부																대속	소속		마의사				대속				소속
대초위																									소속					
소초위																														

(좌측 난외 표기: ↑ 전상인 / 지하 ↓)

관위	동서시사	수옥사	정친사	조주사	내선사	준인사	직부사	채녀사	주수사	후궁	춘궁방	중궁직	수리직	좌우경직	대선직	좌우근위부	좌우위문부	좌우병위부	탄정대	장인소	검비위사	감해유사	대재부	진수부	안찰사	국사대국	국사상국	국사중국	국사하국
종정1위																													
종정2위																				별당									
정3위																													
종3위										상시						근위대장			윤				사						
정4위											부															우에노의 태수 / 가즈사·히타치 수			
종4위										전시	춘궁대부	중궁대부	대부	대부		근위중장	위문독	병위독	대필		별당	장관	대이		안찰사				
정5위															대선대부	근위소장			소필	5위장인									
종5위										장시	춘궁학사		형	형			위문좌	병위좌		5위장인		차관	소이	장군		수	수		
정6위			정		봉선		정												대소충	6위장인			대감				개	수	
종6위									정		대진 소진		대진			근위장감	위문대위	병위대위				대판관		소감·대감사				개	수
정7위													소진				위문소위		태순 소찰			소위	대소판사	전사감	기사	대연			
종7위	우		전선													근위장조		병위소위				주전	박사			소연	연		
정8위							우		우		대속						위문대지		소소			대지	소전·의사·산사·전사공						연
종8위											소속						위문소지	병위대지·병위소지				소지		군조		대목 소목	목		
대초위		영사			영사																					목			
소초위									영사																				목

계보도

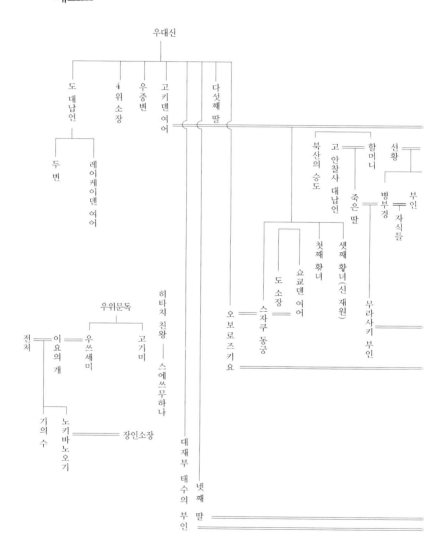

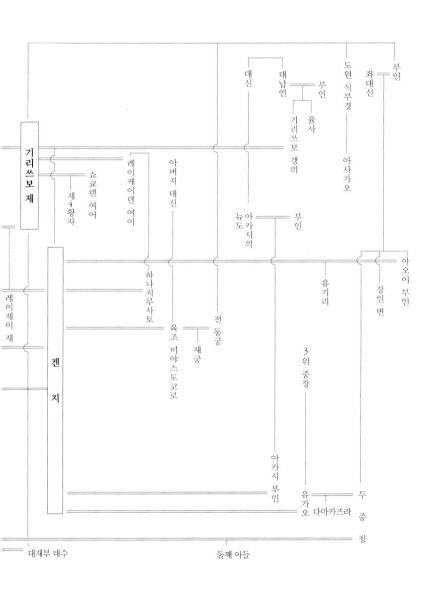

연표

첩	황제	겐지나이	주요 사항
5 어린 무라사키	6 잇 꽃	기 리 쓰 보 제	18	봄에 겐지는 북산에서 어린 무라사키를 발견하고 후지쓰보의 조카라는 것을 알게 된다. 여름, 겐지, 후지쓰보와 밀회에 성공. 후지쓰보 회임. 겐지는 꿈을 통해서 후지쓰보가 자신의 아이를 가졌다는 사실을 안다. 가을에는 스에쓰무하나와 처음 만난다. 겨울, 주작원 행차의 시연에서 두중장과 청해파를 춘다. 어린 무라사키를 아버지 병부경에 앞서 이조원으로 데리고 온다. 어린 무라사키가 겐지를 따른다. 스에쓰무하나의 궁핍한 생활상과 추악한 생김을 알게 된다.
7 단풍놀이			19	봄에 후지쓰보가 황자(훗날의 레이제이 제)를 낳는다. 기리쓰보 제의 총애가 깊어, 겐지와 후지쓰보가 고뇌한다. 여름, 전시와 희롱하다가 두중장에게 발각되어 놀란다. 가을, 후지쓰보가 중궁이 된다.
8 꽃놀이			20	봄, 궁중의 남전에서 벚꽃놀이가 있었다. 같은 날 밤, 겐지는 오보로즈키요를 만난다.
			21	기리쓰보 제가 양위를 하고, 스자쿠 제가 즉위한다. 후지쓰보 중궁이 낳은 황자가 동궁이 된다.
9 접시꽃 축제		스 자 쿠 제	22	여름, 신 재원이 계의 의식을 치르는 날, 아오이 부인과 육조미야스도코로가 수레 싸움을 벌인다. 겐지는 무라사키와 구경을 하러 나갔다가 전시와 희롱. 그 후로 미야스도코로의 고뇌가 깊어진다. 가을, 아오이 부인이 사내 아이를 출산하다가, 육조 미야스도코로의 산 귀신 때문에 죽는다. 겐지, 미야스도코로, 아사가오, 좌대신 가의 사람들과 노래를 나눈다. 겐지, 좌대신 집을 떠나, 무라사키 아씨와 신방을 차린다.
10 비쭈기나무			23	가을, 육조 미야스도코로가 재궁과 함께 이세로 내려가면서 겐지와 석별가를 나눈다. 가을, 기리쓰보 상황이 붕어한다.
			24	봄, 인사이동이 있는 날, 겐지 쪽 사람들은 적요함을 면치 못한다. 우대신 가, 스자쿠 제의 외척이 세력을 신장한다. 겐지는 후지쓰보 중궁의 침소에 접근하지만 서로의 고뇌만 깊어진다. 가을, 겐지는 운림원에 칩거해 불공에 정진한다. 무라사키 부인, 아사가오 재원, 후지쓰보 중궁과 편지를 주고받는다. 겨울, 기리쓰보 선황의 일주기, 후지쓰보가 출가한다.
11 꽃 지는 고을			25	봄, 겐지와 후지쓰보에 대한 우대신 가의 압력이 거세진다. 여름, 겐지와 오보로즈키요가 밀회를 갖는 장면이 우대신에게 발각된다. 겐지는 하나치루사토를 찾아간다.

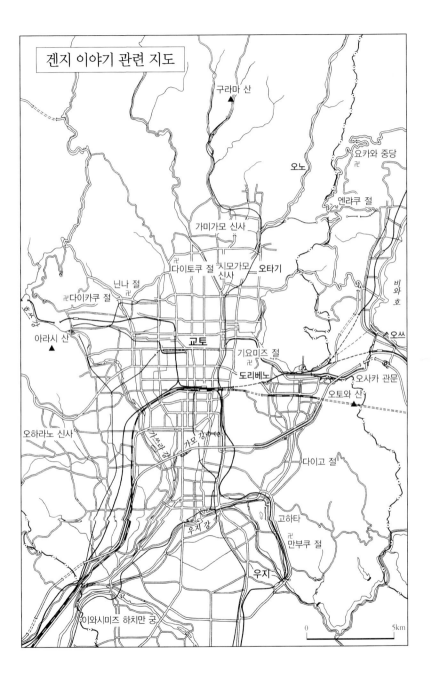

겐지 이야기 관련 지도

구라마 산

요카와 중당

오노

엔랴쿠 절

가미가모 신사

다이토쿠 절 시모가모 신사 오타기

닌나 절

다이카쿠 절

비와 호

교토

기요미즈 절

도리베노

아라시 산

오쓰

오사카 관문

오토와 산

오하라노 신사

가쓰라 강 가모 강

다이고 절

고하타

만부쿠 절

우지 강

우지

이와시미즈 하치만 궁

0   5km

어구 해설

가릉빈가迦陵頻伽 극락정토에 있다는 상상의 새. 미녀의 얼굴을 하고 있으며 아름다운 목소리로 불법을 설파한다.

가리개 잔나무를 가로세로로 엮은 격자에 판자를 대어 정원 등지에 세운 것.

가모賀茂**의 재원**齋院 가모 신사를 관리하는 미혼의 황녀 또는 여자 황족. 천황이 즉위할 때마다 재선정되었다.

가모의 축제 가모 신사에서 행하는 축제. 접시꽃 축제를 뜻한다. 음력 사월, 유일(酉日).

가사家司 친왕, 섭정, 대신, 3위 이상의 집안에서 집안일을 관장하는 직책.

가쓰라桂 **강** 교토 시 서부를 흐르는 강. 가모(賀茂) 강을 동하(東河)라고 하는 데 반해, 가쓰라 강은 서하(西河)라고 부른다. 우위문부(右衛門府)가 관리하며 여름에는 조정에 은어를 헌상한다. 오이(大堰) 강이란 아라시(嵐) 산 부근을 흐르는 상류를 말한다.

가지기도加持祈禱 밀교(密敎)에서 행하는 주술법, 기도.

강사講師 한시 모임이나 노래 모임에서 시, 노래를 읽는 역을 맡은 자.

갑전匣殿 정관전(貞觀殿)에 있으며 의복을 조달하는 기관, 또는 그 여관의 우두머리를 가리키는 말이다. 천황이나 동궁의 침소에 대기하는 일이 많다.

검게 물들인 이齒 쇠물로 검게 물든 이. 주로 성인 여성이 이를 검게 물들였는데 이 시대에는 미혼 여성도 한 듯하다.

검은 담비 갖옷 고급 모피로 주로 귀족 남성들이 사용했다. 무라카미(村上) 제 시대까지만 해도 즐겨 입었으나 이치조(一条) 천황 시대에는 유행에 뒤떨어진 것이었던 것 같다.

겐지源氏 미나모토(源)란 성을 가진 씨족을 칭하는 말이다. 따라서 겐 씨라고 번역해야 하지만 『겐지 이야기』에서는 주인공의 이름 역할을 하기 때문에 소리를 그대로 살렸다.

결재潔齋 불제를 치르기 전, 그 행사에 임하는 자가 심신을 청결히 하는 것.

경하스러운 떡 신혼 사흘째 날 밤, 남녀가 함께 떡을 먹는 풍습. 신랑이 신부의 집에 다니던 시대에는 이 떡이 결혼의 성립을 뜻했다. 색상은 모두 하양.

계禊 이세와 가모의 재원이 가모 강가에서 죄와 부정을 씻기 위해 치르는 의식.

계단을 덮은 지붕 각 전(殿)과 사(舍)의 계단을 덮은 지붕. 계단 앞에 두 개의 기둥을 세워 받친다.

고레미쓰惟光 겐지의 유모의 아들. 제1권 「밤나팔꽃」 첩에서 이미 등장했다.

고려 피리 아악에서 쓰는 피리. 젓대는 구멍이 일곱 개이나 고려 피리는 여섯 개. 길이는 36센티미터 정도로 젓대보다 가늘고 짧다. 고려 피리는 고려악에, 훗날에는 아즈마아소비(東遊び)에 사용되었다.

공달公達 귀족의 자녀.

관의 꼬리장식 앵(纓)이라고 한다. 관 뒤에 늘어뜨리는 비단. 상중에는 안으로 말아 올린다.

국기일國忌日 황실의 조상, 선황, 모후 등의 기일. 정무를 쉬고 가무를 삼가며 각지의 절에서는 법회를 갖는다.

궁녀 궁중이나 상황전에 자신의 처소를 갖고 있으면서 일하는 시녀.

귀신이 옮겨 가라 앉혀놓은 아이 빙좌(憑坐)라고 한다. 귀신이나 산 사람의 영을 불러낼 때, 그 귀신이나 영이 옮겨 가도록 하기 위해 곁에 두는 사람. 주로 어린아이인 경우가 많다.

근신勤愼 음양도의 금기. 불길한 일을 피하기 위해 집에서 조신하게 지내야 한다.

근위대장을 임시로 경호 참의 대장의 수행원의 정원은 6명인데, 그 이외의 수행원을 말한다. 특별한 경우에만 붙는다.

근위사近衛司 근위부의 상사. 숙직자의 보고를 받는다.

나카 강中川 **근처** 경극(京極) 강의 이조의 북쪽 일대. 별장에 버금가는 저택이 많았다.

나팔꽃 노래 제1권 「하하키기」 첩에서 겐지가 노래를 지어 식부경의 딸에게 나팔꽃과 함께 보냈다는 소문이 있었다.

날씨가 이 모양이라 칠현금 소리가 맑게 들릴 것 같지 않사오니 현악기는 공기가 건조할 때 좋은 소리가 나기 때문에, 습기가 많은 달밤에는 어울리지 않는다는 뜻.

남전南殿**에서 벚꽃놀이 행사** 자신전(紫宸殿) 앞에 있는 벚꽃을 감상하는 연회.

낮은 울타리 나무나 대나무 잔가지로 만든 키가 낮은 울타리.

내교방內教方 궁중의 무희에게 여악, 도가를 가르치는 곳.

내시소內侍所 궁중의 온명전(溫明殿)에 있다. 신경(神鏡)을 모셔놓고 제사를 드리는 곳으로 내시가 관리한다. 현소(賢所)라고도 한다.

내연內宴 음력 정월 스무날에서 스무사흘날 중 하루를 잡아 인수전(仁壽殿)에서 베풀어지는 천황의 연회.

노송 바구니 노송나무를 얇게 깎아 구부려 만든 바구니. 내부를 칸막이로 나눠 사용한다.

다듬이질 천을 부드럽게 하거나 광택을 내기 위해 천을 두드리는 것. 겨울철에 대비해 가을에 다듬이질을 하는 경우가 많다. 그 소리가 애수를 띠고 있어 시와 노래의 소재로 사용되었다.

닥나무 끈 닥나무 실로 만든 끈. 신사에 사용한다.

닥나무 술 닥나무 껍질의 섬유를 쪄서 가늘게 찢어 만든 술. 신대에 매달아 신전에 바친다.

단출한 겉치마裙 여성이 바지를 입은 위에 허리에 둘렀던 약식 치마. 하급 시녀가 주인 앞에 나설 때 입었다.

답가踏歌 중국에서 전래된 행사로 남자는 정월 열나흘에 여자는 열엿새에 나뉘어 치러졌으며 행사 내용도 각기 달랐다. 남답가(男踏歌)는 가두, 무인, 악인 등으로 뽑힌 전상인과 전하인이 사이바라를 노래하고 발을 구르며 춤을 추면서 청량전 동쪽 어전에서 시작하여 상황전, 동궁전, 중궁전을 돌아 도읍의 경의 호화 저택을 돌면, 집집마다 술과 음식을 제공했다. 983년 이후 폐지되어 이치조 천황 시대에는 행해지지 않았다.

대극전大極殿 궁성의 팔성원(八省院) 북쪽 한가운데 있었던 정전(正殿). 천황이 정무를 보고, 대례를 행하는 곳.

대금 중국에서 전래된 피리. 관은 대나무, 혀는 갈대. 세게 불면 얼굴이 일그러지기 때문에 귀인의 연주에는 사용되지 않았다. 음색은 높고 날카롭고 애조를 띤다. 이치조(一條) 천황 대에는 사용되지 않았다.

대반소台盤所 청량전 서쪽 차양의 방에 있는 궁녀들의 대기소. 음식을 올려놓는 반상을 놓는 곳.

대보大輔 **명부** 命婦 궁녀의 명칭. 아버지가 병부의 대보였다. 명부는 5위 이상의 궁녀.

대이大貳 유모 겐지의 유모로, 남편이 대재부(大宰府) 대이직에 있다. 제1권「밤나팔꽃」첩에서 이미 등장했다.

독督 종4위의 장관급.

동전상童殿上 궁중의 예법을 배우기 위해 어렸을 때부터 궁중으로 들어간 귀족의 자제. 전상(殿上)에 오르는 것이 허락된다.

두 변頭の弁 장인(藏人)의 두로 변관을 겸한 자.

두툼한 종이 참빗살나무 껍질로 만든 종이. 하얗고 두꺼워 소식을 전하는 편지에 사용한다. 연문에는 적당하지 않고 풍류가 없다.

명향名香 불전에 피우는 향.

문장박사文章博士 대학료에서 문장도(시문詩文·기전紀傳)를 가르치는 사람. 종5위하에 상당한다.

미야스도코로御息所 천황의 총애를 받는 여성. 특히 황자나 황녀를 낳은 여어, 갱의를 뜻하는 존칭이다.

백마절회白馬節會 정월 칠일 백마절회에 좌우마료(左右馬寮)에서 스물한 마리의 흰말을 끌어내 황제, 동궁, 후궁들 앞을 돌게 한 후 군신들에게 술과 음식을 내리는 궁중행사. 연초에 이 행사를 구경하면 1년 내내 사악한 기운을 떨어낼 수 있다 하였다. 원래는 푸른색이 도는 회색 말이었으나, 훗날 흰말로 바뀌었다.

법계삼매보현대사法界三昧普賢大士 보현보살을 칭송하는 말.

법화팔강회法華八講會 『법화경』전 8권을 아침저녁으로 두 번, 나흘에 걸쳐 강독하는 법회.

변 맞히기 한자(漢字)의 방(旁: 한자의 구성상 오른쪽으로 붙은 부수)만 보여주고 변(邊: 한자의 왼쪽으로 붙은 부수)을 많이 붙이는 쪽이 이기는 놀이. 그 반대라는 설도 있다.

별궁 재궁이나 재원이 궁중에 있는 초재원에 들어갔다가 결재를 위해 1년 간 임시로 기거하는 궁성 밖의 궁. 재궁의 경우, 사가노(嵯峨野) 주변에 마련되었다.

병부兵部 **대보** 大輔 병부성의 차관. 병부성은 각 지방의 군사, 병사를 관할하는 기관.

보증려구세리保曾呂俱世利 아악의 곡명. 고려악 일월조(壹越調). 장보락(長保樂)의 파(破)의 악장.

보현보살普賢菩薩**이 타고 다니는 코끼리의 코** 문수보살(文殊菩薩)과 함께 석가를 좌우로 모시고 있다. 이(理), 정(定), 행(行)의 덕이 있으며 하얀 코끼리를 타고 다닌다. 『관보현보살행법경』(觀普賢菩薩行法經)에 '코끼리 코에 꽃이 있으니, 그 줄기는 비유하자면 빨간 진주색과 같으니'라고 나와 있다.

봄가을 두 번의 정기적인 독경 법회 궁중에서 봄가을 두 번에 걸쳐, 많은 승려들에게 대반야경의 제목 또는 시작과 끝부분을 읽게 하는 법회.

봉록俸祿 친왕, 제왕, 제신에게 위관이나 훈공에 따라 하사하는 민호. 중궁에게는 1500호. 그 지세의 절반, 용, 조 전부가 소득이 된다.

북문 궁중(內裏)의 북쪽에 있는 삭평문(朔平門)을 뜻한다. 병위부(兵衛府)의 진이 있었고, 주로 여성이 궁내를 출입할 때 사용되었다.

북쪽에서 세 번째 문 세전(細殿)의 북쪽에서 세 번째 칸에 있는 문. 세전에는 칸마다 미닫이문이 있었다.

빗함 빗이나 화장도구를 담는 상자.

사이바라催馬樂 고대 가요. 원래는 민요였는데 헤이안 시대에 아악으로 편입되었다. 사이바라의 반주는 홀, 박자, 육현금, 비파, 쟁, 젓대, 생황, 피리 등이 하고 춤은 없다. 궁중이나 귀족의 연회, 사원의 법회 등에서 불렸다.

상달부上達部 섭정, 관백, 태정대신, 좌우대신, 내대신, 대중납언, 참의 및 3위 이상의 관직에 있는 사람들.

상시尙侍 내시사(內侍司)의 수장으로 정원은 두 명이며 천황을 가까이에서 모시면서 주청(奏請)과 선지(宣旨)를 전하고, 궁정의식을 관장했다. 천황의 총애를 받는 자도 많아, 여어와 갱의에 준하는 지위가 되었다.

새해 첫날의 배하拜賀**의식** 새해 첫날 오전 여덟 시경, 백관(百官)이 태극에서 천황에게 절하며 새해를 축하하는 의식. 훗날에는 청량전 앞뜰에서 간략하게 치러졌다.

생황 중국에서 온 관악기. 나무로 된 받침대에 17개의 대나무 관을 세우고 받침대 옆에 있는 구멍을 불어 소리를 낸다.

석대石帶 예복 차림을 할 때 허리에 차는 검정 옻칠한 가죽 띠. 3위 이상은 옥 장식을 함.

섣달그믐날 밤에 귀신 섣달그믐날 밤에 악귀를 쫓는 의식. 원래는 궁중의식이었으나, 점차 민간으로 퍼져나갔다.

성인식 여자는 성인식 때 처음으로 겉치마를 입고 머리를 올리며, 남자는 상투를 틀고 관을 쓰며 성인용 옷으로 갈아입는다. 성인식은 보통 열두 살에서 열네 살경에 치른다.

세서細緖**의 가운뎃줄** 쟁(箏)의 현 이름. 바깥쪽에서부터 제1현에서 제5현까지를 태서, 제6현에서 제10현까지를 중서, 제11현에서 제13현까지를 세서하고 한다. 세서를 순서대로 두(斗), 위(爲), 건(巾)이라 하는데, 그 가운데 위(爲)를 뜻하는 것인가. 여러 사람의 학설이 있다.

소납언少納言 무라사키의 유모.

속옷袙 동녀(童女)가 한삼 밑에 입는 속옷. 성인 남녀가 입는 경우도 있다.

송경誦經 경을 소리내어 읽는 것. 또는 승려에게 독경을 시키는 것.

수령受領 임지에 실제로 내려가 정무를 집행하는 국사의 최고직.

수신隨身 칙명에 따라 귀인의 외출시 경호를 담당하는 근위부(近衛府)의 관리.

숙직宿直 궁중에서 숙박하며 근무하는 것.

스즈카鈴鹿 **강** 미에(三重) 현 북부에서 이세(伊勢) 만으로 흘러드는 강.

시연試樂 공식적인 무악의 예행연습. 행사 2, 3일 전에 치러졌다.

시월 첫 해일亥日**이라 떡을** 음력 시월의 첫 해일에 멧돼지 모양으로 만드는 일곱 가지 색의 떡. 무병식재(無病息災), 자손 번영을 비는 행사.

시키부式部 동궁의 궁녀. 나이가 많은 탓에 꼴이 우습다.

신대 예로부터 비쭈기나무는 신성한 것으로 여겨져, 재궁이 되면 집마당 사방에 비쭈기나무를 세워 부정을 피했다.

쓰쿠시筑紫**로 내려간 어여쁜 여자** 고세치(五節)의 무희로 뽑혔던, 쓰쿠시와 연관이 있는 여자. 제3권 「스마」 첩에서 대재부 대이의 딸이라는 것이 밝혀진다. 전에 겐지의 애인이었다고 하나, 제2권 「잇꽃」 첩에서 처음 등장한다.

아름드리 통나무로 세운 문기둥 껍질을 벗기지 않은 나무로 만든 간소한 기둥.

아침 안부를 묻는 편지 남녀가 동침을 한 다음날 아침, 남자가 여자에게 보내는 편지. 이르면 이를수록 성의가 있다고 여겨졌다.

아테키 아오이(葵) 부인이 귀여워했던 여동.

양귀비 냄새 귀신을 물리치는 기도를 하면서 호마(護摩) 의식을 치를 때 피우는 양귀비의 냄새.

여동女童, **동녀**童女 소녀 몸종 또는 하인.

여별당女別當 재궁료(齋宮寮)의 여성 장관.

여어女御 천황의 후궁. 황후와 중궁의 뒤를 잇는 지위. 통상 황족이나 섭정, 관백, 대신의 딸이어야 될 수 있었다.

여장인女藏人 갑전에서 장속(裝束)과 재봉 등 전상인의 잡무에 종사한 하급 궁녀.

염불중생섭취불사念佛衆生攝取不捨 「관무양수경」의 일절. 아미타불은 염불하는 중생을 섭취하여 버리지 않는다는 뜻.

영험한 도승 가지기도를 올리는 승려.

오단기도五壇御修法 5대명왕(五大明王)을 중앙과 동서남북의 다섯 단에 모시고 기도를 올리는 밀교의 의식. 천황이나 국가에 중대사가 있을 때 행한다. 오대명왕이란 부동(不動), 강삼세(降三世), 대위덕(大威德), 군다리야차(軍荼利夜叉), 금강야차(金剛夜叉).

오사카逢坂 **산** 시가(滋賀) 현 오쓰(大津) 시의 서쪽, 교토 부와 경계에 있는 산. 옛날에는 '만남의 관문'이 있었다. 만난다는 뜻을 담고 있다.

오엽송五葉松 짧은 나뭇가지에 바늘 모양 잎이 다섯 장 달린 소나무.

온명전溫明殿 선양문(宣陽門) 안에 있는 전사(殿舍). 중앙에 있는 긴 복도를 사이에 두고 북쪽이 내시의 대기소, 남쪽이 신경(神鏡)을 봉안한 현소이다.

왕명부王命婦**와 중납언**中納言**, 중무**中務**, 변**弁 후지쓰보의 궁녀들. 왕명부는 제1권 「어린 무라사키」 첩에서 겐지와 후지쓰보의 밀회를 주선했던 궁녀. 변은 후지쓰보와 겐지와의 관계를 알고 있다.

외출복 차림 중류 계급 이상의 여자가 걸어서 외출할 때의 차림새. 늘어진 머리칼을 겉옷 속에 넣고 그 위에 삿갓을 쓴다.

요시키요良淸 겐지의 가신. 하리마(播磨)의 수의 자식. 제1권 「어린 무라사키」 첩에서 아카시의 승려에 대한 소문을 얘기했던 인물.

요카와橫川**의 승도**僧都 후지쓰보의 숙부. 요카와는 히에이(比叡) 산 세 탑 가운데 하나. 승도는 승정(僧正) 다음가는 지위.

용두익수龍頭鷁首 헤이안 시대에 귀족들이 연회를 즐길 때 사용한 배. 두 척이 한 쌍이며 당악을 연주하는 배의 뱃머리에는 '용', 고려악을 연주하는 배의 뱃머리에는 '익'이란 상상의 물새 모양을 조각하거나 그렸다.

운韻 **맞히기** 옛 시가의 운을 가리고, 시의 내용으로 가려진 운자를 맞추는 놀이.

운림원雲林院 교토 시에 있는 절. 원래는 준나(淳和) 천황의 별궁이었는데 닌묘(仁明) 천황 때부터 친왕이 출가 후에 사용하는 사원이 되었다.

운자韻字 한시를 지을 때 운을 맞추기 위해 구의 끝에 두는 자.

원령, 귀신 산 사람의 몸에 들어간 죽은 사람의 원혼이나 산 사람의 영. 병의 원인으로 여겨졌다.

유모의 딸 스에쓰무하나(末摘花)의 시녀.

「유화원」柳花苑 아악의 곡명. 당악. 간무(桓武) 천황 시대에 전래되었으나 오래지 않아 사라졌다.

율律 음악의 조(調). 단조적인 선율. 중국 전래의 장조적인 선율은 여(呂)라고 한다.

율사律師 승관의 지위. 승정, 승도에 다음간다. 정종5위에 준한다.

이누키犬君 무라사키의 놀이 상대인 여동. 제1권 「어린 무라사키」 첩에 등장하는 이누키와 동일인물인지는 알 수 없다.

이레마다 치르는 제 죽은 자를 공양하기 위해 7일마다 13불(부동, 석가, 문수, 보현, 지장, 미륵, 약사, 관음, 세지, 아미타, 아작, 대일, 허공장) 가운데 약사불까지를 그리거나 목상으로 만드는 일. 관음부터는 순서대로 백일, 일주기 때 행했다.

이세伊勢의 재궁齋宮 천황의 대리로 이세 신궁에서 신을 섬기는 미혼의 황녀. 천황이 즉위할 때마다 새로이 선정된다.

인사이동 관직에 임명되는 것. 특히 경관이라 불리는 중앙관리의 임명을 주로 하는 가을의 인사이동을 가리키기도 한다.

잇꽃末摘花 히타치 친왕의 딸의 빨간 코에서 연상된 꽃. 이 꽃에서 히타치 친왕의 딸의 이름이 잇꽃을 뜻하는 스에쓰무하나가 되었다.

장봉송사長奉送使 재궁 일행을 이세까지 호송하는 칙사. 중납언 또는 참의, 변, 사, 6위 관인 등 각 1명으로 구성된다.

장인소藏人所 천황의 기밀문서나 도구류를 보관하는 납전(納殿)을 관리하는 기관. 천황 직속이라 점차 직무가 확대되어 궁중 의식과 천황의 일상 업무를 다루는 중직이 되었다.

재상宰相 3위 대납언, 중납에 다음가는 지위.

전상인殿上人 4위, 5위 중에서 청량전 전상의 방에 오를 수 있는 자, 또는 5위, 6위의 장인을 뜻한다.

전시典侍 내시사의 차관. 종6위에서 종4위로 진급하는 상급 궁녀. 내시사는 후궁(後宮) 12사(十二司) 가운데 하나로 천황을 가까이 모시면서 전언, 궁녀들의 감독, 후궁의 의식절차를 관장하는 기관.

제帝 '미카도'라고 읽는다. 천황을 의미하는 미카도는 절대 권력자는 황제와는 개념이 다른 일본 고유의 존재이다.

좌근左近 명부命婦, 히고肥後의 채녀采女 시녀의 이름. 둘 다 코가 빨갰던 모양이다.

좌위문의 독과 우위문의 독이 좌우 배에 탄 악사들을 지휘 좌우위문부의 장관. 무악(舞樂)의 진행 역할을 맡는 자로서는 이례적인 중역.

주작원朱雀院 행차行幸 기리쓰보 제가 상황전인 주작원으로 행차하는 것. 주작원에 사는 기리쓰보 제의 아버지나 형에 해당하는 상황의 마흔 살 연회나 쉰 살 연회를 거행하기 위한 행차.

중납언中納言 아오이 부인의 시녀로 겐지의 정인. 오보로즈키요(朧月夜)에게도 같은 이름의 시녀가 있지만, 다른 인물이다.

중무中務 아오이 부인의 시녀. 후지쓰보의 궁녀와는 다른 인물이다.

중장中將 겐지의 시녀이자 정인. 아사가오의 재원에게도 같은 이름의 시녀가 있었지만, 다른 인물이다.

쥐색 상복의 색. 엷은 먹색이라고도 한다. 남편의 상은 중복(重服)이고 복상 기간은 1년이며, 짙은 쥐색을 입는다. 아내의 상은 경복(輕服)이며, 복상기간은 석 달이다.

지경持經 늘 소중히 여겨 지니고 다니는 법전.

채녀采女 천황의 식사와 세숫물 시중 등, 일상의 잡다한 일을 시중하는 하급 시녀. 군(郡)의 차관(次官) 이상의 딸 가운데 용모가 빼어난 자를 선발했다.

척부인戚夫人**이 여태후**呂太后**에게 당한 수모** 척부인은 여태후를 제치고 한(漢)나라 고조(高祖)의 총애를 받았다. 그러나 아들 조왕(趙王)을 태자로 삼으려고 했던 탓에, 고조가 죽고 여태후의 아들 효혜(孝惠)가 즉위한 후에 보복을 당했다. 여태후는 척부인의 손발을 자르고 눈알을 뽑았으며 귀를 태우고 말을 할 수 없게 만들었다(『사기』, 「여후본기」呂后本記).

천심千尋 두 팔을 좌우로 벌린 길이. 천심은 매우 깊고 긴 것을 뜻하며, 머리가 긴 것은 미인의 징표였다.

천태 60권 천태종의 근본을 설파한 경전의 총칭.

첩지疊紙 접어서 가슴에 품고 다니며 코를 풀 때나 글을 쓸 때 꺼내어 쓰는 종이.

청해파青海波 아악의 곡명. 당악. 봉황의 머리 모양 투구를 쓰고 밀려오는 파도 모양을 흉내내어 둘이서 추는 춤.

초재원初齋院 이세의 재궁, 가모의 재원이 가모 강에서 계를 한 후에 들어가는 궁성 내에 있는 처소. 궁성 밖에 있는 별궁에 들어가기 전 일정 기간 동안 정진결재(精進潔齋)를 한다.

추풍락秋風樂 아악의 곡명. 당악(唐樂). 중국에서 전래된 음악을 개작한 것이라 한다.

춘앵전春鶯囀 아악의 곡명. 당악(唐樂). 일월조(壹越調)의 대곡.

출산 축하연 출산 후 3, 5, 7, 9일째 밤에 치르는 축하연. 친족들이 의류와 음식을 선물한다.

치자색 약간 붉은 기가 도는 짙은 노란색. 치자 열매로 물을 들인다.

친왕親王 천황의 아들, 또는 자손으로 친왕의 선지를 받은 자.

칠현금七絃琴 현이 일곱 개인 악기. 주법이 어려워 타는 사람이 흔치 않았는데, 겐지는 칠현금의 명수였다.

큰북 타악기 가운데 하나. 일반적으로 청량전 전상의 방에 오를 수 없는 자들이 정원에서 두드린다.

통소 중국에서 전래된 대나무 피리. 길이 약 56센티미터.

팔성원八省院 태정관(太政官) 8성의 관리가 집무를 보는 곳.

평상복 주로 동녀가 착용하고 속옷 위에 겹쳐 입는다고 하는데, 자세한 것은 알 수 없다.

평조平調 아악 6조의 하나. 양악의 '미'음(E)에 가까운 음을 주음으로 하는 선율. 낮은 음이라서 연주하기 쉽다.

학질 오늘날의 말라리아와 비슷한 병. 열이 오르고 주기적으로 발작을 일으킨다.

한삼汗衫 땀받이를 위해 입는 속옷. 행사 때 동녀들이 겉옷으로 입기도 했다.

향호香壺 상자 향을 담은 항아리를 담는 상자. 떡이라는 것을 모르게 하기 위해 향호 상자를 사용했다.

「헤이추平中 이야기」 헤이추는 다이라노 사다훈(平貞文 : ?~923)이다. 그는 우다(宇多) 상황 시절의 가인으로 호색가로 유명했는데, 여자를 찾아갈 때 연적을 들고 가 그 물로 눈을 적셔 우는 흉내를 잘 내곤 했다. 그런데 그것을 알아챈 여자가 연적에 먹물을 넣는 바람에, 헤이추의 얼굴이 시커메졌다는 일화가 있다.

호마護摩 의식 재앙과 악업을 없애줄 것을 기도하는 밀교의 의식.

홑옷 겉옷 밑에 받쳐 입는 속옷.

화톳불을 피운 초소 신전에 바치는 음식물, 신찬(神饌)을 바치는 오두막. 또는 경호원이 화톳불을 피우는 오두막.

후견後見 뒤를 보살피는 것. 또는 그 사람. 주종, 부부, 부모자식, 정치적

보좌 등 다양한 관계에 이용된다.

후궁後宮 황후와 중궁 등이 살며, 궁녀들이 시중을 드는 곳. 천황의 처소
인 인수전 뒤쪽에 있으며, 7전 5사로 구성된다. 또 그곳에 사는 황후,
중궁, 여어, 갱의를 이르는 총칭이기도 하다.

흑방향黑方香 실내용 훈향의 일종으로 겨울용.

히에이比叡 **산 천태종의 주지** 히에이 산 엔랴쿠(延曆) 절의 최고 승직.

히타치常陸 **친왕** 히타치 지방의 태수인 친왕. 임지에서 발생하는 실무는 개
(介)가 맡았다.

작성자: 다카기 가즈코(高木和子)

인용된 옛 노래

과연 이곳에는 고상한 해녀 비구니가 살고 있구나

소문에만 듣던 마쓰 섬을

오늘 처음 본 것 같구나

과연 이곳에는 고상한 해녀

비구니가 살고 있구나

❋『후찬집』,「잡1」· 소세이(素性) 법사

그 사람이 올 줄 뻔히 알면서도

오늘 저녁 필경 내 님이 오시리

거미 움직임으로

내 진작에 분명 알 수 있으니

❋『고금집』,「사랑4」, 묵멸가(墨滅歌)· 소토오리히메(衣通姬)

그대와 둘이 푸근히 잠드는 밤이 없네

어머니가 그대와 나 사이 갈라놨으니

❋사이바라「누키 강」(貫河)의 한 구절

그저 매화꽃의 빛깔과 같은 미카사 산의 소녀를 버리고

다라치메 꽃처럼 빨간색 옷을 좋아하네

안팎이 빨갛고 노란 옷을 좋아하네

❋『정사요략』 위문부 풍속가

글쎄 모르오라 답해다오

이누가미의 도코 산기슭을 흐르는 나토리 강의 이름처럼

염문이 퍼지면 안 되니 글쎄 모르오라 답해다오

내 이름을 흘리지 말게나

❋『고금집』,「사랑3」, 묵멸가· 작자 미상

금과 시와 술이 세 벗

흔연히 세 벗을 얻었으니
세 벗은 누구인가
거문고를 뜯다 술을 마시고
술을 마시다 문득 시를 읊으니
세 벗이 번갈아 서로를 끌어주며
돌고 돌아 끝이 없구나
＊『백씨문집』권62,「북창삼우」(北窓三友)

나는 문왕의 아들, 무왕의 동생

나는 문왕의 아들 무왕의 동생 성왕의 숙부이니라
나는 천하에서 과연 비천하지 않도다
＊ 중국의 성인 주공단(周公旦)이 형인 무왕의 아들 성왕을 대신하여 정치를 했을 때,
자신의 아들 백금(伯禽)을 훈계한 말. 기리쓰보 상황을 문왕에, 스자쿠 제를 무왕에,
겐지 자신을 주공에 비유한 것.

나무 숲 잡풀이 메마르니

오아라키 숲 그늘의 잡풀이
메말라 뻣뻣해지니
망아지도 뜯지 않고
사람들도 베러 오지 않네
＊『고금집』,「잡상」· 작자 미상

나무 울타리와 분간할 수 없구나

꽃이 진 뜰의 나뭇가지도
여름 되자 무성하게 자라나니
나무 울타리와 분간할 수 없구나
＊『자명초』(紫明抄)

남기고 간 아이가 없었더라면

남기고 간 아이가 없었더라면
대체 무엇으로 죽은 사람을 그리워하랴
＊『후찬집』,「잡2」· 가네타다(兼忠) 어머니의 유모

내 소맷자락은 그 유명한 스에의 소나무 산인가

내 소맷자락은 그 유명한 스에의 소나무 산인가

하늘에서 파도가 밀려오듯

그대를 그리는 눈물에 젖지 않는 날 없으니

＊『후찬집』, 「사랑2」·도사(土佐)

너무 오래 괴로워하다 보면 자기도 모르는 사이에 혼이 몸에서 빠져나가 천
지를 헤매 돌아다니게 된다고 하니

깊은 수심에 잠겨 있으니

개울가를 날아다니는 반딧불마저

내 몸에서 빠져나온 혼이 아닌가 싶구나

＊『후습유집』(後拾遺集) 권6, 「신기」(神祇)·이즈미 시키부(和泉式部)

눈물도 마르고 눈물샘도 다 말라서 바닥이 나고 말았사옵니다

헤어지고 나서가 슬프구나

강바닥이 드러나듯 눈물샘도

다 마를 만큼 울었다고 생각하니

＊『신칙찬집』(新勅撰集), 「사랑4」·작자 미상

「다카사고」(高砂)

다카사고의 언덕 위에 서있는 흰 꽃 피는 동백나무와 버들나무 그것이
갖고 싶다

그처럼 그대를 갖고 싶다 말하고 부드러운 비단 옷 색깔 옷 걸어두는
옷걸이처럼

내 아내로 삼고 싶은 사람이여 동백꽃 같은 그대여

(앞 남자를 다른 사람이 놀림)

왜 그리 왜 그리 당신은 급한 마음을 먹었던 게요

나리꽃 같은 나리꽃 같은 그것도 오늘 아침에 처음 핀 꽃처럼

아리따운 아씨를 만났을 수 있었는데 나리꽃 아씨를

＊사이바라의 율 「다카사고」

두견새가 어찌 알았는지 옛 목소리로 그대로 지저귀고 있구나

옛이야기 하고 있는 줄

두견새가 어찌 알았는지

옛 목소리 그대로 지저귀고 있구나

＊『고금화가육첩』 제5

두견새의 보금자리

두견새 날아와 우는 소리 들으니

오아라키 숲이야말로

두견새의 여름 보금자리이더라

＊「사네아키라 집」(信明集)

「땔나무」 찬불가

나는 땔나무를 모으고 나물을 캐고

물을 길러 법화경을 터득했느니라

＊「습유집」, 「애상」・행기(行基)

＊ 대법회 때 이 노래를 읊으며, 장작을 메고 물통과 헌상물을 들고 당과 연못 주위를 돌며 장작 행도를 한다. 석가는 나무열매를 따고 물을 긷고 장작을 줍는 고생을 하며 제바(提婆)의 시중을 들어 법화경의 가르침을 얻었다고 한다.

무정한 그 사람이 무척이나 그립구나

문을 열고 새벽달을 올려다보니

무정한 그 사람이 무척이나 그립구나

＊「신고금집」(新古今集), 「사랑4」・작자 미상

바닷물이 밀려오면 물속에 숨는 해변의 풀일런가

바닷물이 밀려오면

물속에 숨는 해변의 풀일런가

만나는 날은 드물고

그리움에 애태우는 날만 많으니

＊「만엽집」 권7・작자 미상

보는 이 하나 없는 산골짜기 벚꽃이여 다른 벚꽃들이 다 지고 난 후에 흐드러지게 피거라

＊「고금집」, 「봄상」・이세(伊勢)

봄 안개에도 사람의 마음처럼 서먹함이 있구나

산벚꽃 구경 가려는 길을 막으니

봄 안개에도 사람의 마음처럼 서먹함이 있구나

＊「자명초」

부채를 빼앗기고 괴로워하네

이시카와의 고려인에게 허리띠를 빼앗기고 몹시 후회하네

어떤어떤 허리띠인가

남색에 가운데가 끊어진 허리띠인가

그래서 사랑하는 두 사람 사이도 끊어지고 말았는가

가운데가 끊겨 있구나

사랑하는 두 사람 사이도 끊어지고 말았구나

＊사이바라의 여 「이시카와」(石川)

＊겐지가 허리띠를 부채로 바꿔 노래한 것이다.

비가 되었는지 구름이 되었는지 지금은 알 수 없는 그 사람

유령의 누각에서 처음 볼 적 그 자태는 무창의 봄버들을 닮았었네

만나고 웃음을 나눈 것도 꿈만 같았네

비가 되었는지 구름이 되었는지 지금은 알 수 없는 그 사람

＊유우석(劉禹錫 : 9세기 당의 시인)의 시, 「유소차」(有所嗟)의 한 구절

＊애인의 죽음을 애도하는 이 시는 꿈속에서 초왕이 인연을 맺은 신녀가 떠나면서 맹세했다는 다음과 같은 시를 내포하고 있다.

　소첩은 무산 남쪽 높은 봉우리에 살며

　아침에는 구름이 되고 저녁에는 비가 되리

＊「문선」 권19 「고당부병서」(高唐賦幷書)

「비를 피해 그대 집으로」

그리운 여자 집의 대문, 남자 집의 대문

그 앞을 그냥 지나치지 못하겠구나

내가 그 앞을 지나갈 때 옷소매로 비를 가릴 만큼

소낙비가 내렸으면 좋겠구나 두견새여

그 비 피하려 그 집에 머물러 갈 수 있게 두견새여

＊사이바라의 여 「비를 피해 그대 집으로」

쓰 지방 나가라 강에 걸쳐진 다리의 기둥처럼 늙어버린 이내 몸이 서럽구나

쓰 지방 나가라 강에 걸쳐진

다리의 기둥처럼 늙어버린

이내 몸이 서럽구나

＊「겐지석」

얕은 산속 샘물에 소맷부리 적시고

무심결에 만났으니 분하구나

얕은 산속 샘물처럼 무심한 그 사람 탓에

눈물로 소맷부리만 적시니
＊『고금화가육첩』제2

어린아이들은 헐벗고 늙은이들 몸 싸늘하다

밤이 깊어 불기는 식고 눈보라 하얗게 흩날리네

어린아이들은 헐벗고 늙은이들 몸 싸늘하네

비탄이 한기와 함께 코에 스미니 시큰하네
＊『백씨문집』권2, 주중음「중부」(重賦)의 한 구절

어부들이 바다에 띄워놓은 부표처럼 이리저리 흔들리는 마음

나는 이세 바다에서 고기 낚는

어부가 띄어놓은 부표일런가

하나뿐인 마음을 정하지 못해

망설이고 있으니
＊『고금집』,「사랑1」· 작자 미상

으스름달밤에 비할 것 없으니

밝게 비치지도 않고

구름에 숨지도 않는

봄의 으스름달밤에

비할 것 없으니
＊『오에노 치사토집』(大江千里集)
＊ 오보로즈키요란 이름이 이 시에서 유래했다.

「이대로 농부의 아내가 되어버릴까」

야마시로의 고마에 사는 오이 키우는 농부여 오이 키우는 농부여

오이 키우는 농부가 나와 결혼하고 싶다 하니 어찌 할까 어찌 할까

이대로 농부의 아내가 되어버릴까

오이가 다 익을 때까지는 오이가 다 익을 때까지는
＊사이바라의 여「이대로 농부의 아내가 되어버릴까」

잊으리라 생각하는 것 자체가 잊지 못함을 말해주고 있는 것이지요

생각지 않으리라 생각하는 것 자체가 이미 생각하고 있다는 것이요

말하지 않으리라 말하는 것 또한 말하고 있는 것이니
＊『겐지석』

「정자」

　　밖에서 기다리다 정자의 처마 끝에서 떨어지는 빗물에

　　젖고 말았으니, 그대 집 문을 열어주시오

　　걸쇠나 자물쇠라도 있다면 문을 걸어 잠그겠지요

　　어서 그 문 열고 들어오세요

　　저를 결혼한 여자라고 생각하시는지요

　　　　*사이바라의 율「정자」

조릿대 그늘 히노쿠마 강가에 망아지 세우니

　　조릿대 그늘 히노쿠마 강가에

　　망아지 세우니

　　잠시 물을 마시게 해다오

　　그곳에서 돌아가는

　　그대의 뒷모습이나마 볼 수 있도록

　　　　*『고금집』, 「신유가」(神遊歌) · 작자 미상

질리도록 보고 싶다

　　이세의 해녀가 아침저녁으로

　　따온다는 청각채는 아니어도

　　그리운 님 아침저녁으로

　　질리도록 보고 싶구나

　　　　*『고금집』, 「사랑4」 · 작자 미상

천둥신도 서로 사모하는 이들은 갈라놓지 않는 법이라 하였다는데

　　천상을 뒤흔들며 우르릉거리는 천둥신도

　　서로 사모하는 이들을 갈라놓지는 못하니

　　　　*『고금집』, 「사랑4」 · 작자 미상

하얀 무지개가 해를 관통하니 태자가 두려움에 떠는구나

　　전국시대, 연(燕)의 태자 단이 진(晉)의 시황제를 치기 위해 자객으로

　　형가(荊軻)를 파견했을 때, 하얀 무지개가 태양을 관통하는 것을 보고

　　는 모반이 실패할 것을 두려워했다는 일화가 있다.

　　　　*『사기』(史記), 「노중연추양열전」(魯仲連鄒陽列傳)

해묵은 베개, 해묵은 이불, 그 뒤와 함께하리

　　원앙새 무늬 새긴 기와에 차가운 서리 내리고

오래된 베개와 이불을 누구와 함께하리
*백거이, 「장한가」의 한 구절

지은이 **무라사키 시키부**(紫式部, 978년경~1014년경)는 헤이안(平安) 시대 중기에 활약한 여류작가로, 일본의 가장 위대한 문학작품이자 세계에서 가장 오래된 완전한 장편소설로 일컫는 『겐지 이야기』(源氏物語)의 저자다. 진짜 이름은 알려져 있지 않으며, '무라사키'라는 별명은 『겐지 이야기』의 여주인공 이름에서 딴 것으로 전해진다. 무라사키 시키부의 생애를 알려주는 주요 자료로는 1008~10년까지 쓴 일기가 있으며, 이것은 그녀가 모셨던 중궁 쇼시(彰子)의 궁정생활을 엿보게 해준다는 점에서도 상당히 흥미롭다. 일부에서는 『겐지 이야기』의 집필시기를 무라사키 시키부의 남편인 후지와라노 노부타카(藤原宣孝)가 죽은 1001년부터 그녀가 궁정에서 시녀로 일하기 시작한 1005년까지로 보고 있다. 그러나 이 길고 복잡한 작품을 쓰는 데는 훨씬 더 오랜 세월이 걸려 1010년 무렵에도 끝나지 않았을 가능성이 더 많다. 한편 히카루 겐지가 죽은 뒤의 이야기는 다른 작가가 썼다고 보는 견해도 있지만, 이 책을 현대어로 옮긴 세토우치 자쿠초는 무라사키 시키부가 오랜 세월을 두고 이 소설을 완성했을 것이란 설을 내세우고 있다.

현대일본어로 옮긴이 **세토우치 자쿠초**(瀬戸内寂聴, 1922~)는 일본 도쿠시마 현에서 태어나 도쿄 여자대학교를 졸업한 뒤 결혼한 남편과 중국으로 건너갔으나, 종전을 맞이해 일본으로 돌아온 뒤 작가의 길로 들어섰다. 1972년 불교에 귀의하고 종교활동과 집필활동을 병행하고 있다. 세토우치 자쿠초는 『겐지 이야기』에 대해 남다른 조예와 애정을 가진 작가로, 많은 글과 여러 활동을 통해 『겐지 이야기』의 매력을 널리 알리는 데 힘쓰고 있으며, 특히 『겐지 이야기』의 현대어역은 겐지 붐을 일으키는 계기가 되기도 했다. 2006년 문화·저술 부문에 이바지한 공로를 인정받아 문화훈장을 받았다. 저서로는 『석가모니』『다무라 준코』『여름의 끝』『꽃에게 물어봐』『백도』『사랑과 구원의 관음경』 등이 있으며, 무라사키 시키부의 『겐지 이야기』를 현대어로 옮겼다.

옮긴이 **김난주**(金蘭周)는 1958년 부산에서 태어나 경희대학교 국문과를 졸업하고 같은 학교 대학원에서 수학했다. 일본 쇼와 여자대학교에서 일본 근대문학을 전공하여 석사학위를 받은후, 오쓰마 여자대학교와 도쿄 대학교에서 일본 근대문학을 연구했다. 옮긴 책으로는 한길사에서 펴낸 세토우치 자쿠초의 『겐지이야기』를 비롯해, 요시모토 바나나의 『키친』, 에쿠니 가오리의 『냉정과 열정 사이』 『언젠가 기억에서 사라진다 해도』, 오가와 요코의 『박사가 사랑한 수식』, 마루야마 겐지의 『천년 동안에』, 시마다 마사히코의 『천국이 내려오다』, 나라 요시토모의 『작은별통신』 등이 있다.

감수자 **김유천**(金裕千)은 한국외국어대학교 일본어과를 졸업하고, 일본 도쿄 대학교 인문과학연구과에서 석사학위, 인문사회계연구과 일본문화연구전공으로 박사학위를 받았다. 현재는 상명대학교 일본어문학과 조교수로 있다. 저서로는 『일본의 연애가』(공저) 등이 있으며, 주요 논문으로는 「일본문학과 일본인의 성의식 연구 ─『源氏物語』를 중심으로」「『源氏物語』의 논리와 주제성」「『源氏物語』의 불교」 등이 있다.